我的文学原乡

文坛碎影

汪浙成 著

浙江文艺出版社
Zhejiang Literature & Art Publishing House

图书在版编目（CIP）数据
文坛碎影 / 汪浙成著. -- 杭州 : 浙江文艺出版社, 2024. 10. -- (我的文学原乡). -- ISBN 978-7-5339-7754-2
Ⅰ. I267
中国国家版本馆 CIP 数据核字第 2024DE7041 号

统　　筹　虞文军　王宜清
策　　划　申屠家杰
责任编辑　余文军
责任校对　陈　玲
责任印制　吴春娟
营销编辑　汪心怡
装帧设计　浙信文化

我的文学原乡——文坛碎影
汪浙成　著

出版发行　浙江文艺出版社
地　　址　杭州市环城北路 177 号
邮　　编　310003
电　　话　0571-85176953（总编办）
　　　　　0571-85152727（市场部）
制　　版　杭州浙信文化传播有限公司
印　　刷　浙江海虹彩色印务有限公司
开　　本　880 毫米 ×1230 毫米　1/32
字　　数　176 千
印　　张　9
插　　页　1
版　　次　2024 年 10 月第 1 版
印　　次　2024 年 10 月第 1 次印刷
书　　号　ISBN 978-7-5339-7754-2
定　　价　78.00 元

目　录 ‖ contents

巴老，常青的文学大树

想象中的龙华是个看桃花的美丽地方。然而，2005年秋天的龙华却让人们心痛。10月24日，龙华殡仪馆的绿荫丛中，低回着柴可夫斯基的《悲怆》，催人心弦的旋律在空中低声呜咽着，花光辉映着泪光。从全国各地前来吊唁的人们，怀着悲痛的心情，静静地守候在大厅外。长长的队伍带着一缕绵延不尽的哀思，缓缓地移动着，流向此刻安详地躺在大厅内的中国文学的伟大良心。

透过泪光，我终于看到了躺在鲜花丛中您那熟悉的面容，依然是那样慈祥，那样安详，我的第一感觉是，巴老，您没有离开我们！稍稍感到有点特别的是，您不像平时穿着那件我们眼熟的蓝布上装，却换成了一套崭新的深色西服，还在白衬衫外郑重其事地打了条颜色鲜艳的红领带，仿佛要出访某个国家参加一个重要的会议前在这里稍事憩息。

记得那天傍晚，得知您病情恶化，还以为仍会转危为安。因为类似的情况此前曾多次出现过，都化险为夷了。谁知这次奇迹没有出现。最初从电视上得知噩耗感到十分震惊。长久以来在我心理上，尽管我们已无法走近您，再看上您老人家一眼，甚至听您对我们说一个字，但只要您的心脏仍在跳动，那便是一种慰藉，一种标志：您仍和我们在一起，没有离开我们。可如今，您却走了，真的永远地离开了我们！

我们和全国乃至世界各地同行及文学爱好者一样，沉浸在难以言说的深沉悲痛里。一次次回想起您生前对我和温小钰种种无微不至的帮助和关怀，依旧还是那样强烈地感受到您老人家那无私博大的爱，才感受到认识您是时代给予我们的巨大幸运！

此前尽管我很早就知道您的名字，但不认识，我自己还是个在中学、大学读着您作品长大的文学青年。直到三十年前“四人帮”被粉碎后，我和温小钰在时代的感召下，与许多文艺界同行一样，心中积郁着太多的话要说。但先前我们写过的短篇小说的

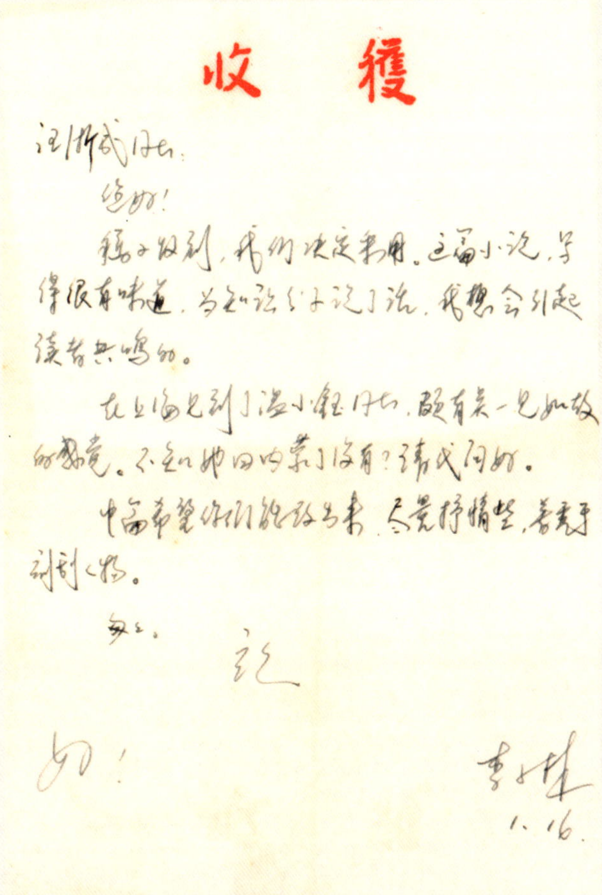

收获

汪浙成同志：

您好！

稿子收到，我们决定采用。这篇小说，写得很有味道，为知识分子说了话，我想会引起读者共鸣的。

在上海见到了温小钰同志，颇有点一见如故的感觉。不知她回内蒙了没有？请代问好。

中篇希望你们能够写来，尽量抒情些，着重于刻划人物。

匆匆。

祝

好！

李小林

1.16.

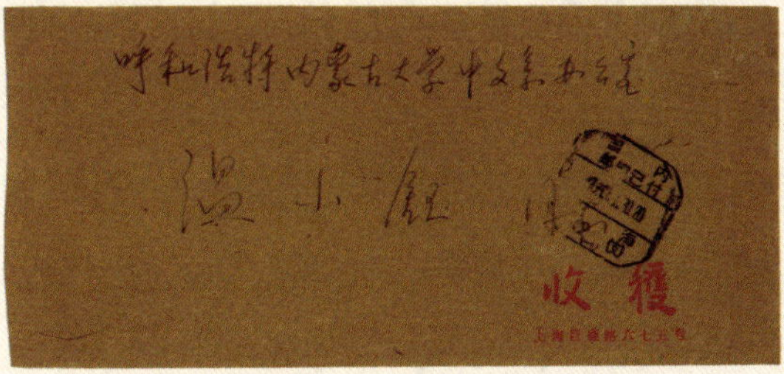

呼和浩特内蒙古大学中文系办公室

温小钰同志

收获

上海巨鹿路六七五号

1980年1月，受巴金委托，李小林为《土壤》的发表来信

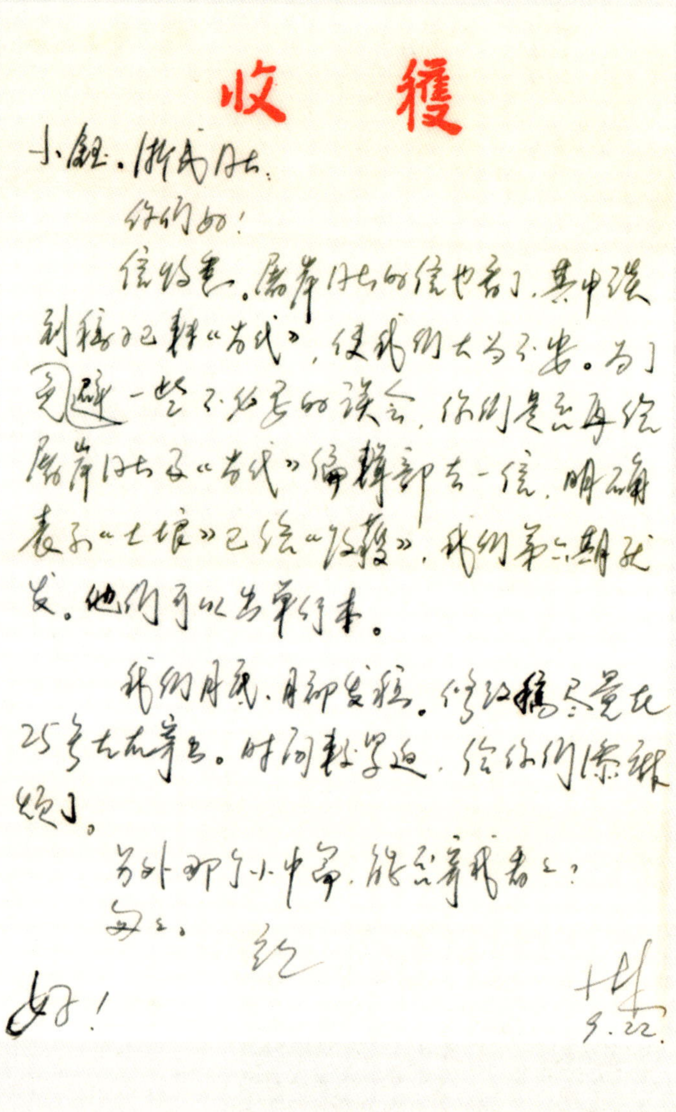
收获

小钰、浙成同志：

你们好！

信收悉。屠岸同志的信也看了。其中谈到稿子已转《当代》，使我们大为不安。为了避免一些不必要的误会，你们是否再给屠岸同志及《当代》编辑部去一信，明确表示《土壤》已给《收获》，我们第六期就发。他们可以出单行本。

我们月底、月初发稿。修改稿只要在25号左右寄出。时间较紧迫，给你们添麻烦了。

另外那个小中篇，能否寄我看看？

匆匆。

致

好！

小林
9.22.

1980年9月，李小林为《土壤》的刊发权来信容量，这时显然已难以承载和容纳，于是便试着写中篇。

第一个中篇《土壤》十六万字，花了我们两年时间。写成后，在我们的一位相熟同学的好心鼓励下，没更多考虑，抱着试试看的心态将稿子寄给了您主编的《收获》杂志。但书稿一经寄出，我们就有点后悔了。那时《收获》在我们这些初学写作者心中是片文学圣地，是我们崇敬的那些著名作家刊登优秀作品的地方，感到自己的决定有点头脑发热自不量力！没过多久，果然收到编辑部寄回来的一大包沉甸甸的挂号邮件，心里咯噔了一下，我和温小钰两人的第一感觉，是稿子退回来了，没辙了！熄火了！

哪知打开一看，一大捆稿子的浮面上，有封厚厚的信，心里一喜，觉得不像是退稿。等到读完来信，发觉自己身上已阵阵燥热，再一抬头看对方，发现对方脸上也是红扑扑的激动异常。原来这是封热情洋溢的对我们稿子的意见书，称赞小说基础不错，前半部写得相当流畅，魏大雄是个在其他作品中尚未见过的艺术典型。但后半部塌下去了有点弱，需要充实修改。改后务必寄回给编辑部云云，落款是李小林。

后来我们才知道这是您的女儿。更没想到，我们这个作品，竟让您这位我们敬仰的文学大师费心费神，亲自过目。这是后来在浙江莫干山上才知道的。

1981 年夏，《土壤》在全国第一届优秀中篇小说评奖中获

首届全国优秀中篇小说获奖作者和评委合影

一排左起为谌容、叶蔚林、鲁彦周、张光年、周扬、丁玲、冯牧、张一弓、王蒙

二排左起为苏晨、吴强、江晓天、陈荒煤、韦君宜、冯骥才、孔罗荪、刘绍棠、从维熙、林呐、范政浩

三排左起为邓友梅、宗璞、温小钰、蒋子龙、作者、朱寨、张抗抗、孙健忠、路遥

了奖。

我们有自知之明，这份荣誉中有您和《收获》的辛勤付出，我们今后唯有加倍努力，写好作品，才对得起你们的这份厚爱。

自北京领奖回来后，我们把自己关在内蒙古大学十多平方米的家里，夜以继日地艰苦奋斗，赶写中篇小说《苦夏》。一天，校园里高音喇叭突然十万火急地喊着我俩名字，叫去总机室接长途电话。那个年代，长途电话对普通人来说是个十分奢侈的事物，非到万不得已不会动用它。我们一边气喘咻咻向办公楼里的总机室跑去，一边又担心着是不是在老家的父母发生了什么意外。等接过电话，弄清楚是李小林通知我们，是您邀请我们和谌容、叶蔚林、张辛欣、水运宪等去浙江莫干山消夏后，一屁股坐在了总机室的小方凳上，觉得这事情来得太突然了，像是做梦一样。草原与上海远隔千山万水，更主要还是在心理距离上。您是我们心目中景仰的文坛泰斗，与我们隔着一段遥远的神圣距离，我们仰望您。可现在，您竟把我们当作客人，发出邀请，请我们去小时听大人们在交谈中用钦羡的口吻讲过而又从未到过的有钱有地位的人才能去的家乡避暑胜地。这真是让我们感到太意外也太兴奋了！

直到在莫干山上面对面走近您，才知道您原是个极其平和、充满爱心，又总在处处呵护着别人的慈祥善良的长者。

在上海延安饭店集中出发的那天早晨，听《收获》的人讲，您近来身体不适，可能要迟些时候才能上山，编辑部已为您做了单独上山的安排。可是当我手提旅行包，跟着大队人马从饭店楼上下来到停在门口的中巴车外时，发现小林陪着您已坐在车上等候大家。这才知道您这天早晨起了个大早，小林陪着您从家里坐车赶来饭店。尽管您行走步态欠稳，但还是坚持和我们大家一起坐面包车上山。

在莫干山上，您先住屋脊头三号楼楼上，我们大家住楼下。第二天吃早饭时您看到谌容带着女儿梁欢，问我：怎么只一个人呢？

我说：温小钰本来准备和我一起来上海，因为女儿小学毕业升初中，重点中学考试已通过，等落实学校以后就带着女儿过来。我替她向小林请过假了。

1981年8月，作者在莫干山屋脊头三号楼与巴金（右一）、吴强（左一）合影

巴老有个习惯，每天早饭后喜欢独自一人绕楼彳亍。看见您从我窗外走过，嘴里自言自语似的嗫嚅着，像在构思作品打腹稿，我们大家都不敢出屋来打扰您。上山来游玩的游客，有人认出您来，很想和您合影留念。我见您每次被游人拦住打断思路，只要他们提出要求，您总是站在原地，笑眯眯地满足他们的愿望，等合完影您又继续前行。但也有个别不大自觉的人，自己和您合完照后，又将孩子塞到您身旁合影，孩子照了还让他全家老少和您站到一起合照，没完没了，我在房里看着真忍不住想出去干预。可您却始终态度和蔼，一声不响地站在那里，对他们有求必应，好像不知道能拒绝别人似的。后来我一次次听一起消夏的作家在饭桌上或饭后散步时说起，才知道您只要可能，总是把快乐带给尽可能多的人，让他们感到生活的温暖。

说到文学，一天饭后在散步的路上，您问我和温小钰如何合作写小说。我们说，主要是自己水平不高，写得又慢，又是业余创作，在时间上难以得到保证，只好像企鹅孵蛋，企鹅爸爸和企鹅妈妈来回轮流着孵，希望出成果的进度能比单干快一点。即便如此，那次小林信上告诉我们编辑部决定年内推出《土壤》，在最后的定稿阶段弄得手忙脚乱，全家总动员，把在内蒙古大学数学系进修的我妹妹和妹夫也动员来趴在凳子上开夜车帮忙誊写。

您听后扑哧一声笑了，说这个作品前半部比后半部要好，那个农场场长形象，给人的印象最深，在我们国内别的作品里还不曾见过。结尾也不错，耐人寻味。

我心里咯噔了一下，没想到您这样的大师还亲自审阅我们晚辈不成熟的作品！更没想到的是，您不仅看过《土壤》，还看过我们发在《收获》上的另一篇小说《积蓄》，说这个作品写得也很流畅，但小说的结尾不如《土壤》，有点画蛇添足了。鼓励我们以后要尽可能多写。

话不多，但切中肯綮，给我们莫大启发，日后在创作上受用不尽！

莫干山避暑笔会期间，浙江省作家协会正在附近芦花荡召开诗歌创作座谈会，省作协领导黄源、高光等闻讯后来看望巴老、吴强，我们与会的几个来自各地的作家也在三号楼会议室作陪。巴老把我们几个人向浙江省作协领导一一做了介绍。当介绍到我和温小钰时，时任浙江省作协党组书记的高光同志高兴地说，两位的名字早就耳熟了，就是还没见过面！吴强老师在一旁大声插话：你们作协把这两个浙江人要回老家来不就天天见面了?！巴老问我们：你们支援边疆在内蒙古几年了？我回答说二十三年。巴老说，时间倒也不短了，可以考虑啦！吴强老师笑笑说，这不是一举两得的好事嘛！

这话当时在说笑声中不经意地过去了。但没想到仅仅过了五年，我们这两个浙江人真的调回家乡来了！ 1986 年 3 月 1 日，当浙江文联人事处周明山处长陪着我向作协秘书长华人秀报到时，他当时对我的那份热情和友好，俨然一个相熟的老友。不久，作协还假座玉泉漱芳亭，特地召开了欢迎我们的茶话会。那天春寒料峭，天气奇冷，但高光、谷斯范、冀汸、郑秉谦等老作家全都来了，气氛热烈。后来听说，因作协经费开支困难，会上招待大家的那点瓜子花生等茶食的钱是华人秀、李秉宏卖了办公室订阅的旧报纸才解决的。我知道后感动得一直记在心里，言谈之间还隐隐感觉到他们对我这样热情，有巴老五年前莫干山那次见面会上表态的影响在。当然这是后话。

1981 年夏，《收获》莫干山笔会
前排左为巴金，右为吴强，后排左一为水运宪，后排右一为李小林，后排左四为作者

避暑笔会结束前夕，巴老宴请大家。

经过这段时间面对面地和您接触交流，对您有了更多了解，大家对您也更加亲近和敬重，席间说话也都比较放松，还不时发生争论。您高兴地看着大家，自己却几乎不动筷子，像个慈祥的长者静静地听着，间或画龙点睛地插上一两句话。我和温小钰突然觉得您是一棵参天的文学大树，在追求火与热的艰涩中伸展着根须和枝叶，而我们却像一群孩子在树下呼吸、感悟，灵魂中因此也弥漫着爱，不由得站起来向您敬酒，祝福您这棵文学大树根

深叶茂，常驻常青！

那天晚上仿佛是温馨的家宴，我们在席间向您请教了一个又一个问题，您都一一做了解答，坦率地谈了自己的看法，让我们大长见识，气氛极其愉快融洽。几年后，当我调来浙江工作，遇见当年莫干山管理局负责人老郭，回忆起您在山上给大家留下的种种难忘印象时，他说那晚告别宴请还是巴老您个人花的钱。您让小林到办公室付钱，管理局工作人员不肯收，说已经结账了。但您坚持要由您个人付钱，说既然讲好是个人请客，就不应转嫁到公家名下。

莫干山笔会结束回到内蒙古不久，听说您被确诊为帕金森症。我们得悉后，因为第一次听说这种陌生的病症，很是着急，打电话向小林了解详情。经过解释，并听说还是初期，我们才放心一点，默默为您祈求，祝愿您早日康复！

后来我们从内蒙古调回浙江，离您近了，以为能更多地听到您的教诲。不料温小钰也被确诊为帕金森综合征。起先，我们以为帕金森综合征和帕金森症一个样，其实是不同的。帕金森综合

巴金签赠的部分作品

征除了帕金森症，还有别的一时无法确诊的疾病。在跟病魔艰苦斗争的日子里，我们一次次得到您无微不至的关怀和鼓励。您自己身染沉疴，可每次来杭州休养，总要嘱咐小林夫妇代表您来家探视，关心温小钰的病情，叮嘱她一定要加强活动，每天坚持走路，还用您自己跟帕金森症做斗争的体验，增强温小钰战胜病魔的信心。有时我去您下榻的地方看望，您总要详细询问温小钰的病情，语重心长地叮嘱我们一边治病，一边还要坚持写作，不要放下。1991 年春天，您来杭州休养，住在中国作家协会灵隐创作之家，我去看望。那天，院里那棵高大的广玉兰正繁花盛开。您坐在树下的轮椅上，满树白花辉映着您满头银发，显得您精神格外矍铄。您问到温小钰的情况，我说近来病情有些反复。您问：走路怎么样？她自己还能走吧？我说不如从前，有些困难。您听后低声沉吟了一句，低着头不作声了。哪知道我走后，您要小林将那台从上海家里带来的自己正在用的唯一的助步器，送来给温小钰使用。我们得知后，电击似的震撼，又感激又惶恐，激动得一时不知怎么向您表白才好！您和温小钰虽都是帕金森症患者，但您比我们整整年长了三纪，且患病时间又长，全国人民和广大读者都在盼望着您健健康康地为大家写出更多更好更能燃烧心灵的作品来，从哪个方面讲您都比我们更需要助步器，怎么好送给温小钰让她来用？这是万万使不得的！

后来发生的事就更出乎我们意料了。您回上海后，仅仅过了

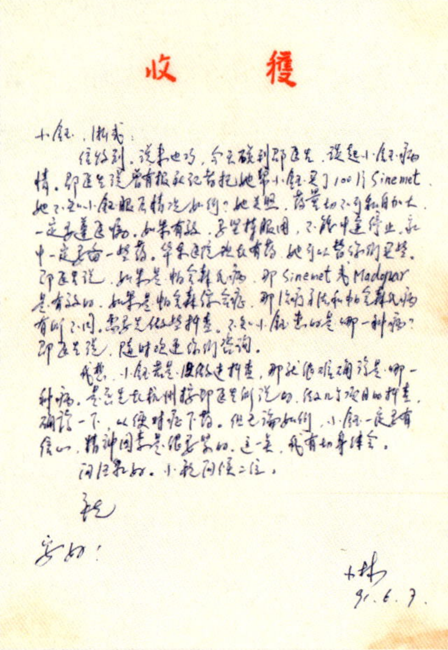

收获

小钰、渊弟：

信收到，说来也巧，今天碰到邵医生，谈起小钰病情。邵医生说曾有报社记者托她帮小钰买了100片Sinemet，她不知小钰服药情况如何？她关照，药量切不可私自加大，一定要遵医嘱。如果有效，要坚持服用，不能中途停止，家中一定要备一些药。华东医院她处有药，她可以替你们买些。邵医生说，如果是帕金森氏病，那Sinemet或Madopar是有效的，如果是帕金森综合症，那治疗方法和帕金森氏病有所不同，需要先做些检查。不知小钰患的是哪一种病？邵医生说，随时欢迎你们咨询。

我想，小钰若是没做过检查，那就很难确诊是哪一种病。是否先在杭州按邵医生所说的，做几个项目的检查，确诊一下，以便对症下药。但无论如何，小钰一定要有信心，精神因素是很重要的。这一点，我有切身体会。

问汪叔好，小祝问候二位。

祝

安好！

小林

91.6.7.

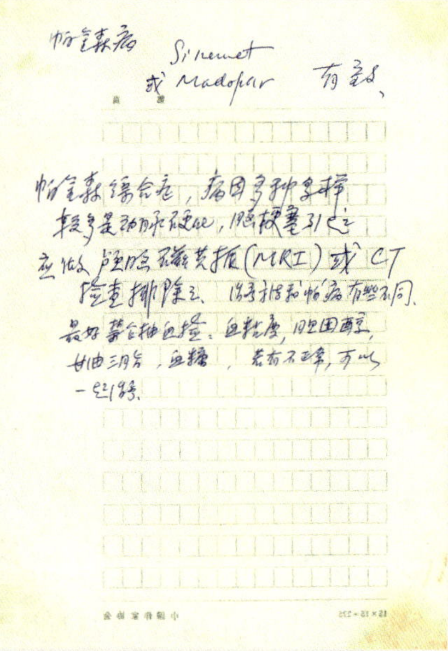

帕金森病 Sinemet 或 Madopar 有效、

帕金森综合症，病因多种多样，较多是动脉硬化，脑梗塞引起之，应做头颅核磁共振(MRI)或CT检查排除之、治疗措施和帕病有些不同、最好空腹抽血检查：血粘度，胆固醇，甘油三脂，血糖，若有不正常，可以一起治疗。

15×15=225　中国作家协会

巴金委托女儿李小林
为温小钰帕金森病情
多次来信

一天，小林来电话，说您已将温小钰的帕金森症情况，向您的保健医生——华东医院神经内科主任邵殿月教授做了介绍。邵教授对您的嘱托非常重视上心，听后希望能直接见见患者。如果患者行动有困难不便来沪，嘱家属将其病历和有关检测报告、化验结果等尽可能齐全地径直送她。鉴于小钰这时已行动困难，只好由我将病历和有关资料直接送至上海华东医院。邵教授仔细地看过后，认为患者病情确实比较严重，当即表示，既然患者无法来上海，那她将身边病人安顿一下，跑一趟杭州。就这样，由于您的关照，邵教授带着两名助手来杭州我们家里为温小钰做了认真的检查和诊治。在我们生命历程最艰难困苦的时刻，是您，向我们一次次伸来火热的援手，让我们感受到人间感人的真情和春天般的温暖！

巴老，我们永远不会忘记，改革开放以来，我们一直得到您的关怀和帮助。但您从不张扬，每次都是默默地为我们做着这一切，我们知道，您这并不仅仅只是针对我们个人。作为一代文学宗师，您对新时期成长起来的一大批作家都是这样充满爱心，这是您作为文学前辈对后来人的呵护和关爱，是您一生追求的燃烧自己、温暖别人的崇高品格和思想魅力！我们怀着无比沉痛的心情肃立在您面前，只是想对您说：巴老，您对我们恩重如山！您播撒下的爱的种子，在改革春风的吹拂下正在茁壮成长！您永远是高耸在我们心中的一棵参天的文学大树！

留在心中的灿烂笑容
——夏衍掠影

1995年春节前夕，探望单位离退休老同志时，听说我们敬重的顾问夏公住院了。心想，等过完年，该上北京去看望一下，顺便给他老人家送上点他爱吃的家乡土特产。可万万没想到，春节刚过，北京之行还尚未成行，却传来了令人心痛的噩耗，夏公走了！

钱江呜咽作挽歌，湖山含泪哀江南！

在那悲痛的日子里，我和许多热爱他的人一样，不时地回忆起夏公曾经和我们在一起的时光，脑海里浮现起他任《江南》顾问后第一次上他家拜访时的难忘情景。

那是1992年春天，浙江省作家协会换届后，我接手《江南》杂志社。在市场经济的猛烈冲击下，文学从八十年代众人热捧的宠儿地位，被冷落而跌入可怜的弃儿境地。省内三家公开发行的文学期刊，有两家因为“断奶”的原因不再姓“文”了，为迎合市场需要改成文化娱乐型的通俗刊物。就在这重重困难的压迫下，《江南》非但不改初心，还苦苦挣扎着想努力将刊物办好，提高知名度，不被商品大潮淹没，于是设法聘请从浙江走出去的素来令人敬仰的夏（衍）公、艾（青）老为杂志社顾问，借重两位文坛泰斗的崇高威望，为支撑在浙江这片“五四”以来的新文学热土上唯一的文学刊物凝聚人气，鼓舞斗志。

没想到，两位泰斗以家乡文学事业为重，不顾自己年事已高、体弱多病，竟欣然应允任《江南》顾问，使编辑部同人大为感动，深受教育。大家在高兴激动之余，忽然想到，何不趁这次上北京拜访的机会，捎点家乡的土特产去，让两位身在异乡为异客的浙江人原汤原汁地品尝一下家乡风味，也表示我们编辑部全体同人对新任顾问的感激深情?

记得当时元宵刚过，春笋初上，自然想到了这家乡特有的时鲜。

出发那天，我们起了个大早，在卖鱼桥农贸市场门口守候多时，才等到几把地道的杭州黄泥笋，是乡人从山间竹园掏挖来的，刚刚用哪个小乌篷船运到。带小斑点的浅褐色笋壳上，还沾着头天夜里的雨珠和竹园里的新鲜黄泥。又买了几包霉干菜，便匆匆赶去机场。到京后立马打了辆出租车，按着地址又马不停蹄直奔夏公寓所，一心想着能在当日晚餐桌上为我们顾问新添一盘来自家乡的佐餐菜肴！

夏公寓所坐落在西单，是座地道的北京老式四合院。进门穿过回廊，见中庭一丛翠竹，在二月春风里极有情致地款款摇曳着，让人联想到主人为人为文的高远情致和胸怀。

听说家乡来人，夏公很快接见了我们。当时保健医生正在卧室里为他进行按摩治疗。他请医生简化程序，然后将霸占床边藤椅睡觉的宠物猫赶开，移坐藤椅。那猫不慌不忙跳到床上，也不回头看一眼夏公，就在主人睡过的地方大模大样地躺下来，像是彼此心有灵犀似的，恰好和主人交换了一下位置。

夏公亲切地将我们招呼到他身边落座。

卧室内陈设是我见过的文化名人中最为简朴的了。夏公一生清廉，严以律己，告诫家人“不要奢侈”，却常常慷慨地帮助他人，捐赠自己珍藏多年的文物珍品给家乡，关心家乡文化教育事业。尽管如此，我仍觉得这卧室俭朴得出乎我的想象，几件必不可少的家具，无论用材颜色还是制作工艺，全都是上个时代甚至上上个时代的。床上铺着的那块蓝白相间的格子布床单，是六十年代的产品，眼下即使在偏远农村，怕是也不多见了。老人革命一生，曾身居高位，呕心沥血，奉献了近一个世纪，对物质生活的要求竟这样低，淡泊处之。

我向他说明来意后，怯生生地将装笋的口袋移至他座前，说起话来也紧张得结结巴巴。他大概看出我们的窘态，二话没说，自己伸手从口袋里抓起一把春笋，笋上黄泥竟沾了他一手。

我连忙说，夏公，这笋还都裹着泥，脏得不行！

然而他却浑然不觉。那沾满泥巴的清瘦双手，捧着这把带着竹园新泥的雨后春笋，他仿佛闻到了江南大地上清新的春天气息，看到了满眼翠绿山岚缭绕的摇曳竹林，不由得深吸了一口气，像是被这家乡熟悉的气息陶醉似的闭起了眼睛，忽儿又睁开来看看我们，又看看身旁家人，刹那间脸上闪现一片璀璨笑容，两只乌黑发亮的瞳仁在镜片后面放大开来，漾溢出如许真诚，如许挚爱，如许天真！我真没想到，一个年逾九旬的文坛耆宿竟笑成了纯真的孩童模样！

我的心一下子跟他靠近了！

“谢谢你们！”夏公双手捧起这把带泥春笋，笑着对我们摇了摇说，“这么新鲜的春笋好些年没看到了，谢谢你们！”

我连忙从袋里又掏出几包霉干菜放在夏公手边的茶几上。

“嗬，这个也是好东西！”夏公欣喜地说，“我也喜欢，谢谢！谢谢！”

就这样，我们开始时的畏怯和拘束不知不觉地慢慢消散了。然后，从双肩包里拿出新近出版的《江南》，请夏公批评指教。

夏公起身到卫生间净过手，然后关心地询问起家乡的近况。

夏公兴致勃勃告诉我们，他是地地道道的杭州人，家在当时的庆春门外严家弄，其实是个小村子。辛亥革命时，他还是严家弄村第一个剪辫子的人。夏公接着向我们说起杭州的历史沿革来，说杭州在秦统一六国后称钱唐，一直沿用到隋，唐时才改称钱塘，在“唐”字旁边加了个“土”字旁，宋时升格称临安府。清时有人在西泠桥头造钱塘苏小小墓。苏小小是南朝人。那时只有钱唐县，还没有钱塘县，可见是后人伪造！

说话过程中，我们发现夏公记忆力极好，思维清晰，丝毫不像已届耄耋之年。

坐在藤椅上的夏公打开《江南》，随手翻阅起来，问我们杂志出版发行的情况。我知道，《江南》此前就与夏公有了联系。那时的主编张盛裕同志曾采访过他，写了长篇纪实《风雨携春访夏公》。我曾听张盛裕说，夏公从小喜爱集邮，是我国集邮第一人，无人能出其右。听闻，曾有日本经济巨头愿用五百辆轿车换他一本集邮册，一旦允诺，夏公便成华夏首富。但夏公婉拒了。作为曾经的文化部副部长，他知道国家的邮票乃是民族的一种文化遗产。他没舍得给日本友人，却将他所有邮票包括这本价值五百辆小车的集邮册，统统无偿地捐赠给了家乡博物馆。

夏公低头翻看了一阵《江南》杂志后对我们说，文学现在处境有点艰难，但这是暂时的。“去年，我去了趟浙江，对你们领导说，要抓经济，浙江是经济大省。‘五四’以来，浙江出了那么多文化名人，鲁迅、茅盾，还有陈望道、夏丏尊，等等。一直以来，浙江有半部现代文学史之称，怎么好没有一本文学刊物？你们要坚持下去！”

我和同去的编辑连忙点头表示：我们一定！

夏公继续说：前几年搞文艺工作有点叫人无所适从。现在好了，明确了。浙江刊物要为浙江人民说话。改革开放，势在必行，谁也阻挡不住，但不能一哄而起。过去我们吃一哄而起的亏，吃得够多的了。教训太深，代价太大。千万不要一提下海，大家就一哄而起都下海去了，就像当年“大跃进”时候，头脑发热，都搞“跑步进入共产主义”。夏公这样说着时，在坐着的藤椅上提起双臂，做了个跑步的姿势。然后掰着指头，条分缕析地回顾了1949年以来我国的历史，然后说：“中国一个是‘左’，一个是‘统’。左联时期，我是筹备组十二人之一，那时就有‘左’的东西。现在老人中，我和冰心最大了，今年都是九十三，巴老小一点。浙江人中，艾青年纪更小一点，但身体不大好。”

他特别指出，我们和苏联不同。“我们一个是注意抓农业。联产承包责任制，这是农民群众在生产实践中自己创造出来的。还有一个是抓乡镇企业，这是江苏吴江县先搞起来的。不过现在

夏衍在北京家中

我们浙江的乡镇企业上来了，要比他们抓得好。苏联农业没抓好，结果垮了。他们是自己把自己整垮的。中国农民与欧洲农民也有所不同。从历史上看，最早的陈胜、吴广，后来的几次改朝换代，都是从农民运动开始的。中国农民素质好，革命性强，和欧洲农民不完全一样，不能照搬马、恩对欧洲农民的论述，套用在我们中国农民身上。”

夏公学贯古今，又有丰富的实践经验，旁征博引，纵横捭阖，我们听了得益匪浅。我们很想继续聆听教诲，他的孙女沈芸女士进来提醒爷爷该吸氧气了。一看钟点，夏公发觉自己竟一口气讲了一个多小时。我们也觉得有点不好意思，过多占用了夏公的宝贵时间。刚才来的路上，还想着放下东西便走，不想一见之下，他像块强大的磁铁，将我们牢牢吸住，以至于忘了钟点。我们向夏公一再表示歉意。来的时候因为不知电话号码，心里只想着让夏公能及时尝尝家乡春笋，听说夏公电话号码是保密的，就径直闯上门来了。

夏公忙说，从不保密的，当即叫沈芸将电话号码用铅笔写在小纸条上给了我们，告别时还抬手向我们招呼："欢迎再来!"我们也热情地邀请他方便时能回家乡杭州小憩。夏公愉快地接受了邀请。

从夏公寓所出来，已是日落时分。金色的夕照将长安街上如潮的车流染成一片金黄，滔滔奔腾，呼应着我的血液在血管里激荡澎湃，欢欣激动。同行的编辑懊悔不迭地嚷起来：都怪我，忘了将编辑部的相机带来，要是当时把夏公的笑容抓拍下来就好了，定是张难得的珍贵留影!

是呀，只有对自己家乡爱得深沉，才会有那样灿烂的笑容!我嘴上这样说着，心里在暗暗想着，以后只好用文字来弥补这个不该遗漏的镜头了。

此后，《江南》在各方面的关怀支持下，慢慢度过困难时刻，刊物的质量和面貌都有了改观。然而作为顾问之一的夏公却离开了我们。他给我们的那个电话号码，至今仍静静地躺在我的电话本里；遇到坎儿迈不过去的时候，仍默默地给予我们无言的亲切鼓励和帮助。

迟到的怀念

1996年的5月，当许多人为我国诗坛巨星艾青的陨落而眼里饱含悲痛的泪水时，我也曾很想写点什么来表达心中哀思。但转念一想，自己与艾青老师过从太少，恐有傍“大款”列门墙之嫌，便打消了这个念头。

岁月倥偬，如今自己年届耄耋，倘不抓紧时间说说，就再没机会了。

我上初中时就是艾青老师的“粉丝”。当时，因为作为“人民代表”的父亲莫名其妙地一夜间被打成“反革命”，整日价迷恋于捕鱼捉虾玩蛐蛐的我，身边不再有少年玩伴一起玩了。家庭变故让我一下子成熟了。孤独苦闷中，心思开始转向书本。当时，我记得最喜爱的一本书，是艾青诗集《大堰河》，诗里抒发他对自己保姆和劳苦大众真挚而沉郁的深情，对旧社会不平的深恶痛绝和诅咒，对春天和光明一往情深的热烈憧憬和追求，流露在字里行间的忧郁而伤感的情调，仿佛巨大磁铁牢牢地吸引了我。后来，我了解到，他当时处在那样的家庭和社会关系中，却选择了与人民结合的革命道路，为民族国家做出自己的贡献，我对他更有一种亲近感。有段时间，我迷恋艾青老师的诗到了爱不释手的地步，很想自己也拥有一本。可那时母亲对付我弟妹六人吃饭都捉襟见肘、费尽心机，一脸愁苦的模样，我都不敢向她开口要钱买书，只好将一些引起我共鸣的特别喜欢的诗句抄在本子

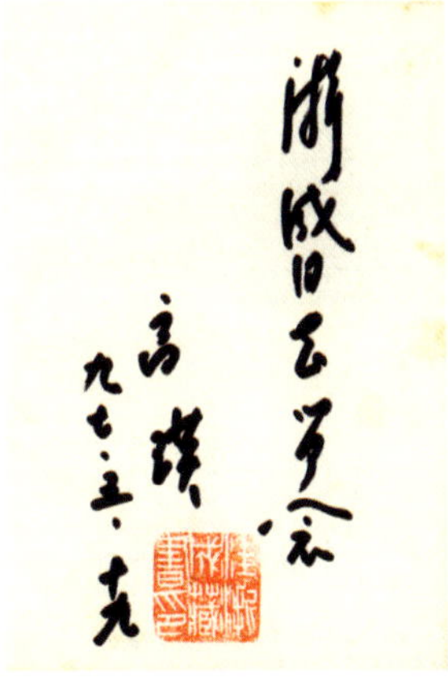

1997 年 5 月，
艾青夫人高瑛
签赠《大堰河》

上。本子也不是买来的现成本子，而是将自己用剩的作业簿后面几张纸撕下来订在一起，由于纸张质地和颜色深浅不同，这自制的本子像块夹心饼干。本子虽不上档次，抄写却极其认真用心，字迹工整。艾青老师的诗，在那个年月就成了我人生路上一盏明灯，孤独苦闷中不灭的精神火炬。

我不但喜爱艾青的诗，还喜欢“艾青”这个名字。艾草在我们江南田野上刚刚长出地面时，颜色青绿，“艾青”二字，反映了一种生活真实；当春天来临，艾草在百草中又是最先破土而出，是春天的使者。艾草还可入药，止血祛寒，驱蚊去湿，使得这种带着泥土清香又有点苦涩的野草，在审美情趣上让人联想到艾青诗歌的社会效应。从汉语音韵上说，“艾”是去声，“青”是阴平，联在一起符合汉语平仄搭配的要求，念起来朗朗上口；从汉字书法艺术结构分析，“艾青”二字上下左右对等匀称，书写起来，视觉效果上不存在东倒西歪或者头重脚轻的缺陷。作为一个人名，按社会职业分工，它不适用于驰骋沙场的勇猛战将，也不适用于从事繁重劳动的能工巧匠，更不适用于高大强健的体育明星。“艾青”这个名字，仿佛专门是为诗人量身定制的。中国诗人中，有两位的名字我认为起得最为到位，也是我最喜欢的，一个是李白，另一个便是艾青。这两个名字不仅仅只是单纯的称呼，还能唤起人们对其作品的审美联想。

我就这样由他的诗和名字，想象他这个人的样子，应该是眉清目秀，皮肤白净，举止文雅，风流倜傥，最最重要的是，还有一双普希金似的忧郁的眼睛！

二十世纪五十年代初期在北大上学时，我终于见到了这位心仪已久的文学偶像。

那是北大诗社的一次诗歌活动，艾青老师来给大学生中的诗歌爱好者做讲座，题目是《论诗歌的形式问题》（后来该文发表在《人民文学》上），地点在上回美国总统克林顿访问我国时向北大师生发表演讲的办公楼礼堂。讲座下午两点半开始，可我吃完午饭便早早去抢占座位，在最前一排挑了个视角最佳的座位坐了下来，以便一睹自己心中的文学偶像的风采。

等到见过后，说心里话，我真是大失所望，甚至有点伤心。艾青老师本人的形象，与我心中想象的实在过于悬殊了！

更没想到，这个年轻时有失偏颇地在心中对艾青老师随意打印象分的经历，四十年后竟鬼使神差地帮了大忙，成全了我的心愿！

九十年代初，浙江省作协换届后，省委宣传部领导找我谈话，令我分管《江南》杂志社，要我把《江南》搞上去，提高作品质量，提升刊物知名度。可当时文学正面临市场经济的猛烈冲击，省内公开发行的三家文学刊物，由于经费的压力，其中两家为适应市场已先后改为娱乐性的文化综合通俗刊物，三驾马车只剩下我们《江南》了！在这重重压力下，我们千方百计坚持文学刊物的办刊初心，想方设法办好刊物，决定聘请从浙江出去的文化名人夏（衍）公、艾（青）老为刊物顾问，借他们在读者中的崇高威望，为困难中的《江南》聚人气、凝人心。

我们决定上北京拜访艾青老师，恳请他担任《江南》杂志顾问。为此，请两位在京的作家朋友先为我们在艾青老师面前吹吹风，做些前期铺垫，然后我们赴京拜访。

艾青老师家在北京东四。那天清晨，我和同行编辑去卖鱼桥菜场，原想买些艾青团子带去北京，让艾青老师尝尝家乡这意味深长的传统食品。可惜时令未到，无货供应，只买了几把农人刚从乡下拿来的春笋和几包传统的东阳霉干菜就匆匆上飞机了。

那天，艾青老师身体不太好，坐在沙发上看电视。深色的毛衣外套着件玉白色坎肩，倒显得神清气爽，见到我们，想站起来却有点困难。我忙上前一把按住说，别起来，您请坐着请坐着。说明来意后，同去的编辑打开随手拿着的装霉干菜和春笋的口袋让他过目。

我在一旁说："也不知道艾青老师喜欢吃什么家乡土特产，本来还想买点艾青团子，可惜时令未到！"

艾青老师指着口袋里的霉干菜笑眯眯地说："这也是好东西呵！从前我们金华人进京赶考，上学打工，出门走天下，总随身带着一点。吃饭没菜，就拿出霉干菜来下饭，把我们金华人喂养得壮壮实实的。它是金华人防饥抗饿的战备食物，走到哪儿金华人都不会忘记这家乡的霉干菜!”

艾青老师叫站在一旁的儿子艾丹，把装土特产的口袋收起来。然后我们将带去的几本刚出版的《江南》杂志拿出来请他指正。艾青老师拿在手上，眯起眼睛，端详着封面上“江南”二字。

“这字写得好啊!”他由衷地赞叹说，“一笔就有千斤重。是沙孟海写的吧?”

我忙回答：“是请他为《江南》写的。”

他低下头来凝视着《江南》封面上的字，话锋一转，问：“你们《江南》现在发行多少呀?”

我回答说：“五千，其中四千册通过邮局发行，还有一千册零售。”

“浙江现在人口多少?”

我说：“四千八百万。”

“差不多万分之一。少是少了一点，但已经不容易了。现在我们中国是全民下海经商。”

“是呀，市场经济对我们文学刊物的冲击太大了。省内原来有三家向全国公开发行的文学刊物，由于经费原因，有两家为了生存下去适应市场，改为娱乐性通俗文化刊物。我们考虑到浙江自‘五四’新文学以来，曾涌现过灿若群星的文化名人，是一片被誉为有半部现代文学史之称的文化热土，如果《江南》也不登文学作品，不再姓‘文’，就没有一家省级文学刊物了。浙江成了一片文学沙漠。若干年后，倘若有人问我们：你们浙江改革开放以后，有过什么文学作品和作家？我们无言以对，就太对不住父老乡亲了。为此，我们觉得即使困难再大，也不能放弃《江南》办刊初心，要坚持文学刊物的办刊方针。所以上北京来请您和夏公这样的文化名人为家乡的刊物出出主意把把舵，担任《江南》顾问，借重你们的威望为家乡刊物聚聚人气！”

“这事上回邵燕祥跟我讲时我也说了，我今年八十三岁了，比夏公小十岁，但身体没有他好。昨天听说冯至走了。我们都老了。做不了什么事，但又不忍心看着家乡真的变成文学沙漠。按说现在改革开放，是繁荣文学、繁荣创作的最好时期，文学刊物反倒萎缩甚至销声匿迹，那是无论如何说不过去的。”

“主要是我们工作没跟上。”我说，“所以请艾青老师当我们顾问，为家乡的刊物把把舵，让更多的人喜欢《江南》，把发行量进一步搞上去！”

艾青老师坐在沙发上点了点头，脸上浮现为难的神色。

“怎么办呢？”他说，“我做不了什么事！”

“您只要答应我们让您的大名出现在我们刊物上，我们就感激不尽了！”

“这让我不好说‘不’了！”

承蒙艾青老师慨允，我心里一块大石头落了地，一高兴说起话来便口无遮拦了，说自己在初中时就想见他，想了好多年，直到北大诗社讲座会上才第一次见到他，没承想与自己想象的不一样……

艾青老师饶有兴趣地问：“是不是让你大失所望?”

我支吾其词地说：“有点吧!”

艾青老师说：“倒说来听听!”

我发现他笑吟吟的眼神像是在鼓励，便大胆地放肆起来：“大概由于长期熬夜，您当时的脸色看去十分难看。做报告时一支接一支抽烟。大量的尼古丁损坏了您的牙齿，颜色看去很可怕。夜以继日地伏案工作，您的肩膀一边高一边低。浓重的金华口音夹杂着陕北腔，使我们听起来吃力极了。给我印象最深的，还是您做报告时那件大家当时都难得见到的很有档次的呢子大衣，像刚解放时那些南下干部似的不经意地披在肩上。这一披，固然披出了风度，披出了派头，披出了与众不同，却披丢了您的诗人气质，让我又高兴又伤心!”

“哈哈哈……”艾青老师听了开怀大笑。因为病痛，他的腰身有些佝偻，但脸上却洋溢着孩子般纯真的笑容。他儿子艾丹在一旁说，父亲好久没这样开心过了!

我征询似的问艾青老师：“真是失礼，我说话有点放肆了!”

艾青老师坐在沙发上摆摆手，眼睛里闪烁着一位智者慈祥的光彩。

“其实，您诗选扉页上那帧照片就很好，”我说，“眼睛像是在深情地望着远方那一片您深爱着的土地。这是喜欢您的诗的人都熟悉的艾青式的笑容。”

“你喜欢?”他问。

“非常非常喜欢，至今都还记着!”

“那你自己进去挑吧!”艾青老师豪爽地说。

“我自己进去挑?”我受宠若惊，唯恐听岔似的重复问了一遍，又觉得自己无功受禄，对艾青老师说，“还是请艾丹进去再挑挑吧!”

“还是你自己进去吧，可以挑张自己喜欢的!”艾青老师大声说，做了个请进的手势。

“那我就不客气了!”我一边说一边从他坐着的沙发背后一脚跨进了房间。

这大概是艾青老师的工作室，巨大的写字台上，高高地堆着一大摞照片，全是艾青老师各个时期的工作照、生活照，还有在国内外参观访问和在会议上发言的，有彩色的、黑白的。我挑了张大概是他家人所摄的九十年代在家里的照片，就坐在这会儿坐着的沙发上。艾青老师深色的毛衣外套着件玉白色坎肩，衣着和坐姿都与这天相似。

艾青老师见我高高兴兴出来，关心地问：“挑好了?”

我点点头，把照片给他过目。他拿在手上定定地看了一会

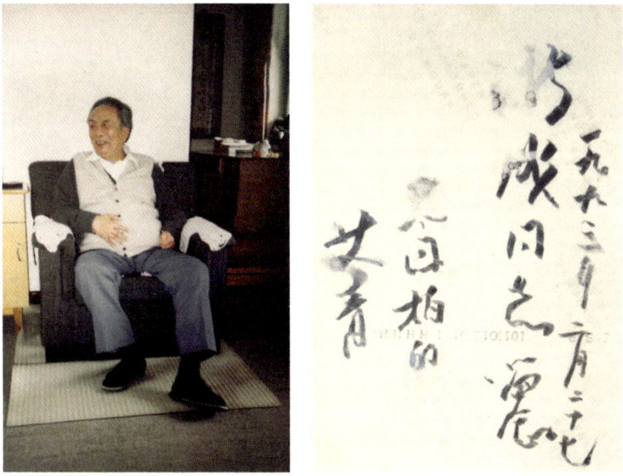

1993年2月，
艾青签赠相片

儿，说："这是几年前坐在这里照的！"艾丹替他拿来签名笔。艾青老师拱着腰，伏在沙发扶手上，在照片背面签下我曾为之倾倒的那个名字——艾青！

让人痛惜的是，艾青老师担任我们《江南》顾问不到四年，便不幸离世。第二年，艾青夫人高瑛大姐去金华路过杭州，我上她下榻的杭州大酒店看望，出来时她送我一册刚出版的艾青老师诗集《大堰河》。翻看珍藏的相册簿，看到艾青老师的照片，望着他那深情目光中流露的一点忧郁眼神，想起当年恳请他任《江南》顾问那段往事，竟恍惚间觉得这位大堰河的儿子依然亲切地活在我的心中。

新诗泰斗艾青和他的乳母

出了畈田蒋村去大堰河墓的路上，天下起雨来。淅淅沥沥的雨打在伞上，仿佛在一路喁喁低诉，我国新诗泰斗艾青老师与他一生敬爱着的乳母的感人故事。

畈田蒋村是我心仪已久的文学偶像艾青老师的家乡，坐落在浙江金华东北方与义乌交界的傅村镇。全村四百户人家，对诗人的名字，几乎妇孺皆知。村里墙头，到处抄录着他的名篇，《我爱这土地》，《北方》，《乞丐》，《黎明的通知》，等等，让人一进村，就感受到一股扑面而来的浓浓书香。当然，最先映入眼帘占据突出位置的，是诗人献给他所深爱的保姆的成名作——《大堰河，我的保姆》。

艾青出身望族，原姓蒋。听村里老人们讲，艾青的太公辞世时，五个儿子分家。老大分得的银子用担子挑回家来，村里人都记不清挑了多少担。结果子孙们吃喝嫖赌，挥霍一空，相继败落。唯有艾青祖父这一支，恪守传统礼仪，耕读传家，支撑着这份家业。艾青出生时，母亲楼氏难产，折腾了三天三夜，好不容易孩子才呱呱坠地。父亲请算命先生来家给出生不久的艾青算命，说这孩子命硬，要克父母，于是艾青成了家里不受欢迎的人。尽管当时蒋家有三进并列的楼屋，然而偌大的空间却容不下这个刚来到人世间的婴儿，他被寄养到村子另一头的大堰河家。就这样艾青在襁褓中便被逐出家门，开始品尝到人生况味。这是他一生中遭到的第一次放逐。

没想赤贫如洗的穷苦大堰河，竟亲娘般接纳了这个遭逐的婴儿。

其实，大堰河的命运是全村中最为可悲的。她自幼被卖到畈田蒋来成为蒋忠备的童养媳，算来和同是姓蒋的诗人一家还是族亲。然而作为一个人，她穷得连个正经的名字都没有。村里的人告诉我，大家那时只知道这个小童养媳姓曹，是畈田蒋西边的大叶荷村人，既然爹娘不曾给自己这个女儿起个名字，村里的人就叫她“大叶荷”（大堰河）。正如艾青在诗里说的，“她的名字就是生她的村庄的名字”。

大堰河家离艾青自己的家并不远。由她孙女婿蒋祥荣先生领着，我从诗人家里出来，穿过蒋氏宗祠门前广场，不到一刻钟便来到大堰河住处。

这是一间被挤在村子边沿的破旧农舍。低矮的檐头上，在雨意渐浓的天空下哆嗦着几枝瘦弱的瓦菲，狭小门框上钉着块“大堰河旧居”的小木牌。祥荣先生掏出身上带着的钥匙，把门打开，里面就是大堰河家人住的房间，光线幽暗，凹凸不平的乌黑泥地，让我一下子感受到诗人五岁前住在这里的情景和氛围。斑驳的泥墙上，随手搭挂着大堰河脱下来的沾满炭灰的蓝土布围裙。她当时一定是由于忙不迭地去照料小艾青，连围裙上的炭灰都来不及掸去。

家境虽然贫困，然而她对小艾青的关爱和照料却十分慷慨。倾其所有，无微不至，就像对待自己亲生的儿子。艾青在诗中写道：“你用你厚大的手掌把我抱在怀里，抚摸我；在你搭好了灶火之后，在你拍去了围裙上的炭灰之后，在你尝到饭已煮熟了之后，在你把乌黑的酱碗放到乌黑的桌子上之后，在你补好了儿子们的为山腰的荆棘扯破的衣服之后，在你把小儿被柴刀砍伤了的手包好之后，在你把夫儿们的衬衣上的虱子一颗颗地掐死之后，在你拿起了今天的第一颗鸡蛋之后，你用你厚大的手掌把我抱在怀里，抚摸我。”

大堰河就这样从白天到黑夜，手不稍闲地哺育着她的乳儿，关爱着她的乳儿一如自己亲生的儿子，使艾青幼小的心灵，虽得不到亲生父母的关爱，却贮满了乳母深切的爱和感人的情。关于诗人的这段生活，如今有座雕像矗立在大堰河家门前，生动地展现出她对乳儿亲子般的感人深情。

艾青在大堰河家生活了长达五年多，他不仅吃着她的乳汁，小小的心灵还深深感受到自己乳母奴隶般的凄苦，和生活施加给他们一家的凌侮。特别是当后来被父母接回自己家中，看到高大敞亮的画栋雕梁，雕花精致的红木家具，换上缀有刻着花纹的贝壳纽扣的丝质新衣，吃着碾过三遍的白花花米饭。两厢对比，尽管乳母家与生母家实际距离相去不远，一在蒋氏宗祠东，一在祠堂西侧，两家又傍着同一祠堂，然而无论在物质上还是在精神上，都有着天壤之别，致使诗人在幼小年纪，就朦朦胧胧意识到人世间的不平，以至他日后渐渐走上“写着给予这不公道的世界的咒语”的人生道路！

我问蒋祥荣，来畈田蒋参观的人多不？祥荣说，过去不是很多，这几年来旅游参观的人越来越多了，特别是学生。今天是母亲节，一上午就接待了一千多人。这大概是各地重视文化以后，人们对文化旅游的兴趣和对诗人艾青的敬仰不断增长的缘故。

雨下得越来越大了。我在陪同的村人带领下拐下大路，向左朝一条田间小路走去。脚高脚低地行半里许，见前面一片郁郁葱葱的树林旁，突然出现一片石铺的平台。最前头矗立着一座青灰色高大的水泥浇灌的牌楼，面对着一片烟雨漠漠中的绿色稻田。牌楼后面立有一碑，约一人高，雨水淋得湿漉漉的石碑上，镌刻着人们熟知的艾青诗句：“大堰河是我的保姆，我敬你，爱你！”碑后便是诗人一生敬爱有如亲娘的乳母——大堰河墓。按照金华当地习俗，墓碑系砖块垒砌，正面用水泥抹平，上面是艾青手书的五个饱含激情的大字：大堰河之墓。墓畔四周，郁郁青松，唯独坟头上长着棵高大的法国梧桐。这莫不是大堰河虽去世，可她心里仍牵挂着远在法国学绘画的乳儿，想着想着，便从她心田里长出这棵茁壮的法国梧桐来？

据村里带路的人告诉我，大堰河病故时才四十几岁，当时只有一口四元钱的棺材和几束稻草，是座穷苦人家的草盖坟。将近一个世纪过去了，在我眼前，整座墓址及其四周道路都用砖石水泥重新铺砌，看去平整清洁，环境雅静肃穆，这是艾青1982年复出后回家乡来时，由他个人出资修整的，也是他敬献给自己乳母的一份儿子的爱！

雨中，我在墓前伫立良久，想起今天是母亲节，在我生命落雪的季节，我也曾在心里呼唤过她，这是位伟大的母亲，不仅用乳汁哺育了小艾青，还用自己悲苦的一生，在艾青心中唤起了诗人的情怀。我想，如果没有大堰河，也许就没有今天的艾青，中国璀璨浩渺的文学天空会就此少了一颗明亮耀眼的星星；即便有，怕是身上也不会有他今天这样的气质，也不会是今天人们心目中的艾青。中国的诗坛，也将会是不同于今天的另外一种态势和格局。从这个意义上说，她为新诗的发展繁荣起到了无人能代替的催生作用！

想到这里，我心里突然涨满敬爱的大潮，站在潇潇雨中，向着静静睡着的大堰河深深地鞠了三躬，也像诗人一样在心里默默告诉她生前所不知道的那些事，那些关于她乳儿第二次被放逐的经历……

（原载《光明日报》2014 年 7 月 25 日，有改动）

南浔情结
——印象徐迟

结识徐迟先生是由于南浔。

南浔地处我家乡浙江北部湖州，紧邻上海，历史上有“浙北雄镇”之称。我在南浔采访时，许多上了年纪的人说，晚清光绪年间，南浔“四象八牛七十二金狗”富豪们的财富，相当于那时全国一年的收入。然而南浔的“雄镇”之称，并不仅仅由于经济，还在于它对我国政治文化的影响。辛亥革命的一些代表人物诸如张静江，就出身于南浔当地的名门望族。南浔还有著名的民间藏书楼嘉业堂和江南园林小莲庄。富起来的南浔人，在发展经济的同时不忘文化，积极创办诸如图书出版等文化产业，使南浔成为我国历史上资本主义最早萌芽的一块沃土。

二十世纪八十年代，我从塞外调来浙江不久，应《浙江画报》之约撰写“浙江历史文化名镇”系列，其中一个题目就是南浔。在当地采访时，才知道南浔就是蜚声文坛、报告文学《哥德巴赫猜想》的作者诗人徐迟先生的家乡。当地文化名人徐一冰是先生的父亲，他在留学日本期间，目睹国人受尽“东亚病夫”之屈辱，回国后毁家兴学，发愤创办我国第一所体操学校，成为我国体操教育的创始人，在体育史上留下一段感人的佳话。我在撰写采访文章的过程中，写着写着，心里一冲动，竟斗胆向徐迟先生叫起号来：作为报告文学大手笔，寄情知识分子，又有这份别人无法拥有的天然优势，先生何不写写自己父亲的感人事迹和家乡的巨变?!

这篇粗陋的文字，后来不知怎的被先生读到了，竟成了我们交谊的媒介。

一天，我接到一封武汉来信，打开一看，竟是先生写来的。他说谢谢我的文章，他相信他会写家乡的，特别是目睹了家乡这几年的巨变，越发有了创作冲动。信的最后向我询问情况，作为浙江人，他很希望在家乡出版自己的文集，不知有否可能。

在我知道的作家中，先生喜欢新事物，是较早与电脑结下不解之缘的作家之一，曾写文章四处鼓吹电脑优越性，还听说他身兼家乡计算机中心名誉主任，向当地领导反复宣传：一个地方要想更快更好发展，必须有更多的人来掌握这门先进科学技术。

然而先生给我的信却是手写的，字迹清秀灵动，感情激越处龙飞凤舞，没想先生年届八旬还写得这么一手流畅有劲的硬笔书法！

我立即复信，检讨自己的孤陋寡闻，赞美先生家乡的美丽富有，环境整洁，历史文化积淀深厚。恳请先生赐稿《江南》，为自己家乡刊物增光添彩。文集出版的事，当立即为他和出版社联系。

不料先生做事利索豪爽，很快来了回信：“你要稿子，我一定好好地写，写了就寄。”果不其然，不久他便寄来了长篇自传体小说《江南小镇》的续集。先生说，这是整理出来的前几章，

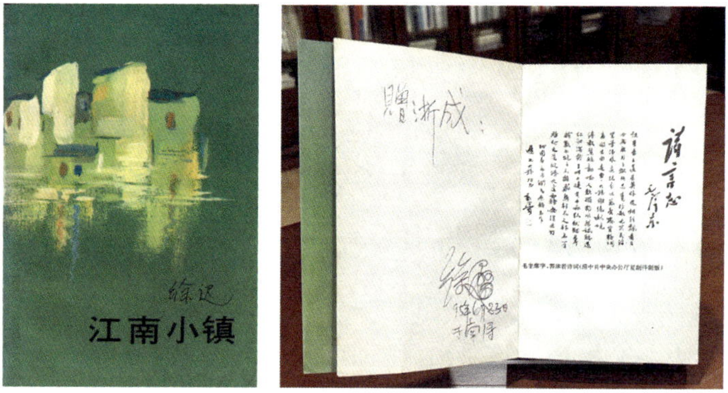

徐迟签赠自传体小说《江南小镇》

以后会陆续寄上。在我廿多年编辑生涯中，还是头一回遇到“写了就寄”的著名作家，这好比女儿刚一出生就许了人家。这是先生对我们编辑部的一片诚意，一份信赖，是他对家乡刊物的厚爱和深情！

此后我们之间的联系便多起来，除了书信，还有电话，从中知道他创作活动异乎寻常地繁忙，忽而珠海深圳，忽而长江三峡，忽而上海浦东，对改革开放中涌现的新事物，表现出一种近乎童真般的强烈好奇和兴趣。他不像有的作家处处以自我为中心，随心所欲地指使编辑人员。先生古道热肠，关心别人。他从报上得知温小钰病故，特地写了长信劝慰我，以自己痛失夫人陈松的亲历，现身说法如何渡过难关，他说相信时间会帮助我们更好地生活和工作。在云南深入生活期间，听说石屏县袁嘉谷纪念馆为袁任浙江提学使资料发急，他急人所急，呼吁在浙老友协助奔走寻觅。先生热爱生活，充满爱心，乐于助人，是个热情似火的人。

二十世纪九十年代初，先生家乡南浔经济开发区成立两周年，我到南浔参加庆典活动，当地领导朱倍得书记聊起发展老人公益事业刻不容缓，不知怎的说到了先生。先生一家曾为家乡做出过贡献，自己又是国宝级著名作家，如今回到老家连个落脚的地方都没有。朱倍得他们心里很有些愧歉。大家讨论研究后，决定为他提供一套合适的住房，还给予这位年逾八旬的独身老人适当补助，作为他的生活护理费用和伙食补贴，以便他在自己家乡能感受到社会的温馨，从而潜心创作。

我听后颇有感触。当时在市场经济猛烈冲击下，文学边缘化的状况让从事文化工作的人处境极其尴尬，不少地方连文化事业单位的人头费都无法保证，刊物经费困难，不得不改刊甚至停办，面临一片萎缩凋敝。而今，先生的家乡南浔却依旧尊重人才，大力支持文学发展，让人感觉到一片温馨。我心里一激动，写了一则短文发表在《文汇报》上。当时只是有感于他家乡南浔的温馨，尊重人才，支持文学，没有考虑到别的因素。直到先生来信，说“你的文章大约已到处传开去了，我的一些事大约你也有听说。不久想可以见面的，我想总会到杭州去的。再详谈”，才恍然有悟，意识到自己的考虑不周。尽管先生长者风度，无半句重话，但我却无法宽宥自己，让先生在精神和心理上承受了不必要的压力，我为自己的一时粗疏汗颜不已！

大约接信一个月后，我与南浔经济开发区策划筹备“南浔杯”全国散文大奖赛，计划约请先生担任散文大奖赛评委会副主任。正在这时，先生又来信说他从武汉来南浔，还想到中国作协杭州灵隐创作之家小住。我连忙替他和灵隐创作之家柯经理联系，定下入住日子，然后专程赴南浔接他。

那天大雨滂沱，车过大观山果园，想起去年先生八十寿辰我未能赶上，这次又是第一次正式见先生，就特地买了一篮鲜桃，到南浔他的住处送给了他，并祝他健康长寿。当我表达着这些意思时，他拉拉我衣服，示意我站到他听力较好的那只耳朵一边去。

“汪浙成，高科技毕竟不是人耳，你最好到这边来说！”他指指塞在自己耳朵里的助听器高兴地说，嗓音略带沙哑，“不过这次我们终于见上面了！”

这天，到徐迟先生房里来看望的还有当地领导朱倍得书记，我老友、上海《文汇报·笔会》负责人水渭亭。

我说：“先生大名，我固然早已耳闻；先生的人，其实我也已见过两次了。”

“是吗?!”他十分惊讶地说，“我怎么一点也没有这个印象?”

“您哪里会有呢?”

我于是讲起二十世纪五十年代在北大念书时，他来我们学校给诗歌爱好者讲诗和诗朗诵，我怀着敬仰的心情参加了那次报告会。先生高高身材，面容清癯，感情似火，但不知为什么，目光却是有点忧郁的。报告会最后，先生激情奔放地朗诵了一首关于共和国最初岁月的诗，给同学们留下很深的印象。

“这就难怪了！”先生抬起头来环视了一遍屋里的人，坐在沙发上哈哈笑起来，“快半个世纪前的事，我这个老人怎么还记得住呢?!”

“第二次见您的时间就近多了！”我说。

先生坐在沙发上笑着摇摇头，还是没有印象。

那是 1981 年 5 月在北京京西宾馆，第一届全国中篇小说、报告文学和诗歌颁奖会上，三个奖项这一天同时颁奖，中篇小说奖是首届颁发。颁奖会结束，我们中篇小说获奖作者和周扬、丁玲、张光年等评委在宾馆院子里合完影散去时，站在我身旁的蒋子龙发现我双手空空，突然问我："唷，你的奖状呢?"我这才发觉我和温小钰两人手里什么也没有拿，意识到我们把奖状、奖品和奖金都遗忘在会场里的座位上了。蒋子龙大声提醒："啊呀，快进去找找呀，别的丢了还好办，奖金被人拿走就麻烦了!"我连话都顾不上说，转身就朝楼里飞跑，只听子龙他们在身后笑着直嚷嚷。进门时差点撞上一个人，当时慌得也没去留意，只感觉这人耳朵里一根白色的电线在我眼前一闪，大脑立即提醒我这是徐迟先生！因为助听器在当时还是个稀罕物，我第一次见到，印象很深，参加颁奖会的人里唯有徐迟先生一个人佩带，此外再没有第二个人，这信息就这样贮存在了我大脑里。关键时刻这信息发挥作用提醒了我，使我在这将撞未撞的瞬间，立即将自己身体往旁边侧转过去，"砰"的一声撞在了门上。

"啊唷，吓煞人哉!"坐在徐迟先生旁边的水渭亭突然叫起来，"你这大个子，要是撞在啥人身上都吃不消!!"

"是嘛!"我说，"徐迟先生当时肯定也吃了一惊，就站在进门处中间一动不动。这时我倒没忘记连忙为自己的唐突向先生鞠了一趼，然后便慌慌张张地朝空无一人的会场里跑去。”

讲完自己的那次冒失，我问徐迟先生：“您还能记起来吗？”

先生想了一会点点头说：“依稀记得有这么回事！”

朱书记很高兴地说：“说明徐迟老师记忆力不错嘛！”

先生解释说：“因为后来有人在饭桌上讲起笑话来，说是内蒙古写《土壤》的那个作家把奖状、奖金忘在会场上了，也不知找到没有。”

水渭亭问：“汪兄，那奖金后来究竟找到没有呀？”

我说：“虚惊一场，奖状、奖品、奖金全都好端端地放在原来位子上，全是因为我做事太冒失。要是那次把徐迟先生撞坏了，那我就罪莫大焉！”

先生开心地笑起来，深邃的眼窝里漾着孩童般的天真目光，使他那张一脸聪明相的面孔看上去格外亲切。

这天他十分健谈，告诉大家他在家乡过得很愉快。我打量了一遍室内陈设，两个向阳居室，采光极好，明亮宽敞。一色新的家具、地毯，电视电话，煤气卫浴，应有尽有。我指着房里这些陈设对先生说：“这都是朱书记他们家乡领导、父老乡亲对您的一片心意。”

朱倍得书记说：“这是我们家乡的人应该做的。不足的地方请徐迟老师随时提出来。”

“麻烦你们了，谢谢，谢谢！”先生和他女儿徐律同声说。

我说："朱书记关心徐迟先生就是在关心文学。改革开放以来，朱书记和我们省内像杭钢等一些著名企业，对我们省的文学事业一直给予大力支持。为进一步促进和繁荣全国散文创作，最近他和我们《江南》决定联袂举办'南浔杯'全国散文大奖赛，想邀请先生您担任大奖赛评委会副主任，和上海的柯灵老师一起主持评委会工作。柯灵老师也是浙江人，已经同意了。请先生万勿推辞，支持我们！"

朱书记也连忙上前表示：请徐迟老师万勿推辞，支持家乡！

水渭亭也说："我也是浙江人，老家宁波。这次大奖赛倘有您二位德高望重的著名散文家把舵，全国广大散文作者一定会热烈响应支持大奖赛，对散文创作的繁荣定会起到推动促进作用！"

徐迟先生说："这件事来前汪浙成已向我提起过，我也有所考虑。离开家乡这么多年，一直想着要为家乡做点什么。文人没有别的本事，我这几年身体又不太好，也只能在专业上给家乡出点主意。我看今天我就答应下来，算是表示个态度。具体该怎么做，你们肯定会说的，我照着做就是了。你们大家说这样好不好？"

朱书记一听徐迟先生欣然同意担任评委，欣喜地鼓起掌来，对徐迟先生连声说："谢谢，谢谢！"我和水渭亭也跟着热烈地鼓掌，悄悄建议朱书记邀请徐迟先生和大家一起合影留念。朱书记凑到徐迟先生耳边说了，然后打电话给办公室让搞摄影的工作人员来徐迟老师住处拍照。

在准备合影时，先生要徐律到卧室找来一件红底细黑条毛衣。这件毛衣徐迟先生当时换在身上，我们也没看出有什么特别之处，但是两年后，徐迟先生在武汉去世，摄影师和南浔的工作人员一起去参加追悼会，听徐律说起她父亲生前在家准备去北京参加作家代表大会的行装时，特地嘱咐她别忘了把这红毛衣收在箱子里，他要带上。看来先生对这件红毛衣格外垂爱，大概有我们所不知道的缘由在。当然这是后话。

1995年6月，作者在湖州南浔与徐迟（中）及其女儿徐律（右一）合影

那天，大家高高兴兴合完影，先生把我叫到隔壁卧室，交代了三件事。一件是交给我一份完备的文集分册详目，叫我转交出版社。第二件是因为感冒身体不适，原计划去杭州灵隐创作之家小住，只好取消了，要我转告柯经理。最后一件就说到《文汇报》上我那篇文章的事，对他自己目前的家庭生活大摇其头，然后很豪迈地挥了挥手说："现在我们之间这件事已经结束了！"我心里想：难怪呢，这次陪同来照顾先生的是大女儿徐律。

我听完先生的嘱咐后说："我明白！其他的事您放心好了。"

此后的通信中，感觉到先生健康状况每况愈下。他像是老在患感冒，对气温变化十分敏感，小心翼翼，像是候鸟总在躲避严寒，每年飞往广东深圳过冬。有一次，他没来由地向我抱怨自己从北京去武汉去错了。尽管这样，他在繁忙的创作活动间隙，仍惦记着我们"南浔杯"的散文评奖工作，多次来信提醒我们，"评奖应争取质量高档"。他不但认真审读寄去的全部复评稿件，还将每篇文章的成败得失写成书面意见。由于颁奖大会安排在这一年冬天，他无法前来亲自颁奖，非常遗憾。然而先生把对本次散文评奖活动的感言，写成书面文字，事前寄给了我，希望在大会上代为宣读。

记得"南浔杯"颁奖大会那天，南浔影剧院上千人的会场座无虚席，一片静寂，柯灵老师主持颁奖大会。最后，与会的人们屏息敛声地倾听宣读人宣读先生热情洋溢的书面发言，会场上长时间地响着暴风雨般的掌声，将大会气氛推向高潮。不少获奖作者眼睛湿润了。人们深深地感受到先生那颗滚烫的心：对文学后来人的殷切期望，对这次文学盛会取得成果的由衷喜悦，对自己家乡那片赤子情怀！

大会以后，他的《江南小镇》（续集）前半部分在《江南》上全文刊载出来，他觉得有些地方自己落笔过于匆忙，嘱我寄一份给冯亦代老师，请老友提提意见，并再三叮嘱，后半部分会陆续寄我。

先生说到做到，像前几次一样装订得整整齐齐的文稿，又陆陆续续寄来了，但同时也传来令人忧虑的消息：热爱电脑的先生因为病痛已无法使用电脑，也不能握笔书写，寄来的文稿是由徐鲁先生帮忙整理打印的。他在由徐律代笔的给我的信中说，自己为此感到极为沮丧和痛苦。人生在世，为的是创造。活着而无创造，生又何益？眼看着自己的生命由于衰老和疾病渐渐流逝而走向终点，他几乎都不想活下去！不过最后他表示，文稿的事不会停下来，会继续写下去！

看完先生的信，心情颇为沉重。我立马去信安慰：前半部分刊出后读者反应正在陆续出来，正好利用这段时间听听读者反响。后半部的节奏不妨放慢些，一切以先生的健康为重，千万不要着急！

然而劝人别急的我后来自己倒发起急来：因为来稿速度变得非常的缓慢，常常要间隔很长时间，才寄上两章，有时甚至只有一章。望着这一叠叠文稿，仿佛看见先生在向文学高峰作最后冲刺时强忍着疾病的折磨，在顽强艰难地一步步

徐迟在故乡南浔（一排右二为徐迟）

朝前迈动着脚步。我甚至隐隐感到，这可能是先生最后一部著作了。作为先生家乡的刊物，不但要把这部著作推出去，而且要推好。这是《江南》的责任，也是《江南》的殊荣，也是我作为晚辈对先生的一份敬意！

在先生逝世的悲痛日子里，望着案头先生的遗稿，一个念想在我心中渐渐明晰起来：我觉得先生有点像海明威，生命里充满创造精神，一生都在孜孜不倦地追求艺术。家庭婚姻，在父辈那里就只是整个生活的一部分。他是为艺术而活着的，既然生命因为病痛无法再为艺术做贡献，生而何益？于是先生也像海明威一样选择了决绝的方式，为生命画上句号。

南浔的父老乡亲在得知先生希望和他夫人陈松一起合葬在家乡后，他们一边为先生寻访合适的墓址，一边说了句非常朴实感人的话：要是他能一直在南浔多好哇，说不定就没这档子事情了！

林庚与“盛唐气象”

“盛唐气象”是林庚先生作为一位卓有成就的学者，多年来在我国古代文学史方面的一项深受大家欢迎的科研成果。二十世纪五十年代我在北京大学中文系念书时，曾在课堂上听过他对这一辉煌文学高峰的精彩论述。

《中国文学史》是北大中文系最主要的一门课程。时任系主任杨晦教授，在和我们新生的见面会上便公开声称：“同学们，咱们头回见面我就要给你们泼冷水了。你们有不少人是抱着作家梦来咱们中文系的。但是我告诉同学们，北大中文系不培养作家，培养的是中国文学的高级研究人才。”

遵照中文系的这一办学思想，系里风气重学问轻创作。所谓的学问主要便是对古典文学的研究。那时同学们心目中最神往最感风光的，是在《光明日报·文学遗产》上发文章。我和同班同学刘绍棠，后来八十年代在北京一起开会时，回忆起当年我们母校中文系的培养目标来，对杨晦老师的说法还是不太理解，当然这是后话。

系里因此对《中国文学史》的安排不但课时长，需三年修完，而且授课教师均是系里扛鼎的著名教授。第一年为上古时期，包括史前神话，先秦和两汉，授课教授游国恩先生；第二年中古时期，含魏晋南北朝和隋唐，授课教授林庚先生；第三年近古时期，含宋元明清，由浦江清教授授课。

三位教授授课风格迥然不同。我最喜欢林先生的课，知道他是位诗人，早在清华大学念书时，即开始诗歌创作，毕业后留校任朱自清先生的助教。在燕京大学时升任教授。1952 年全国高校院系调整时来北大中文系。他学术研究博大精深，讲起课来激情飞扬，说到动情处回过身去在黑板上书写那笔力苍劲、字迹漂亮潇洒的板书时，常常激动得“啪”的一声折断粉笔。有一回，我趁课间休息时拿黑板刷刷净黑板，发现那掉下的半截粉笔头竟然尖得像毛笔头似的，原来他是斜拿着粉笔在黑板上书写的。

现在回想起来，林先生的文学史课，我印象最深的是两个单元：一个是魏晋时期的“建安文学”，另一个是唐代诗歌中的“盛唐气象”。“建安文学”“盛唐气象”的研究，展示了他对我国古典诗歌多角度的精辟论述，是他一生从事中国文学史研究的重要成果。

听了林先生讲的“建安文学”，我一下子迷上了这一时期诗人们的创作，特别是对才华过人的陈思王曹子建和不为五斗米折腰、向往着桃花源的陶渊明的经历与命运产生了莫大兴趣，很想买一套《昭明文选》来读。因为家里穷，没钱买书，只好将学校发给我们每个学生的饭钱一点点节省下来，为此一个月不吃早饭。上午最后一节课，总是饿得肚子的叫声一阵高过一阵，坐在旁边的女同学瞪起眼睛怪异地看我，我感到不好意思极了。这套《昭明文选》对我帮助极大，没多久，我就写出两篇有关陶渊明的文章，分别发表在《新建设》杂志和《光明日报·文学遗产》上。我因此极珍惜自己这第一套藏书。虽然它已蛀迹斑斑，我仍小心翼翼地珍藏在书柜的最上端。

林先生讲“盛唐气象”比讲“建安风骨”更精彩，对我们同学的影响也更大。他有个观点：“热心于社会改造的人们，以为伟大的文艺就是有助于理想社会的文艺，但爱好文艺的人们，却正以为那理想的社会，必然地须是接近于文艺的社会。”他认为：“那能产生优秀文艺的时代，才是真正伟大的。”

作者保存至今的《昭明文选》

正是从这样的观点出发，他对盛唐社会赞赏有加，说它承继着南北文化的交流，在文艺与生活的各方面都成为中国历史上最灿烂的时期。

我至今还记得，他给我们讲的唐人薛用弱《集异记》中关于诗人生活的小故事。一日天下微雪，王昌龄、王之涣和高适正在酒楼小酌，忽然从楼下传来一阵异常好闻的香气，原来是梨园伶官领着一群歌女叽叽喳喳地上楼宴会。这三位诗人回避不及，只好低着头在一旁围着炉子烤火。

不一会儿，歌女们叮叮咚咚地拨弄着带来的乐器唱起来，唱的全是当时流行的名曲。听了一会儿，王昌龄悄声向二位诗友建议："人们都说我们几个写诗的知名度高，但没将咱们三人分出高低来。今天晚上，就看谁的诗歌被这些美女传唱得多，就算谁的知名度高，二位意下如何?"王之涣和高适欣然同意。

三位诗友在一旁悄没声响地等着。一位妙龄歌女站了起来，合着乐曲唱："寒雨连江夜入吴，平明送客楚山孤。"一曲唱完，王昌龄面有喜色地说："这可是鄙人写的!"说完伸出一根指头蘸了酒在桌子上画下一道。接着第二个歌女唱"开箧泪沾襟，见君前日书……"，这时高适得意地望了一眼二位诗友，也依样在桌上画下一道说："这可是我写的了!"等到第三位歌女唱出"奉帚平明金殿开，暂将团扇共徘徊"，王昌龄说："都听见了吧，又是鄙人的!"

这时王之涣在一旁坐不住了，他心中有些愤愤，自思写绝句比他俩出名早，就说："刚才唱的都是些'下里巴人'，不是'阳春白雪'。"指着歌女中最漂亮的一位佳丽，"你们看着，等会儿这位最美的歌女要不是唱我写的绝句，我认输；倘若她唱的是我写的诗歌，那你们二人就得尊我为师，怎么样？"二人一拍大腿，欣然同意。三人于是兴味盎然地等在一旁看下文。

不一会儿，轮到那位最美的歌女唱歌。只见她站起来清了清嗓子，安静的楼厅内，歌声仿佛一阵长风从远处飘来："黄河远上白云间，一片孤城万仞山。"没等唱完，王之涣高兴得跳起来，揶揄道："土包子们，这回长见识了吧?!"三人的笑声引来歌女们的问询，听了解说，才恍然大悟。众美人慌忙上前来拜谢三位著名诗人，并热情邀三位赏光上桌一起畅饮，欢醉竟日。

林先生兴致勃勃地讲完故事，盛赞道，只有盛唐时期才可能有这种富有少年情趣的浪漫生活。如果说六朝人的生活是隽永的，那么唐人的生活则是健康、活泼和富有展望的！

林先生由于自己从事诗歌创作，一生都在探索新诗的格律，对唐诗的解读分析，常常有他独到的精妙之处。他讲授王昌龄七绝《出塞》，给我留下深刻印象。说发端两句"秦时明月汉时关，万里长征人未还"，气势非凡，概括力强，内涵丰富，让我们一下子感受到了将士们万里长征去驻守戍边的漠北地区，特色浓郁的自然环境、荒无人烟的苍凉感和悠久的历史沧桑感，这只是字面上大家都能直接读到的表层意思。第二层意思，隐伏在诗里，是虚写。为什么只提秦汉？因为秦汉时期对匈奴等外族的征战中，曾留下可歌可泣的辉煌战绩，能唤起后人的英雄主义豪迈情怀。第三，“明月”在古诗中，通常被诗人们用作游子征夫久客思归的意象。李白的“举头望明月，低头思故乡”是其中的集大成者。王昌龄《出塞》里一开头就点出的“明月”，自然寄寓着将士们戍边日久怀人思归的情怀，二者字面上虽不关联，但意脉上却前后承接着。第四，“汉时关”，秦时尚未有关只有明月，到了汉武帝时，经过几番征战，大败匈奴，为巩固边防才筑城设关，随即也涌现了像李广、卫青、霍去病这样的戍边名将，这就为后面“但使龙城飞将在”做了巧妙的铺垫。而今这守边的历史重任，落在那些“人未还”的将士们肩上。他们而今所处的漠北边疆，环境的苦寒自不待言，自古以来更是北方游牧民族南下与关内汉民族剧烈争夺厮杀的古战场。尽管大唐王朝国势强盛，但根据历史记载，当年由于将军的无能，也有出征失利的败绩，胜败难料，不能轻敌！

林先生说到这里稍作停顿，接着话锋一转解释起来：所以接下来第三句会出现“但使”这样祈求希冀的语气，但愿有像李广、卫青这样使敌人一听就闻风丧胆的大将在指挥。从字面上看这是在发主观议论，不是接着上句继续客观地写边塞景象，似乎断了，其实诗的意脉仍然潜在地连续着——“人未还”的将士们的命运和战争的结局——我们的土地决不会让敌人的铁蹄践踏上一步！

林先生还以《出塞》为例，简要地分析了唐人绝句的结构：开头第一、二句，一般是客观地描述景象，上下是起承关系。到了第三句是“转”，从客观写景变为主观抒情，句式和语气均须随着内容而变换，一般是否定、设问、感叹、顿悟，情绪上瞬间转换。绝句的转折，可以多种多样，五花八门。

林先生最后说,《出塞》是盛唐时期边塞诗的代表，这些“人未还”的戍边将士虽面对着这困难那困难，但并不表现得灰心丧气，而是雄健悲壮，意态浑成，不作一凄楚音。即便是他写闺怨离情的《闺怨》诗，情绪上也不凄楚消沉，而是悲中有壮，意蕴宽广豁达，笔调苍凉慷慨，这就是盛唐时期众多诗人创作上的总体风格特征，也就是我们所说的“盛唐气象”。他们重视向汉魏古诗乐府学习，注重发扬建安时期明朗刚健的诗风，是空前强大的盛唐时期文治武功与古典诗歌繁荣成熟结出的硕果！

王昌龄《出塞》虽然到此结束了，但也只是句绝文绝，而意并没有绝，情并没有绝。它被众多诗话誉为唐人第一七绝。也有人不同意，说开头两句“发端虽奇”,“但使”“不教”是发议论，过于直露，不如前两句，所以诗只能算是中等，算不上顶级。

林先生说，他不同意这种说法。结句“不教”并不是空发议论，而是诗人感情的总爆发，隐含着对胜利的企盼和自信，结句是全诗情绪的制高点！也正因为这样，当年在抗日战争爆发初期，“不教胡马度阴山”曾一度成为全国四万万同胞共同的心声！

王昌龄《出塞》虽只有四句，林先生却讲了整整一节课。我们听得入迷，竟感觉不到上午最后一节课的肚中饥饿。

讲到诗仙李白，林先生的诗人情绪更是激昂飞扬，口中几乎都是诗的语言：李白的诗如长风巨浪，惊醒了一代人的耳目。那豪放的情操，无尽的驰想，使得“温柔敦厚”全变为无用。如果说王维所代表的是诗坛的完善和普遍，那么李白所代表的则是创造本身的解放。如他的古风《将进酒》《蜀道难》《行路难》等长篇，气象高远，富有展望，充满青春气息；篇幅较短如《宣州谢朓楼饯别校书叔云》等，也落想天外，局自生变。那逸兴遄飞的豪情，变化莫测的句法，其气质此前只有曹植、鲍照的风格与他相近。至于其绝句像《下江陵》《望天门山》《送孟浩然之广陵》《闻王昌龄左迁龙标遥有此寄》等，人称字字神境，篇篇神物。赞美李白“布衣豪语轻帝王”“谪仙傲骨任飘零”的个性，所谓“黄河之水天上来，奔流到海不复回”，正是他的自我写照。这位天才用他一生恢宏灿烂的词章，将唐诗推送到我们民族诗歌不可企及的光辉巅峰，让后人永远地抬头仰慕和赞赏学习！

林先生讲到这里，站定在讲台和黑板之间这片小小空间，眼里闪着光，情绪激动地抬起胳膊，张开五根沾染着粉笔粉的白净手指，急遽地动弹起来，仿佛那唐诗的光芒在闪烁！

我就这样将“盛唐气象”连同林先生那个手势一起记在了心间，一辈子都忘不了!

后来，就是在“盛唐气象”的评价问题上，我做了件有愧于先生的事。

二十世纪五十年代“反右”斗争后期，北大全校开展教育革命、批判资产阶级教育思想即所谓的“拔白旗”运动，从教学层面铲除右倾思想基础。系里布置对几位老师的教材内容进行检查，先由系里进行思想动员，说明开展这场运动的意义及其必要性，然后将即将毕业的我们1954届一、二两班同学，按照批判问题分成若干小组，我被分在批判林先生“盛唐气象”那个小组。先学马列主义毛主席著作武装思想，然后以《夜读偶记》为范本，对照检查林先生授课和教材中存在的问题。我心里起先还有点纳闷，林先生的课同学们反映都不错，怎么存在问题要批判了?但经过反复的座谈讨论，发现他在讲解“盛唐气象”时对唐代社会历史的论述，偏离了马克思主义关于阶级和阶级斗争的学说，评价盛唐时期诗人作品，也未能坚持政治标准第一、艺术标准第二的原则，对作品鉴赏存在着资产阶级纯艺术观和唯美主义倾向，等等。

同学们在讨论中说，林先生授课过程中存在着这些问题，我们此前非但没有认识到，反而欣赏称颂他的讲课生动活泼不枯燥，听了他讲授李白的诗后，大家平时嘴边常挂着“天生我材必有用”“千金散尽还复来”“安能摧眉折腰事权贵？使我不得开心颜”，致使前一时期反击右派向党猖狂进攻时，对右派分子恨不起来，说明自己已经“中毒”，做了资产阶级思想的俘虏。认识提高后，同学们在组内逐个发言批判林先生，然后推选我执笔将大家的发言整合成批判“盛唐气象”的发言稿，代表小组在全班发言，听取意见，再经修改后上交系里。听说系里认为质量不错，推荐给了学报编辑部。

不久，我们年级就毕业离校了，我被分配去了内蒙古。临离开北大，我很想上燕南园林先生家告别，心里总觉得有愧疚，但愧疚什么，一时又说不清，理不出头绪。离校在即，杂事纷繁，一忙就忘了。后来全国政治风向变化，低我们一级的1955届同学编写的红封皮《中国文学史》，做了重大修正，再版变成了黄封皮《中国文学史》。由我整合的对“盛唐气象”的批判文章，最后也不知下落，不了了之。

后来随着年龄增加，知识积累，才逐渐地感悟到林先生在授课中对“建安风骨”和“盛唐气象”的推崇，是他多角度论述我国古典诗歌的探索结晶。林先生是位诗人，他对新诗语言和格律的尝试直到晚年都不曾停止过。他把创作上这种不懈的探索精神，运用来研究文学史，凭着诗人对作品文本细腻精妙的感悟，发现盛唐时期众多诗人像陈子昂、王昌龄、王之涣、高适、岑参、孟浩然、王维、李白、杜甫、李益等人的诗歌创作，尽管具有各自的艺术风格，然而由于诗人们的经历和命运，受到盛唐时期这个中国封建社会空前强大的黄金时代的影响，因此其作品又或多或少呈现着意境高远、雄壮浑厚的总体风格特征。这种文学现象，只有现代文学史上抗战时期的文学，还有新中国成立以来当代文学史上八十年代的文学，有着相仿佛的情况。

宋代著名诗论家严羽极为推崇盛唐时期诗歌，在《沧浪诗话》中将唐代诗歌分初唐、盛唐、中唐和晚唐，分别加以论述，大力推崇盛唐时期诗歌的旨趣，赞扬盛唐诗歌“既笔力雄壮，又气象浑厚”，在《沧浪诗话》里多处加以阐述，影响很大。严羽之后，雄壮、浑厚是盛唐诗歌的总体风格特征，成为诗论家的共识。

林先生怀着诗人气质来研究盛唐时代的诗歌，他和我们有的文学史家不同，重视对具体作家作品的研究分析，拿今天的话说，就是坚持从文本出发，深入地研究每位诗人作品在内容、形式和艺术风格上的特点，他们所生活的文治武功空前强大的盛唐时期国势和经济文化繁荣发展的景象对其性格的影响，又结合传统诗论家的评述，用精练的语言将这个时期诗歌总体风貌概括为“盛唐气象”，这和他先前论述“建安风骨”时一样，是对诗歌时代感的一种称谓。应该说这是林先生不死守书本，不人云亦云，在学术上敢于独辟蹊径提出自己观点的无畏的表现，也正是朱自清先生在林先生《中国文学史》的序言中指出的，“著者用诗人的锐眼看中国文学史，在许多节目上也有了新的发现，独到之见不少。”“盛唐气象”说，应该就是其中之一。但那时我年少无知，思想简单，受当时盛行的左倾浮夸思潮的影响，不像林先生那样坚持从研究分析作品实际出发，而是在学习了《夜读偶记》后，自己就按此照搬，事先设置出一个附加在作品之上的固定模式去套用衡量，合则正确，不合则错，便认为是“白旗”而加以批判，不但伤害了林先生，还毒化了批评氛围。

改革开放后，我一直想就这事向林先生做检讨，对林先生表示自己的歉意和愧疚。正好报社约我写篇文章，关于自己第一套藏书的故事。我想起自己一个月不吃早饭买《昭明文选》的经历，想起林先生当年授课的情景，我就是在他的影响下，喜欢上了建安时期的文学和几位诗人作品，等等，想借此机会在文章里表个态。没想到中国作协第五次全国代表大会间隙，在人民大会堂大厅后面通道上与林先生不期而遇，他还像从前一样面容清癯，精神矍铄，一身书卷气。我忙趋前握住他手说：林先生，我离开内蒙古后很想来看望您，因为温小钰身体不好，一直陪她各处看病，所以一直没机会。林先生说听系里的人说了，你发在《文汇报》上的文章也听他们讲了。我说，那篇文章本来的主要意思是要向您做检讨，文章中原来有检讨的话，被编辑删掉了。林先生不解地问：为什么要向我做检讨？我说，因为1958年教育革命时中文系“拔白旗”，我代表同学起草过批判您的“盛唐气象”的文章。那时我们年幼无知，受当时“左”的那套东西影响，说了错话，该向您做检讨。林先生朗声笑起来：我怎么不记得这事了？再说我写那文学史还是在三四十年代，年纪还轻，又过了这么多年，不可能没有错的地方……说到这里，继续开会的铃声响了，分手时我问：“林先生，您没搬新家，还在北大燕南园住吧?”林先生点点头，在被一起进会场的人流遮掩时，扬起胳膊朝我挥了挥手。

后来，北大同学中不时地有林先生的传闻，说先生在北大这个经历过“文革”以来极为复杂激烈的重大政治斗争的地方，始终保持着一个学者正直清白淡泊名利的高尚品质，赢得了全校师生的尊敬和爱戴!

我因此也就疏懒起来，直到先生去世也没去燕南园看望，这成为我一笔永远无法还清的心债……

柯灵与“南浔杯”全国散文大奖赛

认识柯灵老师是在我调来浙江工作以后。

1987 年秋，我从内蒙古调回家乡浙江不久，接到中国作协通知，安排我去新落成的深圳西丽湖创作之家休养。这对于像我这样长期生活在僻远边疆地区的作者来说，真可谓是改革开放以来的新鲜事。当时在人们心目中，我国最繁华的现代化大都市上海已不再风光，广东深圳成了中国最开放的特区城市，我国的改革先锋，都很想上那里亲眼看看。

在广州白云机场下飞机已是傍晚，然后搭乘去深圳的巴士。汽车在入夜的广深公路上行驶。往前看，迎面驶来的车一辆咬着一辆，白亮的车头大灯把整条公路照耀得亮堂堂的；而往前驶去的车辆，一律都亮着尾灯，红色的灯光在两边涂着新型反光涂料的隔离桩映照下，像是条彩色的梦幻般流淌的灯河，散发着蓬勃的改革开放的时代气息。

中国作协西丽湖创作之家是座白色的美丽院落，我到达已是夜里十点了，院内灯火阑珊，休养的作家大概都已休息。创作之家办公室却还亮着灯。负责人姓毛，是位当地帅哥，一直在等着我。听闻我说已在机场吃过晚饭，便电话通知伙房师傅下班休息，然后领着我穿过院子，来到最后一排休养楼前，打开一楼中间一个房间，说：今天你赶路累了，早点休息。房间里能洗澡，但注意要把后窗打开，因为开业没多久，热水供应系统尚未安装妥当，暂时用罐装煤气热水器代替着，请老师使用时务必小心，千万注意别煤气中毒！

我问这次来创作之家休养有多少位作家。

小毛说不多，连你总共六位，都带家属。除内蒙古作家敖德斯尔夫妇住在前面楼里外，其他作家全安排在这一排。然后他挨着房号，说了一个个作家大名，全都是我仰慕已久但从未见过的著名作家，有住在我隔壁的柯灵夫妇、端木蕻良夫妇、刘知侠夫妇以及西戎夫妇。

1987年10月，作者参加中国作协“深圳创作之家”休养时与作家的合影
一排左起为敖德斯尔、西戎、柯灵、端木蕻良、刘知侠夫妇、作者

第二天去餐厅吃早餐前，我先去看望了我在内蒙古自治区作家协会的老领导敖德斯尔。老敖和夫人斯琴高娃关心地问起小钰怎么没一起来。我说我们两人刚调回南方有点水土不服，我一直在闹胃病，体重掉了五六斤。小钰被上海华山医院确诊为帕金森综合征，双腿疼痛，行走不便，正在对症治疗。我本想在家陪她，但她说这次休养机会难得，让我来深圳感受感受改革开放新气象。我这次怕是住不长，得提前回杭州。老敖和斯琴高娃都对我俩调离内蒙古感到惋惜，还说，要是还在内蒙古老地方待着，说不定小钰不会得这从未听说过的稀奇古怪的毛病！

吃早餐时见到了各位文学前辈，老敖因为比我早来两天，和他们都已熟悉，为我一一作了介绍。前辈们待人谦和，热情友善，大家边吃边聊，气氛煞是融洽。尤其是旁边的柯灵老师，面容清癯，虽满头银丝，是这批休养作家中的长者。他平易近人，温文儒雅，说话带着浓重的江浙口音，交谈自然要来得多些。我说自己在大学读书时就读过《收获》创刊号上他写的电影剧本《不夜城》，温小钰还演过他和师陀根据高尔基经典《底层》改编的话剧《夜店》里的小妹。

“哦！”柯灵老师带点惊喜地问，“是在哪儿演出的？”

“是他们学生社团话剧社在我们自己学校大饭厅里演的，盛况空前。尽管演员在表演上有点过火，但由于剧本深刻的批判精神和精彩对白，深深吸引了同学们，一些站在饭桌上看戏的同学一时忘情，踩塌饭桌，人随之翻倒，‘嘭’的一声从空中坠落在地！”

前辈们脸上都绽开了笑容。

正说着，小毛来餐厅宣布：今天休养的作家全都到了，我们的活动正式开始。今天是参观深圳市容，八点半出发，上车地点在大门口。现在是七点半。深圳人有句口号：“时间就是金钱，效率就是生命。”请各位老师早餐后务必准时上车！

“对，那我们注意点时间。”坐在旁边的柯灵老师小声说，“真可惜，这次温小钰同志没能一起来！”

“她身体不好!”我说，“我恐怕也不能一直陪着老师们，得提前回杭州。”

“听说她的毛病和巴老的差不多?”柯灵老师关切地问。

“是的!”我说，“巴老听说后，对我们一直很关心，每次来杭州疗养，都叫小林和小祝来家探问温小钰的病情，鼓励她一定要多活动，不要中断写作。巴老前些日子在杭州时，得知温小钰行走困难，要小林把他从上海家里带来的自己正在用的助步器送来给她使用。我们听说后急忙给小林打电话，又感动又惶恐，觉得这万万使不得。巴老年岁大，更需要助步器。广大读者都在盼着他快点好起来，创作出更多更好的作品，怎么能乱了轻重缓急?我们对小林说，等到以后温小钰确实需要时，麻烦巴老向生产企业代为我们订购一架就感激不尽了!”

“嗯嗯，巴老爱护和关心年轻作家，向来就是这样!”柯灵老师对巴老十分熟稔似的赞叹说。

早餐后，作家们陆续来到大门外，发现观光的巴士还没有来。早已等着的小毛抬腕看表说，时间还没到，放心好了，深圳的司机惜时如金，很遵守时间。话音刚落，大门外响起汽车的声音，汽车果然准时到了。

当时的深圳，作为一座新兴特区城市，给人的第一印象是，从里到外就是新。新的笔直宽阔的街道，新的鳞次栉比的触天高楼，矗立在大街两边。新颖别致的造型设计，十分罕见的玻璃幕墙，在阳光下闪闪发光，让城市出落得浑身上下都散发着摩登气息。对比当时的杭州这座东南沿海著名城市，正如一位国际友人在参观时评价的——美丽的风景，破烂的城市，与深圳相形见绌。不过，玻璃幕墙怪异刺目的反光，照得大家时而用手挡目侧过脸去，时而低下头来无法睁开眼睛，让车里的人开始尝到光污染的滋味。

听坐在我前面一排的柯灵老师说，他在广东时，深圳还是个默默无闻的小渔村。几年工夫，华丽转身，是改革开放带来的巨变！

我问："柯灵老师，像现在深圳这样的特区城市，还有没有您作品里写过的那种巷了？"

柯灵老师稍一思索说："我写的巷，在江南小城里才有。它既不是上海这样大城市里的里弄，也不是北京皇城里的胡同，更不是乡间陋巷。"

我说："我很喜欢您的散文《巷》，到现在还记得其中的句子，'巷是城市建筑艺术中一篇飘逸恬静的散文'，比喻精妙到位，又富有文化内涵，到现在都还记得！"

柯灵老师谦逊地笑笑，说："那是老早前写的，三十年代初的作品。"

我问："那时您多大呀？"

"二十出头。"

我说："那会我还未出生呢！不过我们杭州城里至今还有好多巷子，像孩儿巷，葵巷，团子巷，等等。有的已在城市化建设中被拆除，名存实亡了。"

老敖说："城市化建设飞速发展，有些传统的东西在不经意间悄悄地消失了，非常可惜。这似乎有点矛盾，需要很好地处理建设与保护之间的关系。"

前辈们似乎都颇有同感，纷纷说起自己所在城市在现代化进程中与此类似的情形。

观光的第一个节目是参观深圳图书馆。我们的车刚一停落，等在门口的接待人员便上来招呼我们表示热情欢迎，然后立即带领我们进入大厅。发现进门处都装着电子监控，今天对这些安保设施人们都已司空见惯，但那时作家们都觉得很新奇，纷纷向图书馆工作人员提出许多今天听来十分幼稚可笑的问题。借阅大厅高大敞亮，采光极好，座位舒适，座无虚席，读者都低着脑袋在专心致志地阅读。这种静悄悄的带着一点庄重肃穆的阅读氛围，让参观的作家们强烈地感受到，越是在改革开放前沿，人们越是重视对知识的掌握，重视阅读。

陪同的工作人员介绍说，每天来公共图书馆利用阅读资源的人很不少，但馆内一切都井然有序，环境整洁，管理人员却并不多，原来办公管理都实现智能化、自动化了。借阅检索书目概由仪器代替，相比于一般图书馆的人工操作，既省时快速，又省力方便。陪同人员请每位作家站在仪器前输入自己的姓名，不一会儿，有关的著作目录就在终端显示出来。大家都好奇地试验了一遍，发现馆内藏书相当丰富，我们几位的作品差不多都已编目登录，数柯灵老师的最多，我的最少。

参观结束，从图书馆出来，拐弯的路口矗立着一块巨大的标语牌，赫然两句大红字写成的口号，每个字都有一人多高：时间就是金钱，效率就是生命！

“对这两句话，”我指着车外标语牌上的口号说，“今天我算是有了一点实实在在的感受。”

“关于它们，当时还有段故事。”柯灵先生等大家在车上坐定后介绍，“当年蛇口工业区管委会主任袁庚，提出这口号时心里并没有底。正好不久邓小平同志来蛇口视察，他在向小平同志汇报工业区的改革开放工作过程中，问小平同志看到这口号没有。旁边的邓楠插话：‘爸爸在来的路上已经看到了。’小平同志说：‘很好嘛！’袁庚一下子心里有了底。没想到小平同志回到北京，向当时的中央领导胡耀邦等赞扬深圳蛇口工业区改革开放搞得热火朝天，还提到了这两句口号，说它意义深远，破除了人们头脑中普遍存在的谈钱色变的观念！并且这年国庆游行队伍里，还出现了装饰着这两句口号的彩车，带着深圳蛇口人民在改革开放大潮中焕发出来的新气象新理念，从众多的站在观礼台上的中央领导面前轩昂地驶过。从此，这口号就像一阵春风吹遍大江南北，响彻全国，为改革开放推行市场经济吹响了进军号！”

这天吃过晚饭，我去隔壁柯灵老师房间串门闲聊，问起袁庚的情况。柯灵老师说这可是位改革开放的风云人物！他当年在香港《文汇报》工作时，就听说袁庚所在的当地东江纵队在抗战时期曾组织营救过一大批知识分子，其中有邹韬奋，据说袁庚留给邹韬奋的印象很好。这个人好像和知识分子有点缘分。

我说我孤陋寡闻，还是第一次听说。

柯灵老师说，袁庚最出名的还是第二年《人民日报》报道他发扬民主、支持报纸指名道姓批评自己。当天《人民日报》评论称那是“蛇口的第一声春雷”。他也因“宽容纳谏”而声名大振。

原来事情的经过是这样的。这年大年三十夜，蛇口的报纸《蛇口通讯》编辑部收到一篇署名来信，写信人名字记不住了，题目是《该重视管理了——向袁庚先生进一言》。报社总编辑是从上海过来的外地人，不熟悉情况。大年初一在向一些读者朋友拜年时就来信是否能在报纸上公开发表征询意见，赞成者有之，忧虑者也有之，还

1987年10月，作者和柯灵在深圳石岩湖合影

有不少人主张息事宁人为妥。总编辑几经犹豫，第二天拨通了袁庚的电话，说有篇批评他的读者来信要送他审阅。袁说："不要送审，报社有权发表。我们在这块地方就是要创造一种让大家畅所欲言的民主氛围。"

尽管袁庚表态很明确，第二天总编还是亲自将稿子送袁庚审查。袁庚正好出去了，总编留下稿子。到了晚上，袁庚给总编打电话："稿件已看，我认为可以一字不改照发！"

总编问："可否做些技术性修改？"

袁庚说："不必！"

第二天，《蛇口通讯》果真将这稿子一字未改刊登出来与读者见面，还配发了《恐惧，告别吧！》短评。

柯灵老师说，这件事当时让许多年轻人感到像原子核受到中子轰击一般的激荡。

我站起来有点冲动地说：

"柯灵老师，不要说当时，就是现在，我听您讲后心里都还有几分这样的感觉。看来这次深圳真是来对了，特区城市不但硬件新，更可宝贵的还是软件新，理念新！柯灵老师，您不仅熟悉上海，还熟悉广东，这几天我要多多向您请教！"

可惜当天晚上在和温小钰的通话中，感觉到她病情有变化，第二天我就匆忙地告别前辈回杭州了。

转眼到了二十世纪九十年代初，文艺创作上出现"散文热"。

散文作品由于直面人生，贴近生活接地气，获得了广大读者的青睐，作品繁花盛开，大有形成高潮的势头。为了进一步推动和繁荣散文创作，我与浙江湖州南浔镇书记兼经济开发区主任朱倍得商议，策划举办全国散文大奖赛。朱书记秉持南浔人历来的优良传统，发展经济的同时不忘发展文化，热心支持我省文学事业。他说，明年是经济开发区成立三周年，我们也正在考虑相关的活动，建议把全国散文大奖赛作为庆祝经济开发区成立三周年的一项重要内容，以表示对文化事业一贯的重视和支持。他还一再强调，如果决定办大奖赛，就要办得有成效、有影响。他问我：你的中篇小说两次在全国获奖，奖金多少？我说第一次人民币三百元，第二次六百元。他说，那我们这次一等奖就一万元，希望能评选出高质量的散文作品来！说实在，我当时听朱倍得说具体奖金数额时心里咯噔了一下，就如同当年在蛇口听柯灵老师讲袁庚的故事一样！没想到这次散文大奖赛，真还评选出了众口一词的高质量散文作品——莫言的《望星空》！这当然是后话。

经过多次沟通，我根据南浔方面对大奖赛的要求与精神，草拟了一份评委会专家名单，有柯灵、徐迟、张炯、梁衡、贾平凹、赵丽宏等全国散文名家。开发区对评委名单很满意，提出请德高望重的资深散文家柯灵先生担任评委会主任，还希望他能来南浔看看。考虑到这年他已八十七岁高龄，恐行动不便，难以请动。

不知怎的，这时我想起当年在深圳西丽湖创作之家与柯灵先生的数日相处，忽然豪勇起来，表示自己愿意去上海试着邀请柯灵先生。

朱倍得书记很高兴，马上表态说：“汪老师，你这次出面，不仅代表你们《江南》杂志社，同时也代表我们南浔，向柯灵老师发出我们家乡人对他最诚挚的邀请。”

去上海前，先请上海朋友帮忙打听清楚柯灵先生家的具体地址和身体状况，知道他身体状况良好，我信心满满地出发了。凭着多年前在深圳创作之家和柯灵老师短暂相处留下的印象，以及通过其作品对他为人的了解，我觉得这是位谦和慈祥的老作家，思想开放，善解人意，绝不会轻慢了家乡人那片诚意！

出发那天气象预报说有大雨，我们比预定时间提前一小时出发，在复兴路上等到约定时间才打电话和柯灵先生联系。来开门的国容老师很快将我们迎进家里，在过道上她就心直口快地朝客厅欢声喜气嚷起来：“《江南》杂志汪浙成他们来啦！”一边招呼我们：“这么大雨路上不好走吧？”

“雨大时我们已经在复兴路上了，”我说，“今天我们提前一个小时出发，在车上待着。”

“已经到家门口了，怎么不进来？”

“时间就是金钱呀！柯灵老师那年在深圳时不是已经讲过了嘛，尤其是柯灵老师的时间，更是金贵……”

“没那么夸张，怪我没讲清楚！”柯灵老师边说边从客厅里迎出来，“真是委屈了你们，快请进，快请进！”

“汪浙成，你们也真是太认真了！”国容老师在一旁咯咯笑着，又是批评又是表扬。

热情地握过手，我把南浔朱倍得书记送柯灵老师的家乡土特产转交给他。柯灵老师连声说，你们太客气太客气了！

落座后，柯灵老师一脸笑意，气色很好。我看着也心头一喜，这预示着这次成功的希望又增加了一分。

“我们这是第二次见面了吧？”他问，“上次没想到你那么快就回杭州了。身体看去还不错。你们《江南》的日子还好过吧？现在不少办刊物的朋友都在叫苦！”

“我们也一样！省财政给的这点经费不足应付，存在着很大缺口，全靠像南浔朱倍得书记以及杭钢孙永森等企业家朋友的支持。”我于是简要地向柯灵先生介绍了当时我省文学期刊的情况。由于办刊经费困难，原来省内公开出版发行的三家文学期刊，只留下《江南》一家了。原本也想把《江南》卖给企业，而我情真意切地向领导摆了理由，坚持《江南》一定要继续姓“文”。如果连这唯一的文学期刊都不再刊发文学作品，若干年后倘若有人问起来，你们浙江这片有半部中国现代文学史之称的文化热土，九十年代以来有过什么文学作品呀？我们将无言以对！当时省内企业家里一些有识之士了解到我们的办刊窘境，纷纷伸来热情的援手，成立了《江南》杂志理事会，在经济上及时给予支持和援助，这才保下来《江南》这一文学刊物原来的办刊宗旨！

柯灵老师一直认真地听着，高兴地频频点头，说：浙江的一些企业家文化意识很强，是有传统的。

我说："他们还表示，我们浙江在新时期不但改革开放、社会经济发展走在全国前列，文学艺术也要同步繁荣发展。不能一手硬一手软。这次南浔和我们联合举办'南浔杯'全国散文大奖赛，就是出于这样的目的。临来前朱倍得书记特地嘱托，要我代表南浔和《江南》来上海诚邀柯灵老师担任大奖赛评委会主任。"

柯灵老师静静地听完我的述说，脸上漾着对我们充分同情和理解的神情。

"没想到连我家乡浙江，办刊物的经费都这么困难紧张！"他声音低沉地说，"不过据我所知，湖州南浔一直来经济很发达，从前被称为浙北雄镇，上海有不少企业老板就是南浔人，对我国近代资本主义发展应该说有过贡献。一些有钱的人富裕起来后，热心文化事业，有发展经济不忘发展文化的优良传统！"

"对对！柯灵老师您很熟悉我国民族资本发展的历史特点。南浔是中国资本主义萌芽最早的地方。我这次是主动请缨来上海请柯灵老师您担任'南浔杯'全国散文大奖赛评委会主任的，我心里想，无论从文学情怀、家乡人的缘分，还是从对改革开放新时期的呼唤讲，您都不会忍心拒绝我们的！”

柯灵老师会心地笑起来。

国容老师在一旁欢声插话：“汪浙成，你真会说话。我们在深圳就有这印象了！”

我觉得事情有门儿，赶紧添火加热，补充说：“柯灵老师，您给我们省作协《浙江文学志》写的序，大家反映非常好。您对自己家乡文学事业的关心和支持是一贯的。所以这次我才斗胆把邀请您出任大奖赛评委会主任的任务接下来。”

“唉，”柯灵老师叹了口气说，“现在是心有余而力不足，你知道我今年八十七了，年岁不饶人呵！”

“这个嘛，南浔镇的领导也想到了。朱倍得书记原来想请您和国容老师在南浔多住几天，到湖州参观参观。至于评奖的事，我们希望是最后一天颁奖大会请您主持一下，宣布获奖作家名单，其他事宜诸如作品审读，初审我们在当地解决，复评和最后的终评投票，我们想采取邮件方式来进行，不让评委们跑来跑去，又吃力又浪费时间。柯灵先生，国容老师，这样安排可不可以？”

柯灵老师满脸洋溢着谦和的笑，望了一眼国容老师，彼此交换了一下目光，说：“你们考虑得已经很周到了，我们没有什么意见！”

“颁奖会召开前一天，南浔专车来接您和国容老师，”我说，

“朱倍得书记这次还特别让我捎话，希望您和国容老师能去南浔看看，多住几天，这几年南浔发展变化也很大，会前会后都行，看你们方便。”

柯灵老师坐在沙发上高兴地呵呵笑着。

“朱书记会前会后够忙乱的了，我们不便再去打扰。请你代我们谢谢他！”

没想到这次邀请任务就这样顺利完成了。

更没想到的是，有关散文大奖赛的消息和评委会的名单在媒体上甫一发布，得到了全国众多作家和读者的热烈支持。评委会副主任、著名作家徐迟老师尽管重病缠身，仍惦记着大奖赛的评奖工作，多次来信来电，提醒我们“评奖应争取质量高档”。到征文截止的半年多时间里，共收到来自全国各地包括台湾地区在内的参赛作品六千余件。根据评奖规则，进入复评的三十三篇作品，全部电脑录入并重新打印，隐去作者姓名笔迹，分别寄评委审读，最后投票评出一等奖二名，二等奖五名，三等奖十名。

当大奖赛评委会主任、全国著名散文家柯灵先生在南浔影剧院召开的颁奖大会上宣布，获得本次大奖赛一等奖的是散文《望星空》、作者莫言，散文《心如苍穹》、作者叶文玲时，会场内响起了经久不歇的热烈掌声。

柯灵先生在会上报告了评奖的具体经过。三十三篇复评作品重新打印，隐去作者姓名、笔迹，分别邮寄给各位评委后，评委们全都认真负责地审读了全部复评稿件，有的评委还就复评作品的得失优劣写成书面意见，像评委会副主任徐迟先生因健康原因无法前来亲自颁奖，却给我们大会寄来了热情洋溢的书面发言和对复评作品的书面意见，说：“我喜欢《望星空》。木彗相撞那篇散文写得太好了。非常感谢这篇文章的作者！”

那天，南浔影剧院上千人的会场，座无虚席，与会的人屏声静气倾听了大会宣读的徐迟先生的书面发言稿，会场上长时间地汹涌着热烈的掌声。不少人眼睛都湿润了，深切地感受到文学前辈对后来人的殷切期待和关爱！

莫言代表获奖作家在大会上发言，他盛赞大奖赛采用的隐姓封名、完全以文取胜的评奖方式：“使我们全体获奖者都感到格外振奋。我们的作品能被德高望重的柯灵先生、徐迟先生以及其他资历不凡、才学富赡的评委先生们慧眼选中，这甚至比奖状和奖金都更让我们激动！”

颁奖活动结束，柯灵先生离开南浔回上海时，我握着他的手激动地说：“谢谢，谢谢！这些日子辛苦了！”

他笑着摇摇头说：“不辛苦，只有高兴！这次散文评选活动盛况空前，水平相当高，可以看作是一次当前散文创作的艺术展，一次成功的文学盛会！”

十七年后，莫言成为我国首位获得诺贝尔文学奖的作家，消息公布的当天，我正在紧邻莫言家乡的山东烟台参加苹果节，接到《湖州日报》记者电话采访，问及莫言当年获“南浔杯”散文大奖赛一等奖的情况。我说因为曾经有过这样一次文缘，我们为他摘取本年度诺奖桂冠感到格外高兴。尽管“南浔杯”在国内只是个小小的文学奖项，但我们那次以柯灵为主任的大奖赛评委，都是享誉全国的重量级著名散文家，他们慧眼识珠，以文取人，一致选中莫言，是否可以看作是他将获诺奖这一世界级文学殊荣的一个耐人寻味的信号呢?!

1995年12月，“南浔杯”全国散文大奖赛评委和获奖作家合影
一排左三为赵丽宏，一排左四为吴泰昌，一排左五为莫言，一排左六为叶文玲，一排左七为张炯，一排右七右八为柯灵陈国容夫妇，一排右六为梁衡，一排右四为作者，一排右五为朱倍得。评委贾平凹未出席颁奖活动

耿直正派，秉持公正
——朱寨先生二三事

2023 年 3 月 31 日，是著名学者朱寨百岁寿诞。中国当代文学研究会和中国现代文学馆在京联袂举办了“朱寨学术思想研讨暨纪念文集编纂座谈会”，研讨他在当代文学研究方面的贡献、治史经验、学风特点以及在当代文学学科建设和中国当代文学研究会创建方面的巨大奉献。

朱寨先生的同事、评论家曾镇南，会后电话告诉我座谈会情况，并说他在会上看到朱寨先生著作里提到了我和温小钰，讲到他为我们小说《积蓄》鸣不平一事。曾镇南说他没看过《积蓄》，说不出什么，希望我能写一篇纪念朱寨先生的文章，并发来朱寨先生三本著作《鹿哨集》《中国现代文化名人纪实》《记忆依然炽热》的封面图像，说孔夫子旧书网能买到，嘱咐我能看看。

由于家里藏书两年前已全部捐赠给了家乡图书馆，我当即托友人从网店订购了这三本书。对于朱寨先生，无论是他本人的学术人生，还是我们之间的私人“心交”，我都有些话想说。即便曾镇南不来约稿，我自己也会主动写点什么的。

就从朱寨先生鸣不平的作品《积蓄》说起。

1980 年 12 月，中国当代文学研究会年会在云南昆明召开，当时我还在内蒙古文联《草原》编辑部供职，我们来自北方的七八个与会的人相约，趁便去西双版纳参观访问，有朱寨、方冰、张抗抗、陈素琰、程树榛、晓凡、阿红和我。途中停车小憩，大家下车活动活动手脚。我们一行中的长者朱寨先生和我闲聊，由于都是搞当代文学的，议论起近年来《收获》上发的作品，说到《人到中年》，大家交口称赞。张抗抗说，她还看过《收获》上我和温小钰的小说《积蓄》，题材与《人到中年》差不多，也是写中年知识分子的，感觉不错。大家说没注意，问发在哪期《收获》，我说我也记不准确是哪期了。不料这时朱寨先生开腔了。他说，这是他看到的最早的一篇反映中年知识分子生活和命运的作品，笔触精细逼真。作品中那对中年知识分子的艰窘处境，令人心酸同情，而蕴藏在他们心中火热的爱国情怀，却更让人肠热难忘。可惜这个作品没引起应有的重视，而被早一期发表在《收获》上的《人到中年》的光芒给遮掩了。

他说：“我欣赏《人到中年》，但也为《积蓄》惋惜！”

这一句话仿佛重锤般落在我心上。我当时对同行的这些作家（除了陈素琰）还不太熟悉，不便多言，听了只是笑笑，可心里却情绪激荡，一字不落地将这话牢记在心，对朱寨先生和张抗抗二位心存感激。试想写东西的人，哪一篇作品不曾呕心沥血？尤其像我和小钰这两个在边远地区搞业余创作的人，虽发表过一些作品，但数量少得可怜。在创作道路上总算步履蹒跚地走了一程，多么盼望能遇上一位真正懂文艺的知音，现在知音忽然出现

积　蓄

汪浙成　温小钰

《收获》1980 年第 2 期发表的中篇小说《积蓄》

在了自己眼前，而且朱寨先生又是来自“鲁艺”的理论家，是我心目中的一位重量级人物。只是事情过于突兀，心里一激动，我反倒什么话都说不出来了。

黄昏时分，车到景洪市。晚上住下后，我这个来自内蒙古冰天雪地的人，第一次来到云南边疆，却没心思去感受迷人的南国风情，也顾不上去领略月夜中凤尾竹摇曳的旖旎风光，稍经洗漱，便忙不迭地去敲朱寨先生的房门，也没事先经老先生同意，一进房间，就极其莽撞地啰唆起小说《积蓄》来，感激他对我们的鼓励，说这篇作品在《收获》上发表后一直无声无息，没想到他这样著名的理论家却记着它，这对我们两位作者来说真是意想不到的巨大鼓舞！

他瞪大眼睛，久久地望着站在房间中央、脸红筋胀地激动诉说的我。忽然我看见灯光下他的眼睛在镜片后面闪烁着一丝理解的笑意，然后一本正经地对我说：“汪浙成，你我相隔千里，可以说素不相识。这次初见，虽只是随便说说，却是我的真实感受，确实也心有不平！”他问：“作品里是否有着你们自身的影子？”

我说有，当然也不全是。我详尽地对朱寨先生讲述了创作这篇小说的旨意和题目《积蓄》的寓意，既是指给孩子买电视机的那笔夫妻俩多年来节衣缩食积攒下来的存款，更是指蕴藏在这有形财富背后，我国传统知识分子宝贵的家国情怀和优良的文化传统，可惜这几年正在一点一点地流失，令人痛心，希望能引起社会和大家的注意，所以在小说结尾让一位书记出场。

朱寨先生这天夜间虽因为赶路有些疲倦，不如白天健谈，但从他一直兴致勃勃倾听我的东拉西扯，感到他还是认可我的，而且我觉得他是位真正懂行的文艺评论家，谈文艺问题总是结合作品实际，重视艺术规律，又不忘政治上的“利”与“害”，将文艺理论上的“是”与“非”和美学原则上的“美”与“丑”结合在一起。那天晚上，要不是我看他真有点累了，真想再多听听他对文艺的见解。后来我在他的一篇文章中读到，他将我们这次西双版纳之行的结识交谈，高兴地称作“他与我有了心交”！

事后想想，自己也感到奇怪。我性格内向，又很胆小，平时话语不多，这回面对朱寨先生这位素昧平生的重量级人物，初次相见就将自己满腹的心里话向他尽情地倾诉，连自己也不明白究竟是什么原因，总觉得他是个可以信赖的人。

带着热带雨林彩色纷飞的记忆，回到内蒙古一片茫茫雪原，总感到不知哪儿有点适应不过来。这时，我和小钰的第一个中篇小说《土壤》，恰好在这年最后一期的《收获》上刊登出来，《光明日报》《人民日报》《文艺报》立即发文做了热情推荐。不像《积蓄》那样无声无息。《土壤》获得了出乎意料的广泛好评，第二年还获得了全国首届优秀中篇小说奖。在京西宾馆的颁奖典礼结束后，获奖作家和评委们合影留念时，我在忙乱中意外地又见到了朱寨先生，他向我和小钰表示热烈祝贺，我拉住他的手问他住在几号房间。

他问：“有什么事吗？”

我摇摇头：“只是又想来看看您呀！”

“很抱歉，只好以后找机会了。我照完相就得马上回所里去！”就这样失之交臂。后来我才从照片上知道，他是这次中篇小说奖的评委之一。

1982 年，人民文学出版社友人谢明清来信，要我们编一本小说集，并建议书前请人写篇序文，能对我们这个时期来的小说创作做个综合性评述。得知这个信息，我几乎没经思考，脑海里跳出来的首选对象就是朱寨先生！

小钰说，朱寨先生好是好，听薇芬（吕薇芬，北大同班同学，后任文学研究所《文学遗产》编辑部副主编）讲过他为人很好，在所里威信很高，就是太忙，怕请不动。我胸有成竹地说，我来试试。我做事向来不大干脆利落，很少像这回这样英勇过，当即给朱寨先生写了封信，诉说了自己的愿望。

这就是曾镇南在朱寨先生百岁纪念座谈会上看到的朱寨先生提到我和小钰的那篇文章的由来。

此后和朱寨先生的交往便多起来，每年中国作协的全委会、座谈会，当代文学研究会年会……对朱寨先生的了解也逐渐深入，知道他资历深，是延安“鲁艺”时期的干部，长期在中央机

第二届全国优秀中篇小说奖获奖作者合影
一排左起为李存葆、水运宪、作者、王蒙、韦君宜、蒋子龙、从维熙、邓友梅
二排左起为张承志、谭谈、王安忆、张一弓、顾笑言、朱苏进、朱春雨、孔捷生、冯苓植、魏继新、路遥

中国作家协会第二届（1981—82年）全国优秀中篇小说奖评委会

主任委员： 巴　金

副主任委员： 冯　牧

委　　员： （按姓氏笔划为序）孔罗荪　王维玲　江晓天　朱　寨　苏　予　范政浩　陈荒煤　秦兆阳　徐怀中　屠　岸　萧　岱

1983年第1期《文艺报》刊登的第二届全国优秀中篇小说奖评委会名单

关工作，但为人行事都很低调，为文说话也很严谨。

记得有一次当代文学研究会在西北召开年会，我趁便跟随他一起去延安参观。

一踏上延安的土地，他显得格外兴奋。对我说，他十六岁（1939 年）到延安，抗战胜利后去东北开辟根据地，在延安先后待了五六年，主要就在桥儿沟，更准确地说，是在桥儿沟的“鲁艺”，并动情地将这里称为他的第二故乡。

桥儿沟坐落在延安城东十多里的一片荒山峁梁，一座哥特式建筑风格的天主教堂，鹤立鸡群般高耸在一片低矮的黄土泥巴小屋中。石块垒砌的坚固墙基，青砖高墙。来到跟前，发现墙下有条小河注入山下的延河。想来当年清浅的水面，曾映照过教堂狭而高的彩玻花窗。院内洋槐成荫，白色的丁香花开满花圃，给这满眼荒凉的桥儿沟增添一抹别样的异国风采。

朱寨先生说，延安“鲁艺”于 1938 年 4 月 10 日正式成立，当时的校址在延安城关，只有戏剧、音乐和美术三个系，所以校名叫“鲁迅艺术学院”，学制带有短训班培训性质。“鲁艺”真正成为学院应该说是从第二年迁址桥儿沟并任命周扬为院长、宋侃夫为书记开始的，并增设了文学系。大门口“鲁迅艺术文学院”的校名是毛泽东亲笔题写的。

错落有致的教堂庭院，敞亮的窑洞，就成了当年“鲁艺”的校园。上大课、听报告，大都在教堂里面。到了周末，教堂内有时还举办舞会，毛泽东和其他中央领导有时也来这里与穿着灰布制服的“鲁艺”学生歌舞同乐。朱寨先生说，那时在延安，不但“鲁艺”的工作人员和学员，一般老百姓见到毛主席也是常有的事。

他满怀感慨地自言自语，离开这里虽近半个世纪了，可每当想起“鲁艺”，就会情不自禁联想起冼星海亲自指挥《黄河大合唱》的情景，这气吞山河的乐曲，就孕育在这里；这里还曾走出众多我们国家文艺领域的领导和骨干，他们撑起了新中国的文艺大厦。他手指着东边山上一排窑洞说，当年“鲁艺”教员大多住在东山上，那差不多最边上的窑洞，就是当年主持“鲁艺”工作的周扬的住所。他制定的“鲁艺”《艺术工作公约》，采用五四新文化运动提倡白话文时的“十不”句式，从“不违反”的“方向”“立场”“原则”，到学风的“不放松”“不间断”“不满足”的要求，都做了具体规定，成为全校师生的座右铭。像“不满足自己的即使是最大的成功；不轻视别人的即使是最小的努力”这样的句子，多少年后“鲁艺”同学重逢聚会时回忆起来，还能朗声背诵。

周扬住的那口窑洞再过去一点，又有两口窑洞。“一口是周立波的。他当时是文学系老师，给我们讲授《名著选读》，分析托尔斯泰在《安娜·卡列尼娜》中的细节描写，讲到安娜对她丈夫那只耳朵的别扭感觉，我们大家都听得津津有味。我就是因为听了他的课才对写作产生了兴趣，一点一点地学着写起东西来。再过去一点那口窑洞是何其芳的，他当时是文学系主任。他十分爱才，第一次和大家见面就极其热情地向我们推荐一位投考报名的学生的散文《我的写照》，虽还没见过本人，却已喜欢上这位学员了。此人就是冯牧，是我们这一期报考生中第一个被主考人何其芳录取的。”“鲁艺”文学系出了一大批人才，而何其芳这位当年的著名诗人，却一直在文学研究机构里诚诚恳恳工作着，从“鲁艺”到后来的中国社会科学院文学研究所，他一直是所长，可所里却没有他单独使用的所长办公室。“何其芳对毛泽东无限敬仰，念念不忘延安时老人家写给他的评语：认真。经常对我们说：‘写文章要下功夫。你要批评或推荐一部作品，要反复看，根据我的经验，至少要看三遍，才能看透。’‘文革’时检讨起来，痛心地认为自己曾一度偏离了他老人家的文艺路线，

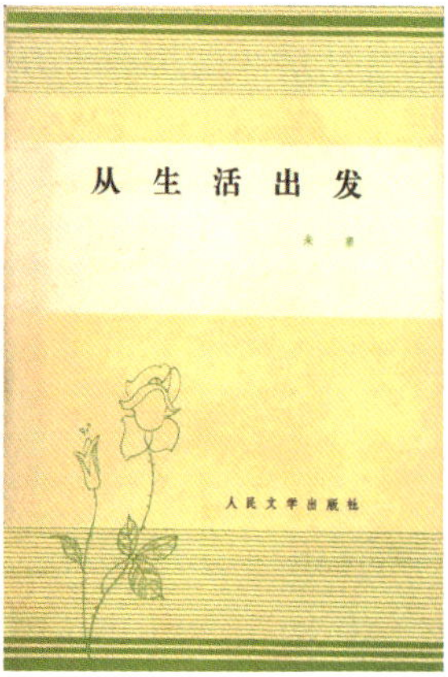

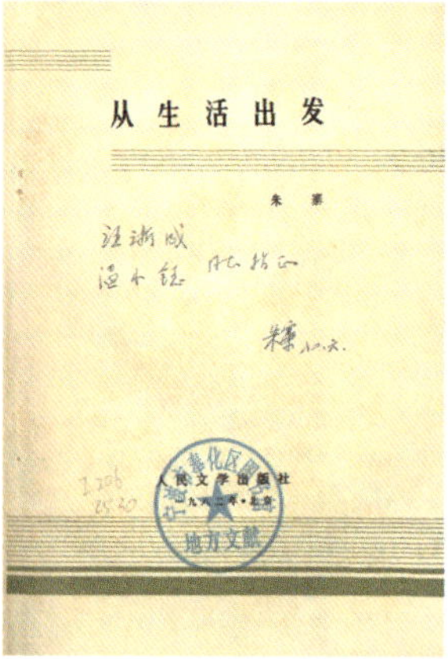

朱寨签赠作品

因而对一切打着领袖旗号对他的摧残和凌辱，全都默默地逆来顺受。”“我们这些人，当年在‘鲁艺’都是他的学徒，一律身穿灰布制服，过着清苦的生活，却圣徒般地向革命文艺奉献着自己的青春和虔诚!”

朱寨先生思绪深邃地回忆着他的“鲁艺”往事，那带着一点坚毅的忠厚善良的目光在镜片后一闪一闪，令人深深感受到蕴藏在他心底那份炽热的延安情。

我们就这样边聊边走。来到教堂入口，发觉门窗都被钉死，进不去，只好扒着缝隙朝里探望。屋内黑洞洞积满灰尘，四处飘挂着蛛网，地上乱七八糟地堆放着杂物废料，墙裂门歪，像是曾充作某个单位的宿舍兼仓库。正当大家在教堂外踮起脚尖朝里探头探脑时，一位年轻女子端着盆脏水出屋来，险些泼洒在朱寨先生身上。正在晾晒尿布的老太太，路过的职工，对我们这群东张西望的来访者纷纷投来怪异的目光。

回来路上，朱寨先生情绪似乎有些受挫，问其参观感想，他不悦地“啧”了一声，眉宇间显现出一副无可奈何的表情。

“没想到影响这么大个‘鲁艺’,”他叹了口气，“连块介绍它的指示牌都找不到，快成了一片没有任何标记的废墟了!”

话虽这么说，但一段时间接触下来，我感觉到，像朱寨先生这样从延安“鲁艺”出来的人，即便“鲁艺”有朝一日真的荒芜成废墟，他们身上依旧会闪耀着“鲁艺”精神。读了他三本著作，特别是《应该给予胡风恰当的历史定位》这篇历史真相和作者真情共鸣相得益彰的长篇序文，我的这种认知似乎更清晰、更坚定了。

胡风事件是我国当代文学史上一个影响深远的重大事件。从二十世纪五十年代发生到八十年代这一重大历史冤案得到平反，前后历时长达三十三年，过程曲折，情况复杂，不仅外人和后人，就连像朱寨先生这样的当事人，对其中有些问题的认识仍不是十分清楚。至于胡风的文艺思想，尽管中办在 1988 年《关于为胡风同志进一步平反的补充通知》中指出，这个问题应按照宪法关于学术自由、批评自由的规定和“百花齐放、百家争鸣”的方针通过讨论去求得正确解决，然而十年过去了，文艺界依然没对胡风的文艺思想从艺术上做出具体切实的论证，直到《胡风论——对胡风的文化与文学阐释》出版，加上朱寨先生在书前所作的长篇序言《应该给予胡风恰当的历史定位》，这才具体涉及这个问题。

朱寨先生在这篇序文中，运用马克思主义对胡风的文艺理论进行了全面审视和深入剖析，认为胡风提出的“主观战斗精神”，与经典文献中有关文学与生活关系的论述并不相悖。

他在文中明确指出，胡风的文艺思想和理论，是从我国新文学实际中产生、发展和形成的。它以马克思主义的文艺原理为指导，广泛汲取了世界经典文艺思想理论的成果，主要是十九世纪俄国以别林斯基为代表的进步文艺理论，特别是他终生钦敬的鲁迅先生战斗的现实主义精神，放眼新文学创作发展的历史进程，密切结合创作实际，为现实主义在我国文学的开拓发展做出了贡献。

朱寨先生这篇序文对胡风文艺思想和理论做了历史的公允的评价，字里行间饱蘸着评论家对评论涉及的有些社会现象的愤懑和同情，也表现出他为人的正直以及对真理的不懈追求！

其实朱寨先生当年对胡风文艺思想和理论做上述反思和结论并非易事，经过了再三的斟酌和考虑。

《胡风论》作者寄书稿给朱寨先生征求意见时，提出希望他为书稿写一篇序言。朱寨先生在认真仔细地读完全书后，觉得确是扎实严谨之作。《胡风传》在社会上已不止一种，但专门深入探究胡风文艺思想来源底蕴的，尚属首例，将研究向前推进了一步。他为此高兴。至于写序，“经过慎重考虑”，建议：“序言最好请曾与胡风有过交往、共同过命运的亲友来写，因为他们的了解体会最深；或者请青年批评理论家，他们没有成见，不受定格框框的影响束缚，会写得有新意有锐气。”作者范际燕听从了他的建议，然而经一年的四处奔走访求，都无人接手。朱寨知道后，建议作者不一定非要有序，就直面读者！范际燕误以为这是朱寨先生在推托，回信里竟发起牢骚叹起了“苦经”，说这些年自己带着研究生就全身心地扑在了这件事上，否则的话，可从容地写些时评文章，既轻松又速见成效，并开玩笑说朱寨老师不同他一起入“地狱”，别有何人呢？话说到此，似乎再说什么都成了多余，朱寨先生就这样承担了下来。

我觉得《胡风论》作者请朱寨先生写序是颇有眼光的。请与胡风有过交往的亲友写序虽有一定道理，他们固然了解体会得深，但由于当时系“胡风阵营”里人，在客观上对情况的了解明显存在着局限，不如朱寨先生对批判“胡风集团”的情况掌握得全面。至于作者信中的话，虽有玩笑成分，但也不全是，我觉得很可能是一种激将法。作者早在湖北大学前身武汉师范学院任教时，于二十世纪八十年代初在社科院文研所进修，曾参加朱寨任主编的《中国当代文学思潮史》（国家社科重点项目）的集体撰写工作，虽不负责有关胡风问题相关章节，但通过集体讨论，互相都了解各章节的内容，作者大约从那时起就对胡风文艺思想有所思考和关注，虽未具体细说，但从时间上推算，当时胡风问题刚平反不久，朱寨负责主编的《中国当代文学思潮史》编写组在集体讨论过程中，涉及胡风文艺思想时的倾向性，使作者萌发了最初的写作动机，《胡风论》肯定与此有关联，因而在信里才会有“拉入地狱”的玩笑话。

到了这时，作为昔日主编的朱寨先生，于情于理都只好将写序的事承担下来。但敷衍塞责应付一下的文字，既非作者所希冀，也不是朱寨先生做人为文的做派。他于是就将这次写序当作自己进一步了解和思考有关问题的机会，这就是他这篇自认为是真正的现代文化名人纪实文字的序的来由。还因为期间的一些材料和发生的事情，又让这位正直的评论家感到心有不平，不得不在序文的最后公开说明：先是作者向他反映，尽管胡风冤案政治上已经平反，但《胡风论》书稿屡遭婉拒，仍无法出版。这期间又听说“七月派”最年轻的诗人化铁，由于本人不知道胡风冤案已平反许久，也没人通知他任何有关平反的事，仍在他劳动改造的菜市场里卖菜。诸如此类事例，让朱寨先生这位延安“鲁艺”出身的老评论家感到难以理解的震撼和痛心。他感慨万千，情绪激荡。他们虽已从政治冤狱中解脱，但他们的艺术灵魂却尚未完全从放逐中返回自己的精神家园。他再也坐不住了，愤然表示：愿同《胡风论》的作者一起发出安魂的呼唤！

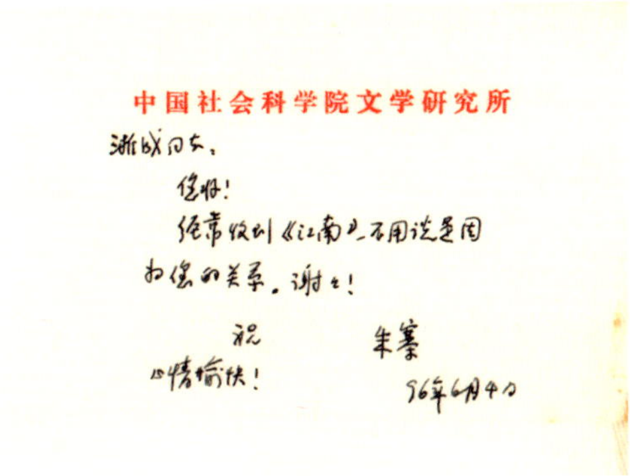
中国社会科学院文学研究所

浙成同志：

你好！

经常收到《江南》，不用说是因为你的关系，谢谢！

祝

心情愉快！

朱寨

96年6月4日

1996年6月，朱寨来信

更让人敬佩的是，我读了《记忆依然炽热》才知道，朱寨先生当年在中宣部由于工作关系，曾两次参与对“胡风集团”成员的秘密调查。特别是最后一次的调查材料，是否使现在我们读到的第三批材料那段批语从文句到口气都变得严厉起来？这让他心里有些惴惴不安。既不能肯定又不好否定，始终感到扑朔迷离，致使他在为《胡风论》写了长篇序言五年以后，仍放心不下，又主动建议当时任当代文学研究会会长的白烨以访谈形式把这些“一直未曾讲过”的内部情况“讲出来”。

我觉得朱寨先生这样建议安排，是有他的考虑的。这时他已动过开胸大手术，体重掉了是三十六斤，一直未能恢复，身上感到虚弱无力，预感到留给自己的时间不会很多了。作为一个从延安“鲁艺”出来、从事当代文学研究的老同志，自然意识到“自己掌握的这些很难得的情况，对人们了解当代文坛非常有帮助”，于是他建议白烨采取口述方式，以便能尽量快一点将这些珍贵的当代文学研究“活”史料，通过这位当代文学研究会负责人公布于众，把事情的来龙去脉原原本本说清楚，既说了当时的感受，又讲了自己现在的认识，供后来者研究有关问题时参考，尽到一个老同志应担当的责任。

奉守良知，待人真诚
——怀念屠岸先生

2023年是著名诗人、作家和编辑家屠岸先生诞辰一百周年。先生一生追求光明，奉守良知，坚持真善美。他在诗歌创作、文学翻译、戏剧评论和编辑出版诸方面贡献突出，影响深远。回顾他走过的不平凡道路，载录他为文学事业做出的贡献，有着重要意义。

认识屠岸先生还是同学兼同事张时鲁介绍的。

大约是1980年的秋天，那时我还在内蒙古《草原》编辑部工作。张时鲁问我手头有无小说稿，北京人民文学出版社屠岸过两天来内蒙古组稿。我说刚改好一个中篇寄给了《收获》。时鲁问，手边还有现成的吗？我说没有了，这个中篇我们弄了很长时间。时鲁直叫“可惜”！我问：怎么啦？时鲁说：屠岸是我在中国戏剧家协会时的同事，为人正派，又有艺术眼光，现在是人民文学出版社的党委书记、副总编辑，还兼管着《当代》杂志，要有稿子的话这次请他看看，提提意见，正好是个机会。我明白老同学的这番善意，惋惜地说：只好以后再等机会了！

两天后，下班时在自行车棚取车，时鲁又问我：明天礼拜天，你有空吗？我说：有空。他说屠岸昨天来了，明天上我家，想见见你和小钰。

时鲁家在呼和浩特铁路局宿舍，我去过不止一次了。他北大毕业分在中国戏剧家协会，爱人小李却在呼和浩特铁路局工会上班，为解决夫妻俩长期两地分居的问题，“文革”后期时鲁从北京调到呼和浩特铁路局中学教语文，来内蒙古大学看我们，聊起来我和小钰都觉得有点大材小用。碰巧，《草原》编辑部“文革”后重新组建需要人，我极力向负责人照日格巴图和邓青推荐他来《草原》看小说稿，他算是有了一份比较称心的工作。屠岸先生了解这情况后，一定要见见我和小钰。

那天，在时鲁家见到了屠岸先生。按年龄和资历，他该是我们师长，但待人态度极其谦和，脸上总是漾着和善的笑容。听人说话，两只眼睛神情专注地看着对方，显现出对说话人的尊重。

“时鲁的工作调动，我们当时没能安排好，有点委屈了他!”屠岸先生一见面便真诚地检讨起来。

“这怎么能怪你呢?”时鲁说。

我说：“这是多年积累下来的历史旧债!”

“不过如今领导层也开始重视起这个问题来了。”他说，“你们作家也开始参与进来，关注起知识分子的两地分居问题，还写出了一批生动感人的好作品，为解决这个问题摇旗呐喊，引起社会上的强烈反响。我们的文学从来没像现在这样受到‘二老’——老同志和老百姓的关注。我们出版社、杂志社要紧跟时代，做好作家们的服务工作，非常渴望得到作家们的支持。听时鲁说，你们两位刚刚完成一个中篇给了《收获》，写的是什么内容?”

小钰说：“是写实事求是思想路线的重要性。这个问题，不仅革命战争时期对我们事业起着重要作用，今天进行改革搞‘四化’建设，同样需要坚持实事求是。”

“看来你们现在考虑的问题，已不再停留在要不要改革的层面上，而是更进一步了，已经在思考应该怎样改的问题。”屠岸先生认可似的点点头，若有所思地沉吟道，“这确实是个十分重要的问题，也是我们长期以来政治生活中的痼疾。如果‘四化’建设像1958年‘大跃进’那样大轰大干起来，可就乱套了，老百姓要吃二遍苦了。你们这个作品叫什么名字?”

“《土壤》。”我说，“故事背景是改造沙漠。刚开始的时候，我们还以为变沙漠为良田，是人类改造大自然的一次壮丽美好的进军，后来在现实生活中接触到具体的人和事，才认识到这里有着更复杂更惊心动魄的斗争，涉及我们体制内和社会诸多方面的利益冲突，也让我们认识到改造沙漠、变沙漠为良田固然艰巨重要，但更艰巨重要的是在改造社会土壤。如果社会土壤不改造，改造好的良田，可能会重新变为沙漠！”

“太深刻了！”屠岸先生高声叫起来，“我很想看看你们这个作品。能让我看看吗？”

因为稿子已经寄给《收获》李小林，我一时不知道该怎么回答。时鲁见我说不出话来，在一旁提醒：“浙成，你们不是还留有底稿吗？”

“底稿改得很乱，因为《收获》催得紧，最后是叫我在内蒙古大学数学系进修的妹妹和妹夫帮着一起誊写的。”

屠岸朗声笑道：“我们出版社的稿子有时也很乱，我也照看不误，再乱的稿子也难不倒我！”

话说到这份上，小钰看了我一眼，我明白了她的意思。

“那只好请屠岸老师将就了，再誊写一份太费事，十六万字，篇幅要是短一点的话倒还来得及！”

“不必不必，这太费事了。我就这样看好了！”

“屠岸先生，您看后还要对《土壤》提提意见哦！”我说，“稿子我明天上班交给时鲁。您什么时候看完我什么时候来取。这个要请您谅解，我们对《收获》已有约在先，不能出尔反尔。我们不能一女嫁二家！”

“我说过，只是看看。这个尽管放心！”他说。

没想两天后，时鲁告诉我屠岸先生回北京了，要去参加一个紧急会议。稿子没看完，但他舍不得中断，很想看完，就带去北京了，看完寄还。他说这次认识你们两人很高兴，以后一定还会再来看你们的。希望你们不要忘记：《收获》之外还有一家《当代》！

人走了，却留下一份浓浓情谊！

数日后，收到他一封热情洋溢的信。这封信对我们很宝贵，四十多年了，我一直保存在手边。信是这样写的：

浙成、小钰同志：

《土壤》拜读完毕了。

我深深地感谢你们。你们为广大读者写了一本好小说，你们为出版社提供了一本好的出版物。

我不说是“杰作”，那样会有吹捧的嫌疑。我说这是优秀的小说。优秀，用这个词儿，我认为我是诚实的。

我读稿有一个习惯，就是做札记。否则，我的记忆力老是要跟我开玩笑：看了后面，忘了前面。但是看《土壤》，我一个字也没记。因为有一股力量催迫我不停顿地看下去，一直到看完。

一股什么力量？我想，那是一股艺术的力量，一股思想的力量。也许，那是生活的浪涛冲激的力量，希望的火花撞击的力量……

我祝贺你们，祝贺你们辛勤的劳动取得了可喜的成果。

说真话！这是亿万人民的要求，这是中华民族新长征提出的要求，这是四个现代化能否实现的关键。你们用艺术形象喊出了这个要求，这是人民的心声。

你们针砭了长期以来存在于我国政治生活中的痼疾，你们鞭挞了贪婪、自私、“关系学”，以及一些人灵魂中丑恶的东西。你们情见乎辞，你们声泪俱下。你们歌颂了在种种逆境中坚持真理的顽强精神，你们赞美了美好的、崇高的情操，勇气，自我牺牲，与人民血肉相连，高瞻远瞩，大无畏……你们热情洋溢，你们高歌猛进。

这是从现实生活的深厚土壤中生长出来的一棵劲草。尽管用了三个人轮流“第一人称”的形式，作品是现实主义的。那一股力量，也可以叫作现实主义的力量，或者魅力！

有思想深度。解剖刀犀利地剖析了社会生活的若干侧面，在读者面前展现了严酷的现实生活的画面。这种痼疾，决不能再任其损害我们共和国的肌体了!! 但依然给人以希望，给人以信心……

辛启明、黎珍、魏大雄三个人物形象是成功的。即使一些次要人物，如吴根荣，玉玲，以至小军，若梅，都有成功之处。

浙成同志一日来访，恰巧我不在。未能当面畅谈，是憾事。

我觉得，作品还有一些次要的地方要商讨。

我们社里对稿件实行“三审制”。现在是我一个人在说，有“一言堂”的危险。但，我看完稿件之后的激动心情，又使我不能已于言，使我立即给你们写这封信。

总之，上面写的只是我个人的意见。可能有不对的。稿子正在请《当代》编辑组的同志看。他们看后将会提意见。但我估计，恐怕不会有根本性的不同意见。

热烈地握你们的手!

屠岸

1980年9月4日

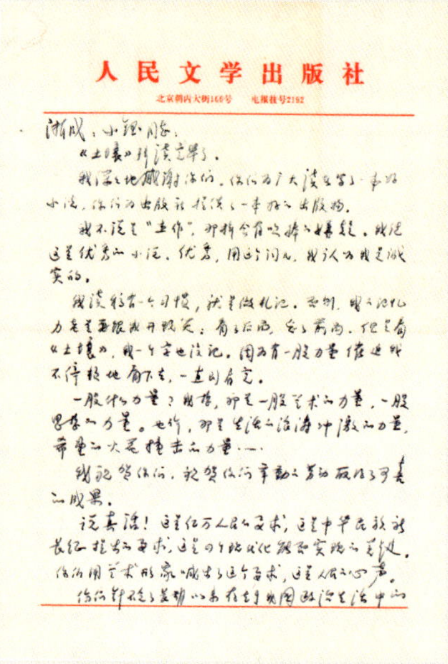
人民文学出版社
北京朝内大街166号　电报挂号2192

浙成、小钰同志：
《土壤》我读完了。
我深深地感谢你们。你们为广大读者写了一本好小说，你们为出版社提供了一本好的出版物。
我不说它是"杰作"，那样会有吹捧的嫌疑。我说这是优秀的小说。优秀，用这个词儿，我认为我是诚实的。
我读稿有一个习惯，就是做札记。否则，我的记忆力老是要跟我开玩笑：看了后面，忘了前面。但是看《土壤》，我一个字也没记。因为有一股力量催迫我不停顿地看下去，一直到看完。
一股什么力量？我想，那是一股艺术的力量，一股思想的力量。也许，那是生活的洪流中激起的力量，带电的火花撞击的力量……
我祝贺你们，祝贺你们辛勤的劳动取得了可喜的成果。
说真话！这是亿万人民的要求，这是中华民族新长征提出的要求，这是四个现代化能否实现的关键。你们用艺术形象喊出了这个要求，这是人民的心声。
你们鞭挞了某些以前存在于我国政治生活中的

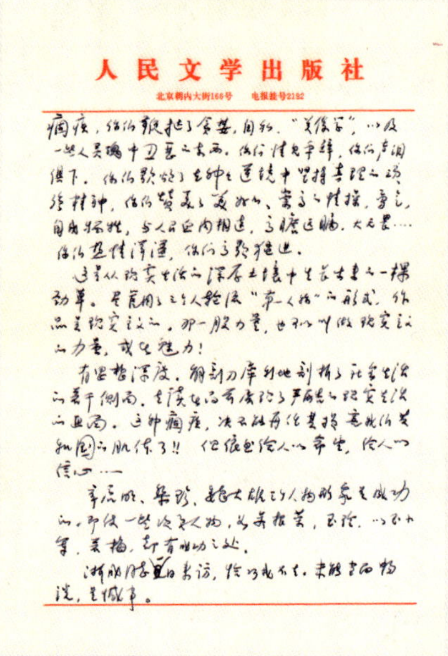
人民文学出版社
北京朝内大街166号　电报挂号2192

痼疾，你们鞭挞了官僚、自私、"关系学"，以及一些人灵魂中卫生之类的东西。你们情不自禁，你们声泪俱下。你们歌颂了生命在逆境中坚持真理的顽强精神，你们赞美了美好的、崇高的情操，勇气，自我牺牲，与人民血肉相连，高瞻远瞩，大无畏……你们热情洋溢，你们呼唤前进。
这是从现实生活的深层土壤中生长出来的一棵劲草。是采用了三个人轮流"第一人称"的形式，作品是现实主义的。那一股力量，也可以叫做现实主义的力量，或者魅力！
有思想深度。解剖刀准确地剖析了社会生活的若干侧面，也使人们看到了严峻的现实生活的正面。这种痼疾，决不能再继续猖獗下去，它危及我们党和国家的肌体了！！但作品也给人以希望，给人以信心……
李同、梁珍、魏大顺等人物形象是成功的。即使一些次要人物，如李振英，王信，以至小军，吴梅，都有出色之处。
浙成同志曾来访，给我很大启发。未能和他畅谈，是憾事。

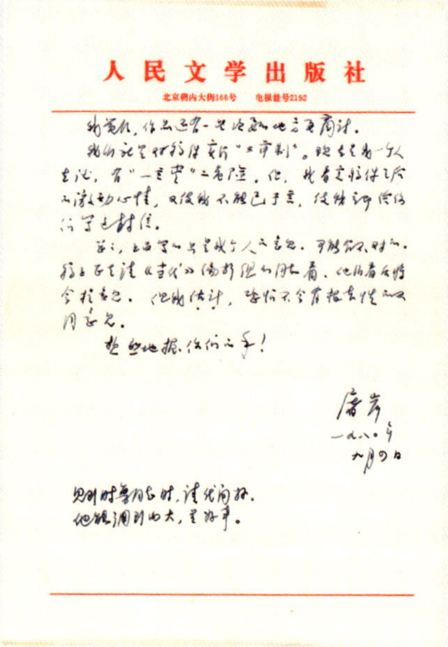
人民文学出版社
北京朝内大街166号　电报挂号2192

的意见，供你们这些人和我自己商讨。
我们社里对于作品实行"三审制"。现在是我一个人的意见，有"一言堂"之嫌。但，我为了表达给你们的激动心情，又很想不顾自己手重，便请你们写这封信。
当然，上面写的只是我个人的意见。可能不对。稿子还要请《当代》编辑部的同志看，他们会有他们的意见。但我估计，他们不会有根本性的不同意见。
热烈地握你们的手！

屠岸
一九八〇年
九月四日

见到叶蔚林同志时，请代问好。
他被调到湖大，是好事。

1980年9月，屠岸关于《土壤》的来信

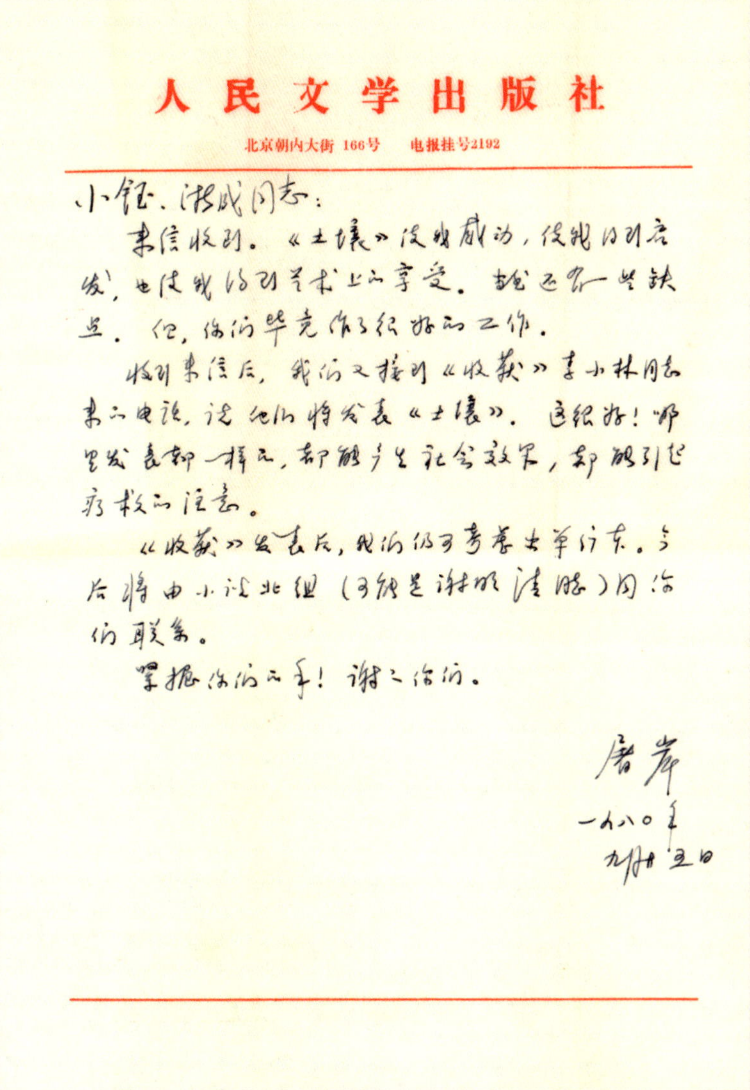
人民文学出版社

北京朝内大街 166号　电报挂号2192

小钰、洪成同志：

来信收到。《土壤》使我感动，使我得到启发，也使我得到艺术上的享受。虽还有一些缺点。但，你们毕竟作了很好的工作。

收到来信后，我们又接到《收获》李小林同志来的电话，说他们将发表《土壤》。这很好！哪里发表都一样的，都能产生社会效果，都能引起广泛的注意。

《收获》发表后，我们仍可考虑出单行本。今后将由小说北组（可能是谢明清同志）同你们联系。

紧握你们的手！谢谢你们。

屠岸

一九八〇年

九月廿五日

1980年9月，屠岸关于《土壤》是发表在《收获》还是《当代》的来信读完信，我一方面很激动，但另一方面又很惶恐，不是说好只是给屠岸先生看看，提提意见，怎么将稿子转给《当代》编辑部了？这样不好，会让人觉得是一稿两投！我立马告诉时鲁，请他务必替我们向屠岸先生说明情况，《土壤》我们已向《收获》投稿，现在尚不知道他们处理意见，在此期间我们不应再向另一家刊物投稿。《当代》若要稿子的话，我们愿意为他们另写个新的作品。

后来，《当代》编辑部将一大包《土壤》底稿及时地寄还给了我们，还随稿附了封措辞十分友好的回信，让我们觉得有所愧歉。稿子经说明情况虽寄还来了，但人家为此毕竟花了这么多宝贵时间，总感到是欠了屠岸先生和《当代》编辑部一份情。

后来，一次在北京开会，碰到老同学杨匡满，闲聊起来才知道他就在《当代》编辑部，稿子的事他也有所耳闻，希望我们也能给《当代》一个中篇，这就是后来给《当代》的中篇小说《春夜，凝视的眼睛》。

据匡满说，这个稿子是《当代》处理得最快的，前后约二十四小时，他交老编辑龙世辉看后（我记不得还有没有经资深编辑章仲锷看过），基本上就定下来了。后来内蒙古电影制片厂将小说搬上银幕，改名为《恋爱季节》，导演乌尔莎娜告诉我们，该片参加了西班牙电影节还获了奖。

记得就在这前后，听说屠岸先生身体不太好。我趁在北京开会之便去人民文学出版社看望。他情绪看去依然不错。他说，看到了我们写的中篇小说《苦夏》，一如既往地保持着《土壤》的思想锋芒，揭示了我国教学领域中存在的令人忧虑的诸多问题。“这个作品也像《土壤》一样，可能有你们自己的影子，生活气息浓郁，很有针对性。不过最近看到《文学报》上有文章，批评你们是在否定教学改革成果，这就有点让人莫名其妙了。我们教育战线的改革目前还很难说已正式启动，何来成果？谁有本事去否定不存在的事物？你们的作品触及了我国目前教学上存在的问题，正好说明教学改革的必要性，催生教学改革。这位评论者的思维是不是有点颠倒了?!”

屠岸老师说得有些激动，拿起面前的茶杯要喝水，发现杯水告罄，我忙起身从茶几上拿过热水瓶给他杯里把水续满。

“谢谢!”他靠在椅背上一小口一小口地啜饮着，“没给你倒水，反让客人给我倒水!”

“这有什么?!”我说，“倒是我应该谢谢您。刚才听了您对《苦夏》及其批评文章的看法，我们心里有点底了。刚在报上读到这个批评意见时，还真有些紧张!”

“大可不必!”他说，“要习惯于倾听各种不同声音!”

“我们不像您这样的文学前辈，风雨经得不多，见世面更谈不上了!”我说,“听说您近来身体不大好，却还关心我们的创作，我很感动。您也该注意劳逸结合，关心自己的身体!”

“唉，主要是现在工作压力太大!”他说，“夜里睡眠不好，严重失眠!”

我这才发现他脸色不是太好，精神也不如先前振作。“是不是该上医院去看看医生?”

“医院是去过了。”他说，“医生说是焦虑症，看来这是老毛病又复发了。”

我说：“屠岸老师，看不出您还有焦虑症。”

“这要说来话就长了。”他把手一挥，像是把这个话题给赶开了，“我担心如果再控制不好，恐怕自己难以坚持工作，不得不休息一段时间了。”

认识屠岸先生以来，拿今天的话说，他给人印象一直是正能量满满的，说话谦和，和善地笑着，和他在一起心里很放松，从没见他有情绪低落的时候。

我有点恨自己口拙，不善劝人，闷坐了一会儿，没敢多打扰就告辞了。

没想到再次见到他已是二十世纪九十年代了。人生原来就是在聚聚散散中匆匆过去。这期间，先是我们自己忙于工作调动，从内蒙古回到了阔别近三十年的家乡浙江。温小钰在浙江文艺出版社任职，我在省作协工作。接着就是小钰生病，陪她在北京、上海来回住院，求医问药，直到小钰病逝。一天，我正在当时还在南山路办公的《江南》编辑部上班，屠岸先生一身轻装，身背军用挎包，仿佛空降似的忽然出现在我的办公室。

“天哪！”我高声叫起来，紧紧地握着他的手，喜出望外地说，“屠岸老师，真是没想到，我们多少年没见啦?！”

“这次找到你们这儿，还真费了点劲！”他脸上依然漾着我熟悉的谦和的笑，“浙江人居然都不知道浙江省作家协会在哪儿，但知道杭州市作家协会，我只好先到市作协，再打听你们省作协。反正我现在已经退休，有的是时间，一步一步地慢慢打听过来。”

“我们也是刚搬来这里。”我一边解释一边忙着给他沏茶，“连单位的牌子都还没挂出去。您要是事先来个电话，我去接，就用不着让您这么费劲，一路走着打听过来。真不好意思！”

“我这次出来时间已经不短了，电话号码一时找不到。”他说，“以为杭州以前来过多次，难不倒我。哪里知道，以前是公出，一路上急匆匆的，都事先安排好的，又是车接车送，搞不清东西南北，没留下一点方位感，来过和没来过一个样。这次正好走走看看补补课。”他环视了一遍我们的办公室，“你们上班的地方很不错呀！”他坐在沙发上擦着汗、喝着茶说。

“省直机关就我们作协还没有自己固定的办公地点，这座小楼原先是蒋介石送给宋美龄的别墅，省里让我们临时用的。您这次在杭州最好能多住些日子，把该补的统统补上。”

屠岸先生关心地问起小钰的后事安排，女儿汪泉的学习和生活以及我的工作情况，然后说："这次我来杭州，还想去看看小钰同志，麻烦你陪我去一下可以吗?"

"屠岸老师，您太客气了!"我说，"您是温小钰和我尊敬的长辈，我们几年没见了，您没有忘记我们，从北京不远千里来杭州，还想着要去看看小钰，这是看得起我们，感激还来不及，陪您去不仅应该，而且我非常乐意。只是我不知道现在您身体怎样了？那年不是听说您身体不是太好吗？要不要休息两天后再去?"

"很远吗?"

"坐车去不远。"

"那我们说去就去，现在就走!"

"还是先休息一下吧，我怕累坏您!"

屠岸先生说："我这次是从江苏转过来的，还去了趟常州老家，走走歇歇，不是太累。你放心，我对自己的身体还是有数的!"

我们于是在作协大门口南山路上拦了辆出租车，径直去往南山公墓。

在车上，我告诉屠岸先生：在内蒙古时，时鲁曾向我和小钰讲过许多您的故事。您年轻时通过重重封锁线跑到盐城去投奔新四军，到现在还住着五十年前在《戏剧报》工作时分给您的在和平里的那套旧公寓房；还说您年纪轻轻就敢于和郭老叫板，去信和他商榷他翻译的波斯诗人奥马尔·哈亚姆《鲁拜集》中的硬伤和误译，未见回复又偶遇时的当面质疑，后郭老终于给您回信，称“我承认屠岸同志的英文程度比我高”。

“退休后您在印名片的时候，名字前面只保留了三个身份，诗爱者、诗作者、诗译者，别人会不会觉得您过于谦逊了？”屠岸先生说，这是实事求是。也确是如此，诗是屠岸先生从孩童时代起就喜爱的，陪伴了他的一生。但屠岸先生认为诗人的称号是神圣而至高无上的，他自己还不够水平。屠岸先生给人的印象总是那么谦逊平和。

在南山公墓进门处下车，看见有卖鲜花的，我买了两捧鲜花。但屠岸先生坚持要自己买花，解释说：“要是这样，就不够诚心了。”我们于是就各人买了捧鲜花。此前我和女儿来扫墓总带上块干净毛巾，先将小钰墓碑正反面擦拭干净，就如同她生前在家养病时，每天早起坐在藤椅上我伺候她洗脸一样。这次因为临时起意陪屠岸先生前来，未带毛巾，出门时在编辑部随手抓了包擦手纸，我就蹲在地上先用纸揩擦起墓碑来。

1994 年 9 月，屠岸在温小钰墓前

屠岸先生一边清除落在墓穴

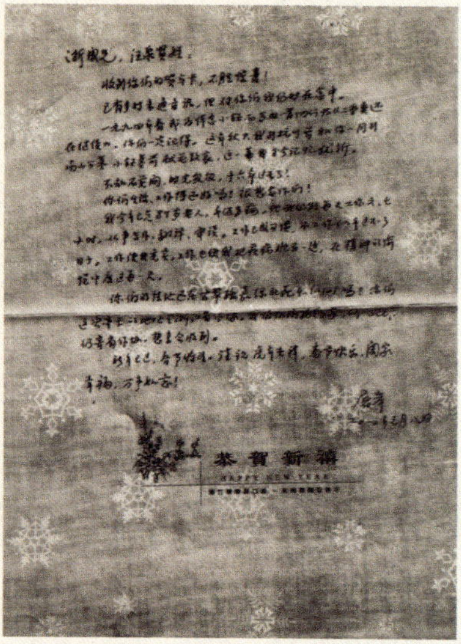

浙成兄，汪泉贤嫂：

收到你俩的贺年卡，不胜惊喜！

已有多时未通音讯，但我很惦念你俩在家中。

……

好幸福，万事如意！

屠岸

恭贺新禧

HAPPY NEW YEAR

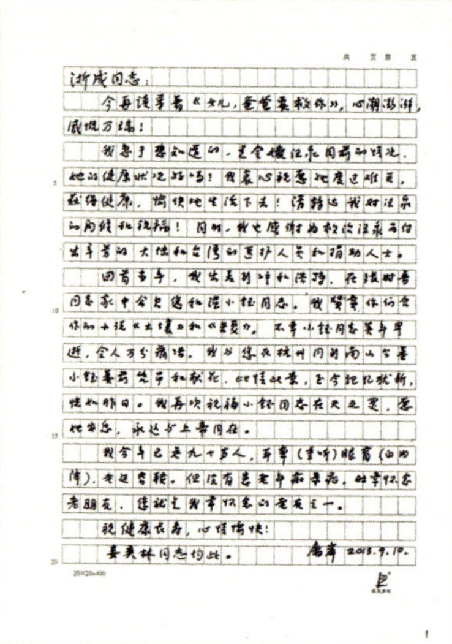

浙成同志：

今再读尊著《女儿，爸爸来救你》，心潮澎湃，感慨万端！

我想了解和知道的，是金嫂汪泉同志的情况。她的健康状况好吗？我衷心祝愿她度过难关，获得健康，愉快地生活下去！请转达我对汪泉的问候和祝福！同时，我也感谢为救汪泉而付出辛劳的大陆和台湾的医护人员和捐助人士。

回首当年，我出差到呼和浩特，在摄影者同志家中会见您和温小钰同志。我赞赏你们合作的小说《土壤》和《苦夏》。不幸小钰同志英年早逝，令人万分痛惜。我与您在杭州同游南山公墓小钰墓前焚香和献花，如情此景，至今记忆犹新，恍如昨日。我再次祝福小钰同志在天之灵，愿她安息，永远与上帝同在。

我今年已是九十多岁人，耳聋（重听）眼盲（白内障），老是健忘。但没有老年痴呆症，时常怀念老朋友。您就是我常怀念的老友之一。

祝健康长寿，心情愉快！

娄奕林同志均此。　　屠岸 2013.9.10.

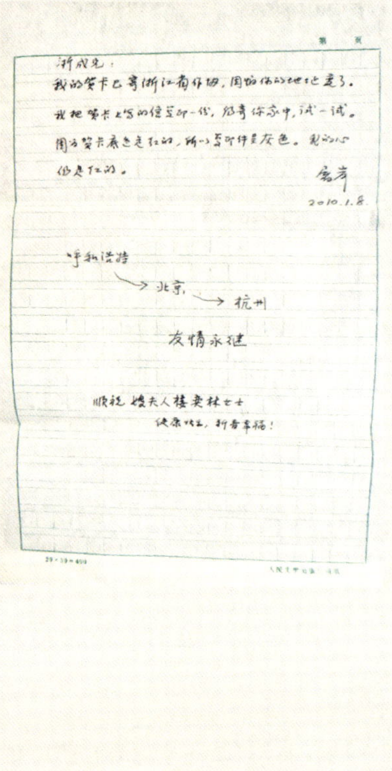

浙成兄：

我的贺卡已寄浙江省作协，因不知你的地址变了。

我把贺卡上写的信写了一份，给寄你家中，试一试。

因为贺卡底色是红的，所以复印件呈灰色。我的心仍是红的。

屠岸

2010.1.8.

呼和浩特 → 北京 → 杭州

友情永继

顺祝 嫂夫人楼奕林女士

健康快乐，新春幸福！

2010 年和 2013 年，屠岸来信

盖板上的树叶草屑，一边感叹说：“唉，小钰同志英年早逝，令人痛惜！那几年她从杭州来北京参加两会，很是忙乱，她要见的和要见她的人又都很多，我又不习惯这种热闹场面，所以也没去看她。谁知面对面说话的机会就这样错过永远不再有了！”

“为了她的病，不少我们尊敬的领导和朋友给过我们很多很多难忘的帮助！”

“她太年轻，大家都很惋惜！”屠岸先生说，“记得当时她曾对我说，有一部写知青的长诗。我说写完了给我们看看，非常希望能在我们社出版。这部诗集后来怎么样了？”

“诗稿倒在，她在生命的最后阶段也仍未放弃。”我边擦墓碑边回答，“但时代在前进发展，人们对一些事情的看法和评价也跟着变化。小钰也感觉到自己对上山下乡的评价把握不好，不得不将诗稿放一放再说，但又意识到留给自己的时间不多了，所以只要有一点新的想法，她就坐在藤椅上，四周塞着枕头固定住身子，叫女儿把诗稿铺在地毯上念给她听，由她口授，再由汪泉跪在地上用笔逐一改正。就这样，想到一点改一点，与死神争抢着时间直到最后……”

不知怎的，我说着说着，眼泪顺着脸颊无声地滑落下来，屠岸先生看到后，忙将两捧鲜花靠放在清除干净的盖板上，问：“怎么样，浙成你先来吧？”

“还是长者在先。”我说。

于是屠岸先生后退一步，肃立墓前，神色庄重地深深鞠了三躬。那专注的目光，久久凝视着墓碑上小钰的名字，嘴唇轻轻地翕动着像在说着什么，就如同全神贯注地在和生前的她讨论稿件一般。

“人的一生不可避免会遇到各种各样的挫折。”回来的路上，我们两人一时都默不作声。车到钱塘江畔沿着江边宽阔的马路上飞驰起来时，屠岸先生才开口说起来，“还记得几年前你曾问过我，怎么会得焦虑症。我这一生，经历过很多运动，几经浮沉起落，有阳光，也有阴霾。”共和国成立初期，他在上海市委宣传部文艺处编《戏剧报》，经常采访一些文化名人，谈戏曲改革。一次，到胡风家约稿。胡风说他不看京剧，但支持新戏剧，写戏曲改革的文章有困难。然后胡风反过来问他在干什么，因为胡风在报刊上看到过他写的文章。屠岸先生说在翻译莎士比亚十四行诗。胡风问翻译好了在哪儿出版。屠岸先生说，莎士比亚十四行诗与时代的革命氛围不协调，不能出版，只能作为作品先保存着。胡风说：好的文学作品是会影响人的灵魂的。这样的作品不仅对今天的读者有帮助，对将来的读者也是有帮助的。胡风的话消除了屠岸先生先前对翻译莎士比亚十四行诗的一些顾虑。从文学史上讲，莎士比亚的十四行诗和他最好的戏剧是并列的。屠岸先生非常喜欢它的含义深刻、韵律优美。后来这部翻译作品正式出版了，算是我国第一部中文全译单行本，业界的一些熟人读到后都很高兴，纷纷向屠岸先生表示祝贺。没想到他后来因“胡风反革命集团”案而受牵连，遭审查批判，被撤销了党内外一切职务。他想不通，夜里睡不着，造成睡眠障碍。他说，“文革”中，又对他新罪旧账一起算了一通。但欣慰的是，就在批判他的当时，莎士比亚十四行诗集的手抄本却在边疆知识青年中悄悄流传着。“如今快半个世纪过去了，我都记不得自己修改了多少回，不断再版，据说累计印数已达几十万册，快成经典译作了。”

屠岸先生停歇了一会儿，背靠着座位，温和的目光定定地望着车窗外飞驰而过的杭州市容新貌，自言自语地说：“人的一生，有时想想真是不可思议。我的命运竟和这翻译十四行诗联系在一起。败也十四行，成也十四行！”

终生难忘的文艺理论家

2022年夏天，珍藏多年几乎陪伴我一生的满屋书籍，连同书柜、书桌、扶手椅、沙发和茶几等屋内所有设施，全要拉走送给我家乡奉化图书馆了。搬家的前夜，做最后清理时，仿佛在同就要远嫁的女儿告别，心里总有丝丝缕缕的恋恋不舍，忽然发现书桌中间抽屉底层的一堆资料中，夹着一封陈涌老师的来信。

浙成同志：

得到你惠赠的贺岁卡才知道你的女儿曾得大病而在北京治疗，现已转危为安，但我住在北京，却一点也不知道，好在此事已成过去，也就彼此都放心了。

你为此写出成本的创作，也可说是坏事变好事。尽管我现在精神、视力都大为衰退，阅读能力差，但你的大作，我是即使把时间延长一些，也很乐于慢慢欣赏的。

新春好！敬颂阖家安康！

陈涌

2012.1.20

信不长，但字里行间流露出对我这个晚辈浓浓的关切之情，特别是信中提到我的长篇纪实文学《女儿，爸爸要救你》时，说他当时精神和视力均大为衰退，阅读能力差，但对我的作品即使时间延长一些也很乐于慢慢欣赏。这一年陈涌老师已是九十四岁高龄，体弱多病，但仍这样关爱和鼓励着我这个晚辈。2015年10月，这位我一生无法忘怀的文艺理论家溘然辞世，离开了我们。手捧来信，睹物思人，这殷殷挚情又一次深深感动着我，情不自禁地回忆起他生前对我的一次次难忘教诲和鼓励。

二十世纪五十年代中期，他任中国科学院文学研究所现代文学组组长时，曾为我们北大中文系开设《鲁迅小说》专题课。记

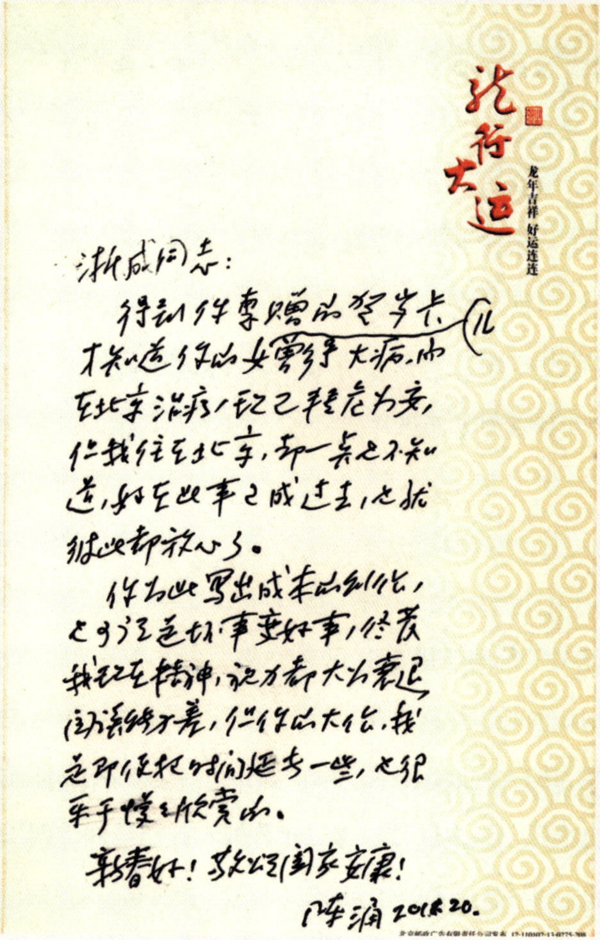

渐成同志：

得到你寄赠的贺年卡，才知道你的女儿曾得了大病，而在北京治疗，现已转危为安，但我住在北京，却一点也不知道，好在此事已成过去，也就彼此都放心了。

你为此写出成本的纪念，也可以说是坏事变好事，但是我现在精神，记力都大为衰退，阅读能力差，但你的大作，我总要把时间延长一些，也很乐于慢慢欣赏的。

新春好！敬祝阖家安康！

陈涌 2012.1.20.

2012年春节，陈涌从北京寄来新春贺卡

得那时文学研究所的人还在北大校园内上班，所内不少全国著名的学者专家，如所长诗人何其芳、美学权威蔡仪，都分别为我们开设过专题课《红楼梦》和《美学原理》，深受同学们欢迎。

那时的陈涌老师头发黑而浓密，脸色健康红润，体魄健壮，不同于北大那些长期生活在校园书斋里的教授，他们身体大都单薄瘦弱，面容清癯苍白。他一身普通的蓝布制服，脚上是一双延安老干部爱穿的粉白鞋底的黑布鞋，显得朴素精神。这身装束，在当时我们听课同学的心目中，极契合他来自延安的革命文艺理论家的身份！

上课地点在办公楼二楼小报告厅。《鲁迅小说》专题课是为中文系三年级开设的，但听课的人除中文系学生外，还有外系的人。我那时兴趣集中在中国古典文学上，对鲁迅小说也只是做一般性的了解，况且专题课系里规定只考测不考试，并没有花更多时间和心思。

课堂上的陈涌老师神情始终认真而严肃，他讲课理论性强，一个学期听下来，觉得他运用马克思主义研究鲁迅的学术成就很高。他极其推崇鲁迅小说，说中国文学史上，古典诗歌中有一些短小的悯农诗，小说中除《水浒》外，直接描写农民的作品几乎再找不出来，鲁迅小说可以说是第一次描绘了我国农民的命运，像祥林嫂、阿 Q。特别是后来听人说，他在延安时，曾有一篇题为《关于形象和思想》的文章刊登在《解放日报》上，对艺术形象和作品思想倾向的精辟论述，在当时产生过较大影响。周扬曾对人说，毛主席读到后，赞赏文章的作者“是个有思想的人”。那时在我们同学心目中，陈涌老师就是我国第一代马克思主义文艺理论家的代表人物。

可哪里想到，“反右”后期他竟受到了批判。我毕业工作后不久，还听说他被划为“资产阶级右派分子”。这真是太震撼了。这样一位来自延安的正统的马克思主义文艺理论家，怎么会是反党反人民反社会主义的资产阶级右派？真是做梦也想不到，心里一直百思不得其解！

此后他便销声匿迹，像是从地球上消失了似的。

等再次听到陈涌老师名字也是出其不意，如同他突然消失一样。

那是改革开放初，我还在内蒙古文联《草原》编辑部工作，有一天突然接到北京长途，是一位姓张的年轻男子打来的，可惜忘了名字，他自称是中央书记处研究室文化组的工作人员，郑重其事地核对完我的身份，才态度谦和地说明电话来意，想了解一下我和温小钰合写的中篇小说《土壤》的创作情况，表示这个作品发表以来，社会上读者反响热烈，他们的领导陈涌同志想了解一下我们的创作情况。（按：据友人相告，这位打电话来的年轻人名叫张晓林，后在《求是》杂志总编辑任上退休。）

这真是天大的惊喜！

《土壤》自 1980 年底在《收获》刊出后，《人民日报》《光明日报》和《文艺报》等中央报刊有多位知名评论家相继刊文推荐，已经出乎我们的意料了，如今竟然还惊动了中央书记处研究室，更没想到沉寂多年的陈涌老师关心起《土壤》来！但转念一想，会不会是好心朋友此前曾提醒过《土壤》中某些尖锐之处，引起了中央书记处研究室的质疑？但一切都来不及细想，小张同志在电话那头等着，我就现想现说在电话里哗哩哗拉讲起来。小张同志在电话那头只是一声不出地听着，不但中间没打断我问什么问题，直到听完后也未多加评论，只是很客气地说了两句鼓励性的话，表示以后还要多联系，就挂断了电话，给我印象似乎只是纯客观地来了解一下《土壤》的写作情况，听不出一丝倾向性，不知道究竟是好消息还是坏消息。

晚上下班回家，将这事向温小钰一说。我俩都觉得这是个中性电话，听不出有任何对我们不利的意思，既然中央书记处研究室文化组领导想进一步了解《土壤》的创作情况，说明是对《土壤》的重视，还是应该感到高兴的。再者，凭那时在我们两人头脑中储存的对陈涌老师的印象，他是一位有精深理论修养的正直的马克思主义文艺理论家，一直强调尊重文艺特殊规律，重视形象思维，又有对中外文艺发展史深入了解的学养，决不会对《土壤》这样的作品有什么不利的评判。

此后，中央书记处研究室来电话了解《土壤》的事就再无下

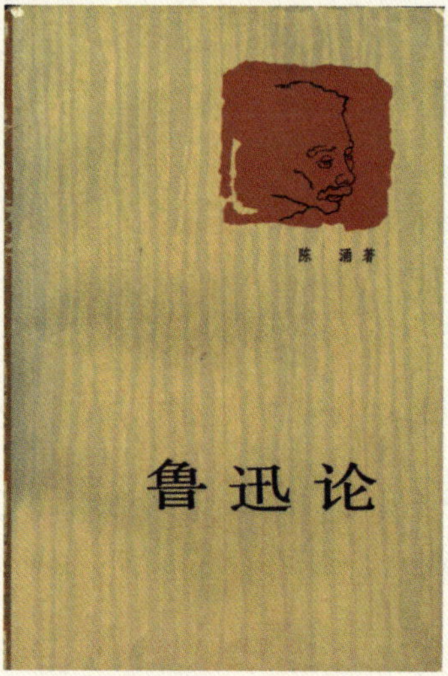
陈 涌著
鲁迅论

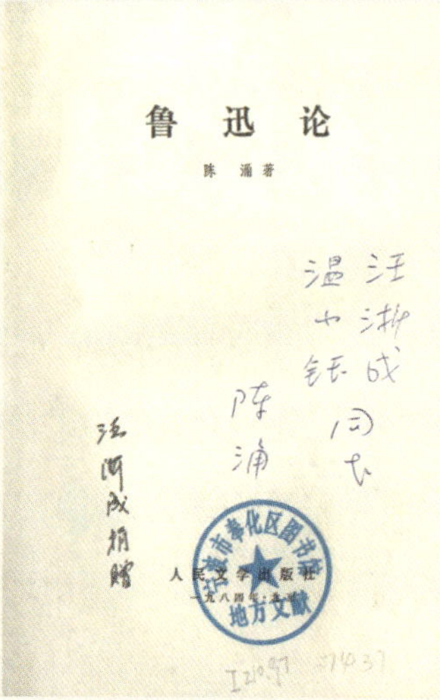
鲁 迅 论
陈 涌 著
人民文学出版社
地方文献

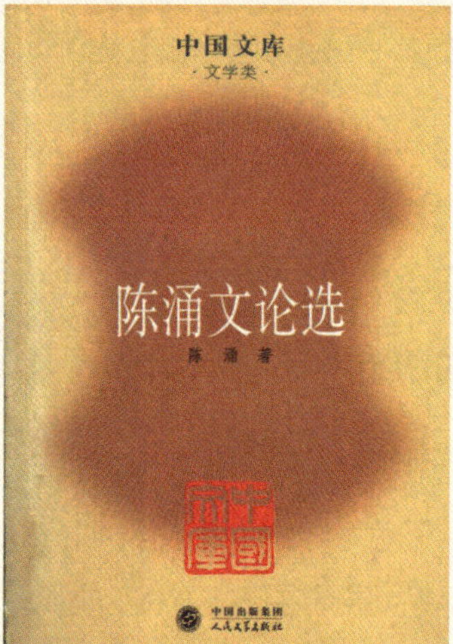
中国文库
·文学类·
陈涌文论选
陈 涌 著
中国出版集团
人民文学出版社

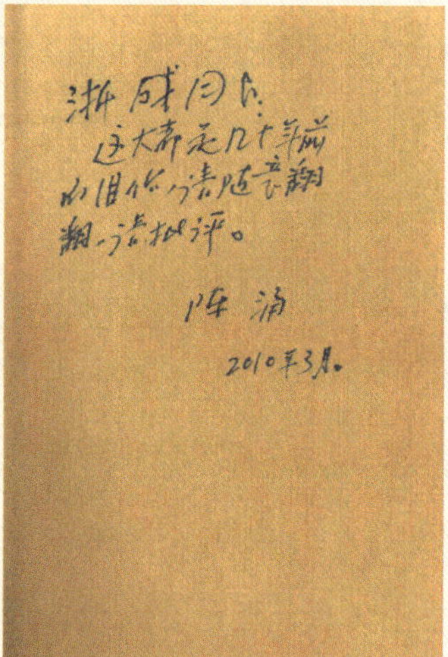
淅成同志：
这大部是几十年前
的旧作，请随意翻
翻，请批评。
陈涌
2010年3月。

陈涌签赠作品

文，仿佛不曾发生过似的，连陈涌老师也如泥牛入海，再无一丁点儿消息了。

不久，在首届全国优秀中篇小说奖的评奖中，《土壤》通过以巴金先生为主任委员的评委会的评审而获奖。我因为再也没听到陈涌老师的音讯，心里不时惦记着陈涌老师。想来他对《土壤》的获奖也会感到高兴的。一次在北京开会遇到知名文艺评论家曾镇南，闲聊中才知道他和我同是北大中文系校友，还曾在中央书记处研究室文艺组工作过，便向他打听起陈涌老师的情况。他说陈涌也是他敬重的文艺理论家，又是他们文化组的顾问，很看好《土壤》，曾说小说虽获了奖，但研究得还不够。我心里很想知道这“还不够”的具体意思，但由于当时和这位新结识的学弟并不熟稔，不好意思再进一步深问，只是表示自己对陈涌老师的学术成就和为人，当年做学生时就十分敬佩和仰慕，请他得便时代为致谢。

谁知过了一段时间，在甘肃主办的《当代文艺思潮》杂志上，读到了曾镇南的长篇论文《论〈土壤〉对社会主义文学创作的意义》（1984 年第 4 期），开宗明义一番话，令我读后耳热心跳，既感动又激奋：“有一位我平素十分敬重的老一辈文学批评家一再向我推荐汪浙成、温小钰的中篇小说《土壤》。他认为，这部作品，是新时期社会主义文学的难得的收获。他说这部作品值得从事文学批评的人深入地研究的，而且有不少问题值得提高到马克思主义文艺理论的高度上来总结。”“据我所知，这位非常正直、严肃的老同志是很少对当代文学新作表示这样热情的、几乎无保留的推崇。他讲到《土壤》时那种激动的神色给我留下了深刻的印象。待到我有机会把《土壤》找来细读了一遍之后，我益发感到他对《土壤》的高度评价是多么正确了。时间真是最正确的批评家。它使不少曾经炫目一时的作品像浮土一样随风流失，却使那些骨格端翔、肌理密致的坚实之作像肥沃的土壤一样随季繁殖，向人们呈现越来越丰富的庋藏和越来越美丽的色彩。《土壤》正是后一种经得起时间磨洗的厚重之作。”

曾镇南平素十分敬重的这位老一辈批评家，在文中没有具体说出姓名，总有他写文章时的考虑。我为叙述方便，未征得他的同意就在这里自作主张地说起来，这位批评家就是三十年前在北大曾为我们讲授《鲁迅小说》的陈涌老师。

当我读完曾镇南文中这段话，忽然感到五内俱热，有种燃烧的感觉，热血翻江倒海似的汹涌着奔向每根血管，感动，感激，感奋，惶恐……我和温小钰自认为这个作品的创作，我们是认真地下了一番功夫的，发表后得到了众多评论家的热情鼓励，引起过不算小的轰动，但自知还远远没有达到值得陈涌老师“这样热情的、几乎无保留的推崇”的水平。

不管怎么说，这位权威的马克思主义文艺理论家，在人们心目中有不跟风、不讲过头话、为人正直的声望，如今如此赞赏

《土壤》，这在我们两个出道不多时的人的心中，会产生什么样的效果是不难想见的！

由此我很想去拜见陈涌老师，但由于当时忙于我们的工作调动，紧接着又因为温小钰患病一直陪她在全国各地东跑西颠地求医问药，直到二十世纪九十年代，我参加中国作家协会第五次全国代表大会，才有机会上北京万寿路陈涌老师家去，终于见到了他。

四十年沧桑，相隔近半个世纪，但我还是第一眼就认出他来了。他站在家门口，身上还是像五十年代在北大给我们上课时穿的那种旧式蓝布制服。浓密的黑发，已成一头华发，但说起话来依旧中气十足。我回顾了当年他在北大授课时的情景，向他讲述了毕业后在内蒙古二十八年的经历，从东边大兴安岭到西陲居延海，足迹几乎遍及内蒙古这片辽阔的大地。这期间曾下放到机械厂当过翻砂工，被评为二级技工，在河套农村搞“四清”，结束后留任生产大队干部，又在内蒙古建设兵团机枪连当了一年多战士，工、农、兵几乎都干过一阵子。陈涌老师听后点点头说，现在有些人提倡作家向内转，一味关注作者内心所谓的“内宇宙”。他对此颇不以为然，他认为搞创作的人还是要广泛接触生活，特别是基层人民的生活。毕竟生活还是文学创作的源泉，作品的生命力在于真实性。他还兴致勃勃地向我详细了解内蒙古边疆地区和少数民族人民的生活状况，询问了《土壤》的写作经过，有无生活原型。我向他详尽地汇报了在乌兰布和沙漠深入生活的情形和萌发《土壤》创作契机的经过，写作过程中自己最初的担忧和顾虑，以及巴金先生的鼓励和《收获》的支持，我还向他讲了曾镇南的长篇评论和最初中央书记处研究室小张同志的电话，表示了自己一直存在心里的对他关心《土壤》的由衷感激。

那天陈涌老师兴致很高，一个话题接着一个话题。当我站起来告辞准备回会议驻地京西宾馆时，陈涌老师发觉已快到吃晚饭的时间，真诚地邀我在附近饭馆一起吃顿便饭。我觉得机会难得，很想和他多待上一会儿，想多听听他对文艺的一些见解，也没多客气就留了下来。

记起在延安时期论及文艺与生活的关系问题时，五十年代中期针对当时文艺界流行公式化、概念化和庸俗社会学等“左”倾思潮影响创作的状况，他强调要注重文艺的真实性，重视艺术规律和形象思维，曾遭到一些人的非难和攻击，便问：“现在理论界很少见到有谈形象思维的文章，陈涌老师，这是为什么？”

“理论界可能存在着误区，一讲形象思维怕被人说成是否定世界观指导作用的重要性。再者，可能就是这个问题本身比较复杂，目前研究得还不是那么深透。”他答道。

“我有个体会不知对不对。”我说，“一旦进入创作，无论作品构思，还是思想深度的开掘、人物形象的塑造，自始至终离不开具体细节。因此在平时就特别注意积累细节。而科学家和哲学家则注重积累数据和论点。能不能因此可以将形象思维简化为细节思维?”

陈涌老师咽下嘴里食物，略一沉思:“恐怕没这么简单。作家艺术家的创作过程，始终伴随着形象、情感、联想和想象，通过事物个别特征来把握一般规律进行典型化，从而创作出艺术的美。但细节并不等同于形象。形象的构成不止客观对象，还有作家主观感情因素，还要考虑到文学形式的审美特点，是多种因素综合起来逐步推进演化。我们过去有段时间不敢讲形象思维，影响作品艺术质量的提高。对这个问题目前尽管还没研究透，但我相信以后一定会有人来做深入研究的。”

这次见面之后，我和陈涌老师接触逐渐多起来。第二年初春，春茶上市，我就去西湖龙井村买了点狮峰龙井寄给他，一心希望老师能及时品尝到学生的家乡新茶，却奇怪一直没有得到回音，不知收到没有。于是趁着那年中国作协召开全委会之际又径直去了趟万寿路陈涌老师家。没想兴冲冲地跑去竟讨了个没趣，开门一见面他表情冷冷的，不像往常那么热情。

“估计你最近会来,”他说,“寄来的茶叶早收到了，谢谢!但我不知道究竟怎么处理好。”

我明显感到，听到这话自己脸上的笑容顿时凝固起来了，一时不知道说什么好。

“唉!”陈涌老师叹了口气,“把茶叶退还给你，或者将茶钱寄你，你会不高兴的！”

“那当然！”

“但如果我收下，坏了给自己立下的规矩，我不高兴！”

“那上回您请我在饭馆吃饭，我是不是也不该答应？”

“这是两码事！”他说，“我想过了，你不高兴，就这次一回；我不高兴，恐怕以后还会有第二回、第三回。我想，我们还是长痛不如短痛，我决定原物奉还，茶叶我还没拆包放在冰箱里，这次你就带回去。今后我们相处时间长了，相信你会理解我的。我更希望从你那里得到的是你的作品，总之，是意识形态的东西，而不是物质形态的东西。因此，以后不要再寄茶叶给我了！”

我本来还想再强调一番自己寄茶叶的心意，但看他坐着一板一眼说话的那早已过时的老旧沙发，沙发旁堆满书籍的露出剥落痕迹的紫红油漆木头茶几，和靠墙放着的那断了一条腿用几块砖头垫着的书柜，我忽然觉得自己连再多说半句话的勇气都没有了！

陈涌老师真是说到做到。这天当我从他家告辞出来，他竟坚持送我到公交车站，大概怕我途中有变，不肯把茶叶拿回去，像押送我似的往前走着。我不忍心这位上了年纪有病在身的老人在一旁陪送我，于是再三向他保证，以后决不会再做类似叫他不高兴的事，这才在半路上劝住了他。

后来和陈涌老师在一起次数多了，才了解到像他这样从延安出来的老同志，不少人在作风上相类似，极其检点、严谨，对一些生活细节从不马虎。曾听曾镇南说过一件事。陈涌老师答应给《文学评论》写一篇论陈忠实小说创作的文章，自己花钱买了一套《陈忠实文集》，把陈忠实写作《白鹿原》之前的小说通读了一遍，稿子完成后他打电话给曾镇南，说自己送稿子去编辑部。曾镇南再三劝阻说马上登门去取，可他还是坚持坐地铁从万寿路出发，亲自把稿子送到了社科院门口。

陈涌老师就是这样一个人，为人为文，严谨认真，一丝不苟，淡泊名利。对一些文艺现象的思考和判断，极为深入和认真，从不为照顾对方情绪去曲意逢迎，也不为某种学术以外的考虑而影响自己的观点。最让我印象深刻而敬佩的，是他对陈忠实长篇小说《白鹿原》的态度，再一次印证了这是个有思想的人。

1997 年，第四届茅盾文学奖评审会上，评委们对参评的《白鹿原》争论很激烈，出现两种截然对立的意见，双方相持不下。据当时与会的评委和具体负责该项评审的作协工作人员回忆，就在即将投票的关键时刻，颇有权威的老评论家陈涌做了一个支持《白鹿原》的富有说服力的长篇发言，肯定陈忠实是一位具有社会主义倾向性的作家，作品不存在政治性、思想性、倾向性问题。小说在主观上表达的观念可能有些缺失，某些人物的形象也未必就代表作家自身的看法，文学批评应当善于把作品实际写出来的现实主义画面，和小说中一些主观理念的表达区分开来。

他的这个发言，极具说服力，化解了评委会上出现的僵局，最后《白鹿原》终于获得了这届茅盾文学奖，坊间也因此流传《白鹿原》获茅奖陈涌一锤定音的佳话。

2003年，浙江省作协举办首届浙江作家节，邀请一批知名作家来杭，《白鹿原》作者陈忠实也应邀与会，由我负责接待。忠实是我认识多年的老友，上世纪八十年代初我还在内蒙古工作时，就曾和他一起受邀参加上海文艺出版社《小说界》编辑部首届获奖小说的颁奖活动，会后又一同到杭州参加文学活动。这次他旧地重游，老友相逢，一向寡言少语的陈忠实分外激动，我问起《白鹿原》获奖经过，忠实“嗨”了一声，说：“浙成，你不知道，当时我的压力大极了。”他怀着感激的心情说，“后来全亏了陈涌老师，大家因此都说那次评奖，是他一锤定音救了《白鹿原》！”

2021年春，陈建功受邀来奉化，闲聊中说起《白鹿原》评茅盾文学奖的经过。建功坦言，那年长篇小说评奖活动的具体工作就是他在负责，他的详尽描述，证实了陈涌老师一锤定音的经过。

《白鹿原》获茅盾文学奖后，《文艺理论与批评》杂志社的同事却对陈涌老师有了意见，觉得他不该肯定《白鹿原》。陈涌老师自己也意识到了，曾说因为支持《白鹿原》，自己把好多朋友都得罪了！

晚年陈涌（陈涌女儿杨小菲供图）

陈涌老师曾不止一次对我说：“作为一个文艺批评家，最不愿看到的，就是作家呕心沥血创作出来的好作品被埋没。”他觉得应该让它们得到公正的对待。这是一个批评家义不容辞的责任，也是他作为一个批评家受人尊敬的可贵的担当意识！

2015年10月，陈涌老师病逝后，有怀念文章说，不唯上，不唯书，只唯实，一个人在一时一事上做到这一点并不难，而数十年如一日地执着于此，不能说不是最难的啊！我和陈涌老师生前有限的几面之缘，可以为这句话作生动而确凿的证言。

学者的谦逊

谭丕模这个名字，现在的人已经相当陌生了。假如时间倒回到二十世纪五十年代，像我这样还在大学念书的学生，听到这个名字，心里多半会陡然生出几分敬意来。

谭先生系湖南祁阳县人，时任北京师范大学中文系主任、教授，中国作家协会会员。二十世纪三十年代开始发表作品，有《新兴文学概论》《文艺思潮之演进》《中国文学史纲》《宋元明思想史》《清代思想史纲》等著作，他是我国著名的文学史、思想史研究专家。

谭先生并没有教过我，我们不相识，也从未见过面，可以说没有任何交集。然而一个极偶然的机会，让我这个不谙世事的青年学生，和他这位成就卓著的学者有了一次文字过往，让我一辈子都难以忘怀。

记得还是二十世纪五十年代初我国实施第一个五年计划期间，国家开始大规模经济建设，计划把我国从落后农业国变为先进工业国。为适应建设形势的需要，加快培养各种建设人才，国家号召大学生向科学进军，攀登光辉顶峰。在这种气氛的感染下，同学们将自己的青春热情和心中对祖国的爱，全都转化为学

論　陶　詩

譚丕模

陶渊明号元亮，入宋改名潜，（公元365—427）是一位没落的官僚地主出身的詩人。蕭統說他的"曾祖侃，晋大司馬"。（"陶淵明傳"）他的父亲，史傳上沒有名字。據陶茂麟家譜說："父名逸，为安城太守"。（李公煥"箋注陶淵明集"："命子詩"注）他在"命子詩"裏描写他的父亲是一位"寄迹風云，冥茲愠喜"的人物。他的母亲是征西大將軍長史孟嘉的女兒。他在"晋故征西大將軍長史孟府君傳"裏描写他的外祖父孟嘉是一位"任怀得意，融然遠寄，傍若無人"的人物。那么，陶淵明的个性，可能是受了一些家庭环境的影响而形成的。他的家世本來是官僚成份，但是到了陶淵明出世，已經沒落到"耕植不足以自給"的境地了。他雖然做过几次小官，并不能展开他的政治抱負，也不过是弄点"生生所資"的东西而已。在晋安帝义熙元年（公元405），他正式宣告"不能为五斗米折腰"而辭官归隐田園。

一　陶淵明的生活和思想

在陶淵明的时代，軍閥横行，几乎把失去的中原忘記了；就是有借着北伐收复中原的，也不过借北伐作幌子，事实上是为了准备自己篡夺政权、积累資本，因而收复失地是絕望的。陶淵明亲眼看到江南統治阶級為于私斗，置淪陷的中原人民于不顾；他又亲眼看到江南的統治阶級腐朽墮落，置自己統治下的人民于水深火热中。他精神感到苦痛，于是从官場中退下來。

陶淵明的物質生活是很艰苦的，住的"不蔽風日"，穿的"短褐穿結"，吃的呢，"箪瓢屢空"还"瓶無儲粟"，甚至有时穷到"乞食"。但是，他还是熬得过，喊出"固穷夙所归"（"有会而作"）来勉励自己，喊出"飢凍雖切，違己交病"（"归去来辭"序）来警告自己，真能做到"傲骨"的地步。朱熹批評"晋宋人物，雖曰尚清高，然个个要官職。这边一面清談，那边一面招权納貨，陶淵明真个能不要，此所以高于晋宋人物。"（"朱子語录"）陶淵明在做人上高于晋宋人物，也就是他在文学上高于晋宋人物的緣故。

陶淵明在沒有做官以前，也曾參加过农業生产的輔助劳动；在他辭官归隐田園之后，更把农業生产提到主要劳动的地位。他用參加生产劳动，来解決自己的生活，这是他堅決不与統治者合作的有利条件，是他能够做到"傲骨"的有利条件，也是他能够長期接近农民的有利条件。不过，一个沒落官僚家庭出身的人，不做官而參加生产劳动，这是要經过激烈的、剧烈的思想斗爭过程的。他低吟着"既自以心为形役，奚惆悵而独悲"（"归去来辭"）。这是他在思想斗爭得到勝利后自慰之辭。

陶淵明的思想，是包含了儒、道及游俠精神。过去研究他的思想属于哪一家，固然是多余的；若是只說他的思想包含了儒、道及游俠三家，未免太含混。我們認为陶淵明在少年时代的思想，以游俠思想占优势，拿起游俠思想当作在人生战場上的冲鋒武器。归隐田園前后（指归隐的前后那几年），以道家思想占优势，拿起道家思想当作从人生战場撤护退却的盾牌。晚年思想，以儒家思想占优势，拿起儒家思想作为在人生战斗中的精神动力。因而在他的作品中，到处都反映了这几种思想。

陶淵明在少年时代的作品，沒有被保存，很难知道他在少年时代的思想体系。但是他在中年以后的作品，有一些回忆他在少年时代的豪气，也就可以想見他在少年时代的游俠精神。他在"雜詩"裏高歌着"忆我少壮时，無乐自欣豫。猛志逸四海，騫翮思远翥。"他在"拟古詩"裏高唱着"少时壮且厉，抚劍独行游。誰言行游近，張掖至幽州。飢食首陽薇，渴飲易水流"。这在刻划他那种志在四方的豪气，这在刻划他那种不可一世想干一番事業的精神，这在刻划他不能忘記已經淪陷的区域（如幽州）那种憤慨、沉痛的心情。

陶淵明归隐田園的前后，当年的豪气磨減了，老庄思想来代替了这个思想空間。因而在他的作品中，有一部分在反映了老庄思想。他有"形"、"影"、"神"三首詩，承繼了魏晋以来玄学的成分，看重"自我"，而不齐为"外物"犧牲。認为人生在無窮尽的宇宙过程中，沒有可喜的，也沒有可惧的，生固不足以喜，死又何尝可惧？要死就死，有什么"多慮"？这又是从他的人生痛苦經歷下所体驗的老庄思想，隨时在他的作品中流露。他一会兒呼喚着"人生似幻化，終当归空無"（"归田園居"），一会兒呼喚着"不覺知有我，安知物为貴"（"飲酒"），一会兒呼喚着"聊乘化以归尽，乐夫天命复奚疑"。

·39·

1957年10月《新建设》杂志上刊载的谭丕模《论陶诗》

习的自觉性，课余所有休息时间、节假日，都钻在图书馆里埋头苦读，恨不得天天晚上阅览室不闭馆，能在里面通宵达旦地看书学习。

中国古代文学史是中文系的一门主课。系里、老师以及同学个人都很重视。老师除白天课堂上讲授外，还印发讲义、列举各种有关参考资料，引导同学们广泛浏览，扩展知识面。仅正式出版的文学史就有三种：林庚（当时北大该课程任课教授）《中国文学史》，李长之《中国古代文学史》和谭丕模《中国文学史纲》（我记得谭先生的《中国文学史纲》是白色封面，印象中是由高等教育出版社出版。后经修订补充，1958 年 5 月由人民出版社出版，书名为《中国文学史稿》）。我那时对曹植、建安文学和东晋诗人陶渊明的作品怀有浓厚兴趣，正在为大学三年级的学年论文搜集有关资料，读到谭先生《论陶诗》（载 1957 年 10 月《新建设》杂志）一文，觉得他对陶渊明诗歌创作的评价比较客观公允，既肯定了陶渊明在文学史上的地位，也指出其消极和不足，对自己颇有启益。但同时也意外发现，谭先生在文中将别人的伪作《归田园居》（其六），错当成是陶渊明的作品，还做了详尽的艺术分析。还把陶渊明的另一代表作《结庐在人境》饮酒诗“之五”，错写成“之六”。我将自己这两点小意见写成一则短文，寄给了《新建设》杂志编辑部。过了几个月，我在第二年《新建设》2 月号上，看到自己这篇不像样的短文竟刊登出来了，

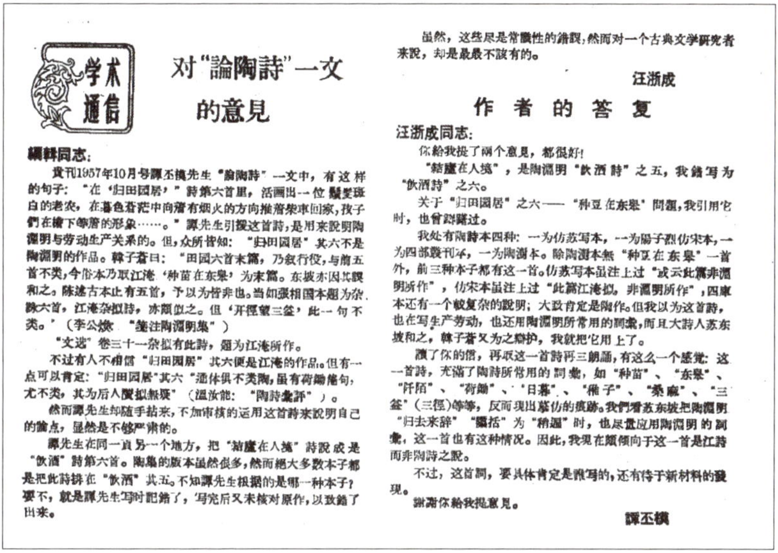

学术通信

对"論陶詩"一文的意見

編輯同志：

貴刊1957年10月号譚丕模先生"論陶詩"一文中，有这样的句子："在'归田园居'"詩第六首里，活画出一位鬚髮斑白的老农，在暮色苍茫中向着有烟火的方向推着柴車回家，孩子們在檐下等着的形象……。"譚先生引援这首詩，是用来說明陶淵明与劳动生产关系的。但，众所皆知："归田园居"其六不是陶淵明的作品。韓子蒼曰："田园六首末篇，乃叙行役，与前五首不类，今俗本乃取江淹'种苗在东皋'为末篇。东坡亦因其誤和之。陈述古本止有五首，予以为皆非也。当如張相国本題为杂詠六首，江淹杂拟詩，亦頗似之。但'开徑望三益'此一句不类。"（李公煥"箋注陶淵明集"）

"文选"卷三十一杂拟有此詩，題为江淹所作。

不过有人不相信"归田园居"其六便是江淹的作品。但有一点可以肯定："归田园居"其六"通体俱不类陶，虽有荷鋤倦句，尤不类，其为后人贋拟無疑"（温汝能："陶詩彙評"）。

然而譚先生却随手拈来，不加审核的运用这首詩来說明自己的論点，显然是不够严肃的。

譚先生在同一頁另一个地方，把"結廬在人境"詩說成是"飲酒"詩第六首。陶集的版本虽然很多，然而絕大多数本子都是把此詩排在"飲酒"其五。不知譚先生根據的是哪一种本子？要不，就是譚先生写时記錯了，写完后又未核对原作，以致錯了出来。

虽然，这些尽是常識性的錯誤，然而对一个古典文学研究者来說，却是最最不該有的。

汪浙成

作者的答复

汪浙成同志：

你給我提了兩个意見，都很好！

"結廬在人境"，是陶淵明"飲酒詩"之五，我錯写为"飲酒詩"之六。

关于"归田园居"之六——"种豆在东皋"問題，我引用它时，也曾躊躇过。

我处有陶詩本四种：一为仿苏写本，一为陽子烈仿宋本，一为四部叢刊本，一为陶澍本。除陶澍本無"种豆在东皋"一首外，前三种本子都有这一首。仿苏写本虽注上过"或云此篇非淵明所作"，仿宋本虽注上过"此篇江淹拟，非淵明所作"，四庫本还有一个較复杂的說明；大致肯定是陶作。但我以为这首詩，也在写生产劳动，也还用陶淵明所常用的詞彙，而且大詩人苏东坡和之，韓子蒼又为之辯护，我就把它用上了。

讀了你的信，再取这一首詩再三朗誦，有这么一个感觉：这一首詩，充滿了陶詩所常用的詞彙，如"种苗"、"东皋"、"阡陌"、"荷鋤"、"日暮"、"稚子"、"桑麻"、"三益"（三徑）等等，反而現出摹仿的痕跡。我們看苏东坡把陶淵明"归去来辞""檃括"为"稍遍"时，也尽量应用陶淵明的詞彙，这一首也有这种情况。因此，我現在頗傾向于这一首是江詩而非陶詩之說。

不过，这首詞，要具体肯定是誰写的，还有待于新材料的發現。

謝謝你給我提意見。

譚丕模

1958 年第二期《新建设》杂志上作者与谭丕模的学术通信

虽只有半页篇幅，字体还是小号字，放在页面的下半页，不折不扣是篇上不了台面的"豆腐干"文章，但毕竟是平生手写文字第一次变成了铅字，而且刊登在被视为国家顶级的学术理论刊物上（《新建设》杂志时为中国科学院哲学社会科学学部主办），读到后心里还是有几分按捺不住的窃喜和得意。当时我们几位相熟的成绩较好的同学，都自视甚高，平时言谈之间都有点不知天高地厚地对权威表示不驯的臭脾气，爱挑他们文章的毛病，把自己那点小聪明尽情地最大化，自以为非常了不起。

但没想到，《新建设》编辑部将我的"豆腐干"和谭先生的答复文章并排地刊登在同一页上。谭先生对我的批评意见十分重视，在文中首先对我提出的两点意见，表示“都很好”。说饮酒诗之六，是自己的错写。至于《归田园居》其六“种豆在东皋”，说在引用它时自己“也曾踌躇过”。他手头上有四种陶诗版本：一为仿苏写本，一为杨子烈仿宋本，一为四部丛刊本，一为陶澍本。除陶澍本无“种豆在东皋”一首外，前三种本子都有这一首。仿苏写本注曰“或云此篇非渊明所作”，仿宋本注曰“此篇江淹拟，非渊明所作”，四库本却有一个较复杂的说明，大致肯定此篇系渊明所作。谭先生自己觉得这首诗也是在写生产劳动，又用了陶渊明所常用的那些词汇，而且大诗人苏东坡和之，韩子苍又为之辩护，就把它用上了。

读了我的批评意见后，谭先生再仔细地研读这首诗，并一遍遍吟诵体会，感觉到这首诗虽从头到尾用了陶诗所常用的词语，如“种苗”“阡陌”“荷锄”“东皋”“日暮”“稚子”“桑麻”等，反而显露出模仿的痕迹来。苏东坡把陶渊明“归去来辞”“隐括”为“稍遍”时，也尽量运用陶渊明的词汇。这首诗就存在这种情况。因此，谭先生说，他现在倾向于这首是江（淹）诗而非陶诗之说了。不过，这首诗要具体肯定究竟是谁写的，还有待于新材料的发现。谭先生最后又一次谢谢我给他提意见！

读了谭先生的文章，我很长时间说不清自己的感觉。先前的那点窃喜和得意，在谭先生对待我这样一个普通学生的批评意见是如此认真、如此诚恳的态度面前，竟像冰雪见到了阳光，悄无声息地融化了。还不知不觉学着他的样子，也把自己的批评文章又仔细读了一遍，感觉虽从头至尾在摆事实讲道理，但字里行间流露出得理不让人的尖酸和刻薄，说什么谭先生“随手拈来”,“不加审核”，说他“显然是不够严肃的”，最后还来了一句：“虽然，这些尽是常识性的错误，然而对一个古典文学研究者来说，却是最最不该有的！”其口吻显然很不尊重，哪里像是一个二十一岁的大三学生对五十九岁的著名教授应有的说话态度?！谭先生不言而喻显然也已感觉到，但他仍从头至尾再仔细地读了《归田园居》其六全诗，还一遍遍地反复吟诵体味，态度自始至终是那么谦逊和蔼，我为自己的浅薄和轻佻，渐渐汗颜了……

更没想到的是，正当我内心这样想着时，突然在报端读到谭先生与郑振铎、蔡树藩等作为我国文化代表团成员，在出访阿富汗、阿拉伯联合共和国途中因飞机在卡纳什地区失事而遇难的消息！

乍一读到，脑袋轰的一声像爆炸一样，泪水忽地夺眶而出，模糊了眼睛。后来，我在报刊上又陆续读到悼念谭先生的文章，读到《光明日报》上悼念郑振铎先生和谭先生的专版，读到北师大师生沉痛悼念谭先生的报道。读到一篇又一篇的怀念文字，多一分对他的了解，知道他和时任文化部副部长郑振铎先生均系我国古籍整理出版规划小组成员，他俩的不幸遇难是我国古籍整理出版界的重大损失；还了解到，他曾受教育部委托，主持编写高校古典文学教学大纲；还知道是在他的支持和推动下，开展对李煜词《虞美人》的讨论，对陶渊明诗歌创作的讨论，开创了古代文学界运用科学观点和方法探讨作家作品的学术争鸣风气。直到2022 年 4 月，中央办公厅和国务院办公厅印发的《关于推进新时代古籍整理出版工作的意见》，强调要总结在长期实践中形成的古籍整理理论和方法时，还提到半个多世纪前谭先生所做的通过古籍整理梳理思想史的研究，正是构建古籍整理出版理论研究体系不可或缺的一环。每每读到这些有关他的文字，在多增加一分对他的了解的同时，感到自己内心也多增一份汗颜。

好人、编辑家周艾文

不曾想到，这一见钟情，原来并非好逑君子和窈窕淑女们的专利。有时汉子们交往也有类似情形，还因此影响彼此的命运。

初识艾文兄，他那时正处于事业巅峰，在津门全身心筹办后来深受广大读者喜爱的《小说月报》。我当时在文学上诚如他日后所戏言仅“小学毕业”耳，跟随内蒙古作家张长弓先生在百花文艺出版社写稿，借住在重庆道河北廊坊地区招待所。

一日，长弓唤我去他住的房间，说是社里编辑小周来访。

叫小周的编辑那一头青丝已间杂了华发，身材矮壮敦实，笑起来露出一口惯于熬夜搞文字工作的人难得有的整齐白牙。不过给我印象最深的，还是他额前那撮扎眼的不驯服的头发，知道了他头发双旋，俗称牛头旋。记得相书上说过，有牛头旋的人性格上大多比较倔强固执，他们已经认定的事情谁都难以改变且不善变通，在职场上因此容易吃亏。但有个难能可贵的特质是能吃苦耐劳，善待身边的人，自己却难得轻松享受生活。不知小周头上的这个牛头旋是不是这样？

小周见到我便开门见山说，“文革”前读到我的小说《白云之歌》，作者的名字中带着个不多见的“浙”字，心想可能是个浙江人。小周说话期期艾艾，带点口吃，将所有唇齿音都胡乱地发成卷舌音，听着既吃力又让人替他暗暗发急。

我和陌生朋友初次见面，一般都称自家是宁波人，省去了奉化。因为奉化姓汪的，正落在样板戏里那句著名台词的旋涡中：“他到底是姓蒋还是姓汪？”所以也就回避了。

我告诉他自己正是他猜想的浙江人，老家宁波奉化，不过幼年时便跟随父母在宁海躲避战乱、读小学。小周连

周艾文与夫人在故乡浙江嵊州

说“理解理解”，并立刻声称他老家是跟奉化仅一山之隔的嵊县（现已改为嵊州市），身在异乡为异客，两个浙东人在九河下梢的天津邂逅，自然成了见面三分亲的小同乡了。

艾文问我，宁海有个方孝孺，听说过吗？

我说，方孝孺的事迹和他那惊天地而泣鬼神的台州式硬气，在宁海几乎家喻户晓。那时，闹市中心有纪念他的义井亭。我们借住人家的房子就在义井亭附近，我小时常去那里听说书人演绎方孝孺的故事，留下难以磨灭的印象。

“他在文人学士中可是这一号的！”艾文竖起大拇指说。由于兴奋，舌头满嘴乱卷，说得越发期期艾艾。“该不该草诏，究竟赞成建文帝还是拥护明成祖朱棣，那是历史学家们的事。倘论人品，不说违心的话，不做违心的事，敢于坚持自己的不同意见，什么皇权、酷刑，甚至人情血缘，都无法动摇他。仅这一点，真不知比我们现在的人强到哪儿去了！”

我立刻告诉他，前几年有人问我“最希望自己孩子具有什么性格”，我不假思索回答：固执！

艾文一拍大腿，惊诧地叫起：有意思！有意思！今天我就要固执一回了，明天务必和长弓一同来家便宴，就这样说定了！

这天他说是来看张长弓，但却一直在和我聊着方孝孺，聊着聊着，彼此心里都生出一点相见恨晚的感觉来。艾文和我的友谊就这样开始了。

第二天家宴，除了主人艾文，还有长弓、我和百花文艺出版社编辑小郑。闲谈中，方知艾文本人，就有点方孝孺式的硬气，刚直不屈，敢于反潮流，决不被气势汹汹所吓倒。

那是“文革”刚开始时，正当全国大小报刊铺天盖地为《评新编历史剧〈海瑞罢官〉》摇旗擂鼓时，艾文却对此有不同看法。他当时还真是不知天高地厚，凭着身上生来的那点方孝孺台州式的硬气，不肯随声附和、人云亦云，不说违心之言，竟撰文寄《文汇报》，要和《评新编历史剧〈海瑞罢官〉》作者姚文元“商榷”。这事的严重后果自然不难想见。

更不难想见，正在对他进行严厉审查时期，一事未了，又生一事。他的固执己见并未因为正在被审查而有所收敛，他依然故我。当时，单位里全体人员召开大会正在轰轰烈烈揪斗社里“走资派”领导。众皆金刚怒目，同仇敌忾，唯独他坐在会场一角，一副冷眼向洋神态，默然冷笑，当场受到“造反派”们呵斥：周艾文，你冷笑什么?！他说，我不是冷笑。造反派问，那是热笑吗？艾文回答说，也不是热笑！造反派穷追不舍：那你到底为什么笑？艾文坦然地大声回答：我既非冷笑，也非热笑，我是笑你们枉费心机。××是个好同志，是打不倒的！

他为此立即付出沉痛代价，皮肉受苦自不必说，是那时的家常便饭。最后被定为什么“分子”，也像方孝孺似的连累了全家人，从天津拖儿带女地被放逐到浙江嵊县农村去脱胎换骨！

我们在天津相识时，艾文兄刚落实政策重返工作岗位，尽管在农村十年，一席关于方孝孺的倾心畅谈，足见其初心未曾丝毫改变，依然刚正不阿，心口如一！

没想到，又一个十年过去，我们竟同在家乡浙江，成了亲密邻居和同事。

倘说这事的来龙去脉，首先仍得力于艾文，也从中看出他对朋友的那份古道热肠。

津门分手，一晃数载，中间联系无多。那时，我和小钰为照顾健康状况越来越恶化的父母，正想着要南调。然而因离家多年，人头生疏，一时求告无门。正发愁之际，忽一日接艾文来信，开门见山表示了一番歉意，我们还以为出了什么事，待读到下文，方知不为别的，恰恰是为我们日思夜想萦绕心头的工作调动。他说未事先征求你们意见，就擅自将情况向有关部门做了介绍，并做了推荐，多有冒失，如此这般，还说了一番浙江省目前的有关情况，希望我们能回家乡参加“四化”建设。他在信上说：以私交计，倘能朝夕相处促膝畅谈，岂不也遂了多年夙愿？不知你们二位意下如何？

我们的欣喜和感激自不必言。只是心中隐隐感到对艾文有些愧歉。我们是两个俗人，但有时还想学学清高。明明知道艾文已先我调回家乡，却从未向他表露过想南调回家乡的心愿。总觉得他是我们敬重的朋友，不愿将功利羼杂进来，千方百计想维持一种君子之交淡如水的风范。其实，这恰恰反映出我们的酸腐和艾文的诚挚。我们鱼雁往还算不上频繁，然而他时时事事都在念中。明明是看人瞌睡给递上个枕头，却有功不称功；明明是帮朋友挑起最棘手的重担，却事先不肯张扬半分。这就是艾文兄的待人为人！

这还不算，调回家乡，我们的新居恰好与艾文分在同个家属院。搬家那天，我去南星桥货场拉从内蒙古运到的集装箱，小钰清扫新家，单位已经很照顾了，我们未来前已派人将房间粉刷拾掇过，但入住前地板门窗总还得自己动手擦抹一遍。艾文见小钰身体不好，也抱病过来帮忙。两个病号忙活上一气，便累得想坐下歇息，这才发现新家空荡荡的一无所有，春寒料峭，天气冷得无法席地而坐。艾文想起弄堂口的商店里有小板凳出售，便下楼买去。谁知商店迁移，他拖着病体，又挤车到展览馆农贸市场买回两把竹椅子来。

听小钰事后说，这两把竹椅子可把艾文折腾坏了。竹椅子不大但也不小，一手拎一把，不胜臂力；摞在一起抱着，体积过大，中间又得经过上下车，挤压碰撞，难免遭到同车乘客的白眼和冷嘲，还有下车后到家里那一长段弄堂里的小路。总之，当艾文抱着两把竹椅出现在我们新家门口时，小钰吓了一跳：他脸色紫涨，将两把椅子放下来时想对小钰笑笑，但累得连笑都没力气，身体站立不住随着椅子一起倒下来，跌坐在竹椅上，不巧新买竹椅又是跛脚，没有坐稳人就倒在了地上，很久说不出话来。

我听后心里感动。这段时间，艾文本来病休在家，医生嘱他静卧休息，切勿累着。然而为了我们这次举家南调，从事情提出，到最后一件家具在新居定位，他东跑西颠，倾注了大量心力和辛劳。

我们调回杭州后，我分配在省作协，温小钰在浙江文艺出版社，和艾文成了同事，两家又同在一个院子里住。他虽身体不好，但总想尽地主之谊，休息日带领我们全家人有时去灵峰赏梅，有时夜晚到平湖秋月赏月，朝夕相处，畅游家山，说文谈艺，让我们尽快适应新环境。我有时闲下来想，艾文和我非亲非故，既无桃园结义的对天盟誓，又没有枪林弹雨的生死与共，无非是家事国事天下事有所共识，情趣相谐，彼此觉着遇上了相见恨晚的知己。记得离开天津前夕，艾文为出版内蒙古作家作品，特地来了趟呼和浩特。在当晚为他接风的宴席上，大家正起劲地为作品早日问世献计献策，作为宴会主宾的艾文听了一会儿，转身对着我和温小钰讲起作品来。我急忙拉回正题，努力多次，无济于事。艾文为人就是这样执拗、率真。无论对己对人，不来半点虚假。对认为应该帮助的人，恨不得倾其所有，一帮到底。我有时想，假如没有廊坊招待里所那次邂逅，假如没有关于方孝孺那次倾心畅谈，假如没有日后的调动，无论对他还是对小钰和我，命运该会是另一番景象。

然而生活里没有假如。天不从人愿，艾文回到家乡后，身体每况愈下，不断地跑医院，到最后就不得不住院治疗。我和小钰也双双病得自身难保。终于有一天我们能上医院探视，买了点时新水果送去，家属王大姐一看我们进来，慌忙将我们一把拉到旁边，小声叮嘱：倘若问起价格，回答定要打个对折。否则我们家里人再买水果，他便食不下咽，认为是奢侈品而拒绝享用了。

我听了不由得一阵鼻酸。艾文早年参加浙东四明山游击队，清苦一生，平生以鲁迅“孺子牛”自勉，生活十分俭朴，而工作却一丝不苟，成绩卓著。我偶尔读过他那些处理书稿的信件，简直就像是一篇篇闪烁着学术光芒的好文章。四川作家周克芹长篇小说《许茂和他的女儿们》，在百花文艺出版社出版，就是时任编辑部副主任艾文拍板决定的，成为首届茅盾文学奖获奖小说之一，从文学上对农村改革起到了催生作用。老一辈作家孙犁轰动文坛的中篇小说《铁木前传》，原来书名为《铁木传》，书稿给了百花文艺出版社，艾文看后觉得与孙犁已出的《风云初记》艺术质量上不分轩轾，建议书名加一时间副词“前”字，变成《铁木前传》，和《风云初记》俨然成了姐妹篇。孙犁先生欣然接受了这一改动，对编辑周艾文因此心存感激。三十年后当得悉艾文在杭州病重，老作家不远几千里从天津专程赶来杭州探望，演绎了新时期一段“一字师”的佳话。还有艾文听说郭沫若曾说过郁达夫的古体诗词比其小说散文写得更好，就建议出版郁达夫诗词。

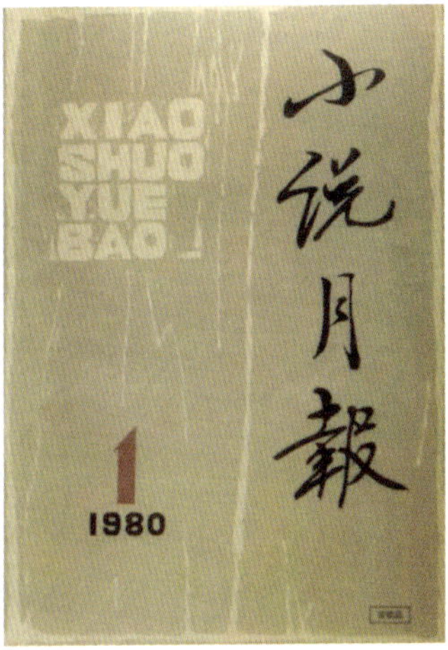

由周艾文发起创办的《小说月报》

在郭老的大力支持下，他不辞辛苦地四处搜集、亲手抄写整理郁达夫诗词，不止一次兴致勃勃地向我推荐郁诗，说现代人写古体诗的水平没有超过郁达夫的。正式出版时，郭老亲自题写了书名并作序。《郁达夫诗词抄》的出版，让全国广大读者分享到郁达夫比他的小说散文写得更好的精彩诗词，艾文功不可没。二十世纪七十年代末，当他了解到全国先后恢复和创办的文艺刊物已逾百种，读小说的人越来越多，为帮助读者用较短时间能每月读到值得阅读的小说，他积极建议社里倡办一份汇集全国优秀小说作品的文学刊物。《小说月报》从最初动议，具体策划筹建，请茅盾题写刊名，撰写发刊词，到稿件的最后终审，均由艾文一人承当。这期间他们全家都为这个新生儿的问世让路了。首先，他家唯一的那张写字桌被霸占，不再是妹妹每天晚上十点前做数学作业的专用地方；其次，艾文每天背着鼓鼓囊囊一书包书刊，一回到家里就一屁股坐在写字桌边挑选稿子，眼睛没离开过带来的刊物，再不进厨房充当王大姐的下手了；第三，艾文每天晚上开夜车审读稿子，怕他体力不支，王大姐为他订了份牛奶。全国首家小说选刊就这样问世了，第一期出来被抢购一空，加印一倍二十万份，后逐月增加印数，艾文只管了五期，第五期印数超过一百万份。他不久就离开天津调回浙江来了。

真是名副其实的吃的是草挤的是奶的“孺子牛”。

就是这样一位在出版界兢兢业业工作了一辈子有眼光的优秀编辑家，在生命最后时刻，医生嘱其要多吃水果，他觉得自己享受这海南西瓜是种奢侈，无法心安理得地咽下口去。可他帮助起身边的人来却是这样的慷慨，从不吝啬。我家在杭州的第一件家具，那两把竹椅，便是他的馈赠。尽管在使用中发现两把椅子都是跛脚，后来我们在杭州搬过两次家，从城东搬迁到城西，更新了家里的家具，这两把竹椅却始终保留着。如今，定居杭城已十载，也有了新结识的友人，但在满室新潮家具中，一眼瞥见那竹椅，会情不自禁地想起当年落脚陌生故乡的最初时日，和那坐着竹椅艰难地一点点往前挪动陪小钰擦地板的故人艾文兄！

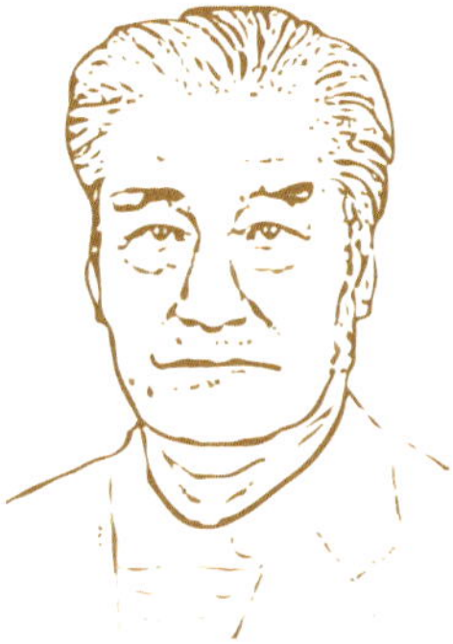

荏苒同成绿，飘摇共作庆
——塞外故人贾漫

每次收到《草原》，那欣喜心情有点像远嫁的女儿收到娘家寄来的礼物，忙不迭地拆开来读。2012年一期《草原》封面上，印有贾漫兄写的《永远的怀念》，心想不知他在怀念哪位友人。读罢才知是悼念邓青兄，十分震惊悲痛，又感到深深的歉疚和自责。老邓是《草原》勋臣，在业务上是我的师长。当年我向《草原》投稿，曾多次得到他的指点和帮助。1960年9月，他离开编辑部上内蒙古大学文研班深造，我调入《草原》接替了他的工作，无论在业务还是做人上，他都给过我许多难忘的教益。读后思绪万千，往事历历，心里忽然有种不可抑制的强烈冲动，想打电话对贾漫倾诉心中这份对老邓迟到的悼念。

我不知道世上存不存在亲近人之间的异常感应。正当我这样想着时，放在卧室里的手机响了，起身去接，一听是东芬的声音，一种不祥的预感倏然而生。因为此前电话，大都是贾漫打来的，东芬有时在一旁插上几句话，这回莫非是他得了什么重病连打电话都困难了？

我拿起手机情不自禁地“哎呀”了一声，冲口而出：“是你呀东芬，是不是……”

“你已经猜到了，贾漫他……”电话声音突然窒息了，随后东芬便在电话那头失声恸哭起来。

我拿着手机，在床边悚然而立，竟一时无语。我本想问贾漫是不是病了，压根没想到他会这样突然走了。这几年我们也曾有过几次难得的聚首，印象中他身体一直很好，逸兴遄飞的诗人气质丝毫不减当年，也从未听他讲起有什么病痛，觉得是我们中间能活得最长久的一位，怎么说走就走了？！

悲痛的泪水慢慢流下来，我和东芬相隔千里，抱着话机对哭了一阵，然后她一边哭一边断断续续诉说，我终于知道了事情经过。

原来贾漫得的是胃癌，确诊时肆虐的癌细胞已浸润到其他组

1991 年，贾漫专程从塞外赴杭州看望病中的温小钰

织，家里人没把真实情况告诉他，直到转院去天津手术后，他在生命最后的日子里，依然乐观地对人说自己得的是胃溃疡，以为有治愈的奇迹出现。所以他家人一直没敢把他的病情告诉我。昨天深夜他终于走完了一位诗人生命的最后一分钟。

东芬的电话是中午时分从天津打来的。下午，浙江全省上下便动员起来，迎战今年登陆的最强台风“海葵”。而我心中也在经历着一场超强的情感风暴。

认识贾漫，是在我调入《草原》编辑部上班后不久。

此前，尽管已知道他是内蒙古一位有代表性的青年诗人，但只闻其名却不识其人。那天，我正在编辑部看稿，进来一位风流倜傥的高个子男士，上身穿藏青色华达呢制服，下身是浅灰色毛料西裤，脚上一双黑皮鞋。就这身打扮，在当时我这个工作才两年的文学青年眼里已经有了几分钦羡。他推门进来后，举止潇洒地跟屋里其他几位编辑打了个招呼，大家说了声：“回来了？”他说昨晚回来的，就径直坐到剑羽对面那张空着的靠窗办公桌前。我由此猜到他就是出差刚回来的贾漫。

剑羽隔着桌子丢了根烟过去，贾漫点着后吐出一口，终于发现一声不响坐在门后办公桌前的我，于是立马起身走到我面前。

“你就是新来的汪浙成？”他一边问一边朝我伸出手来，显然已知道编辑部来了我这个新人的事。

我忙站起来恭恭敬敬握住，回答说：“是的。”

“我叫贾漫，咱们坐下说！”他说话有点像朗诵诗似的拿腔拿调，一边还摇头晃脑，像是在开玩笑又像是正儿八经地问，“听说你是北大中文系毕业的？”

“是。”

“大学中文系都学些什么呀？”

“主要课程有中国文学史，从一年级学到三年级。”

“那你中国文学史一定很熟了。”

我忙说：“虽说学了三年，但自己学得不好，只了解一点皮毛。”

“我国文学史上第一个有名有姓的诗人是屈原，对不对呀？”

我忙点头回答：“对。”

“屈原最具代表性的作品是《离骚》，对吗？”

“对。”

“《离骚》一开头：‘帝高阳之苗裔兮，朕皇考曰伯庸。’我没记错吧?”说着，他那双炯炯有神的眼睛怔怔地望着我。

“没错!”

“接下来是‘摄提贞于孟陬兮，惟庚寅吾以降。皇览揆余初度兮，肇锡余以嘉名：名余曰正则兮，字余曰灵均。’这是《离骚》全诗的第一节，我有没有记得不对的地方?”

“很抱歉，我只记住开头两句，下面就记不得了。”我不好意思地笑着回答，“我们老师游国恩教授当时要求每个学生把全文背下来，但我没学好。不过，我想你记得完全正确。”

贾漫像个大孩子似的装出一副得意的样子，动作夸张地吸了口烟，然后抬起那只拿烟的手停在空中，像朗诵似的抑扬顿挫地念《离骚》第二节。

第二节的文字比第一节长得多了，他竟一口气背诵下来，没打一个磕巴。那滚瓜烂熟的程度，一下子把我给镇住了。

看我仰着脸目瞪口呆地坐在椅子上，贾漫笑着解释：“只是因为喜欢，读的遍数多了，也就全文记下来了。以后有机会，咱们好好切磋切磋!”说完，转过身去坐回到自己办公桌前，埋头在自己面前堆得像小山一般的稿件堆里了。

率真的个性，幽默风趣，惊人的记忆力，让我第一次见面就对这位小有名气的青年诗人很有好感。随后交往很快多起来，发现他虽很早参加工作，但身上少有当时人常有的那种让人难以接近的味道。他秉性耿直，为人正派，颇有燕赵之士的侠义精神，敢于仗义执言。他后来曾在《咏玻璃》一诗中自况：“玻璃人生最透明，望破东西南北中。任它风雷云雨密，粉身碎骨总晶莹。”诗反映了他一生坚守的品质。我在与他共事过程中，曾多次感受到他这种人格魅力。

那是我来编辑部的第二年，尽管当时还是全国人民挨饿的年月，但主编敖德斯尔为人宽厚，是位富有亲和力的领导，在管理上宽松民主，编辑部气氛和谐，编辑之间互相关心帮助，特别是对我这个新编辑，大家像老大哥老大姐似的手把手指点，帮助我尽快熟悉编辑业务。记得那年自治区领导邀请一批国家级文化名人、学者像曹禺、老舍、翦伯赞等来内蒙古采风讲学，编辑部将老舍先生在一次会上的讲话整理成文，题为《关于文艺工作杂谈》（手边无书，标题恐记忆有误），蒙先生慨允，在我们《草原》上发表。那期刊物责任编辑是剑羽和我。对要发的稿件，剑羽像师傅带徒弟似的教我，从计算字数、版式编排、字号选用、插图安排，到发稿跑印刷厂，还介绍我认识厂里业务科和排版车间的师傅，帮助我从头到尾熟悉杂志出版的整个流程。到了付印那天，剑羽临时有事，去不了印刷厂，只好由我独自去签字付印。他叮嘱我，目录和重点稿如老舍的文章，付印前一定要从头到尾再认真看上一遍。

那天下午，记忆中好像是周末，车间里上班的人不多，就负责拼版的黄河师傅陪着。因为是最后一遍校对稿，按规定对红即可，改正付印。目录和老舍先生的文章，我按剑羽嘱咐又从头到尾细看了一遍，签完字交黄河师傅付印。这是我当编辑以来第一次参与刊物付印，前前后后也就一个多小时便搞定了，并没有像老编辑所说的白纸黑字、责任重大、如履薄冰的那种战战兢兢的感觉。离开车间，轻轻松松跨上车去内蒙古大学找温小钰（当时我们还未结婚）一起过周末了。

哪知道这第一次付印便捅下了大娄子！

刊物出来不久，一天工间休息时，大家在编辑部围观贾漫与剑羽对弈，隔壁房间的主编敖德斯尔手里拿着封打开的信，笑眯眯地进来了。

“咱们下期刊物什么时候出来呀?”他不动声色地问大家:“恐怕得补登个勘误表!”

观棋的人都抬起头来，转向老敖问：“出什么事了?”

原来他刚接到老舍先生的信，说是寄他的刊物收到了，读了发在上面的他的讲话，发现编辑在校对上错误不少。一些错别字就不管它了，但是像他在讲话中提到的《二十年目睹之怪现状》一书，现在讲话中却变成了《二十年同睹之现状》。人家会想，这个老舍究竟看没看过这本书，连书名都没搞对，还下车伊始，到处哇里哇啦！影响太糟糕了！

老舍先生的信像炸弹在编辑部爆炸开来，冲击了紧张的棋枰杀伐。大家回到各自座位，从案头上翻找出新近出版的这期《草原》来看。不看不知道，一看还真吓一跳。读完全文，发现老舍先生这篇文章我在校对上竟存在着不应有的大大小小错误十七八处之多！作为这期刊物的责任编辑，我一下子头都大了，全身血液直往脸上涌。老舍先生这篇文章我从头到尾明明校对了好几遍，该改的都改过来了，怎么还有这么多地方没看出来？最纳闷的是吴趼人《二十年目睹之怪现状》，这个作品我不但在学校时听老师在课堂上讲授过，而且课后自己还翻阅过，怎么把书名也弄错了呢？我感到又愧又羞，无地自容！

老敖说，正好大家都在，我们就开个编辑部会，讲讲这个问题，看看如何补救。主要还是以后要引起注意，重视校对工作，防止再发生此类事情。

会开得很认真，这很可理解。《草原》能组到老舍先生讲话稿，这本是件幸事。可是由于我的疏忽，却给刊物造成被动，带来了负面影响。作为一个新编辑，我自然心情沉重，在会上首先做了检讨。接着大家针对我的过错发表意见。平心而论，这些意见都很正确。只是我参加工作不久，缺乏历练，有点受不了。特别是一位同事的发言，把这次校对上的问题与我平时搞业余创作联系起来，认为是没有摆正工作与业余创作的关系，使我这个新来的编辑思想上压力极大，一时难以接受，感到有些委屈。

会上气氛一时间有点紧张。看我涨红着脸垂头丧气的样子，贾漫从坐着的椅子上站了起来，像批斗我似的拿手指着我说：

“汪浙成，”说话的声调却仍像平时朗诵似的抑扬顿挫，“你甭感到委屈。我开始当编辑时出的问题比你的要大多了，在目录上把自治区领导人名字给弄错了。刊物出来后大家在编辑部正帮着往外寄发，进来内蒙古大学一位老师，随手从桌上抓起本《草原》来看，忽然发现目录上自治区领导人名字弄颠倒了。那天，我们原来绥远省的几个老人多时没相会了，来我家喝酒，正坐在炕上喝得面红耳热，编辑部来人说刊物出了问题，通知我去开会，我慌得从炕上跳到地上趿拉双鞋就跟着直奔编辑部。一看刊物目录，果不其然，顿时傻眼了。大家说，刊物先别往外寄了，这样发出去影响太大了！赶紧打电话通知邮局发行科，刊物因故暂不外发，需送回印刷厂重新装订；然后又与印刷厂联系，目录重新印刷，把原来的撕下来换上新的。编辑部里已经装信封的那些刊物，再一个个拆开来送工厂重新返工。等把这一切安顿好，一个绥远省老人拎着我的一只皮鞋闯进来了，大叫大嚷：‘还我皮鞋！’我说：‘你嚷什么？我们在开会，你手里拎的不是皮鞋吗？’他还是高声嚷嚷：‘二爷，你倒瞪大眼睛好好看看，这是谁的鞋？’说着把手里的鞋拎到我鼻子面前。我一看才明白，是我刚才在家里心急慌忙把他的鞋给穿来了！”

“哈哈哈！”会场上，大家忍俊不禁坐在椅子上开怀大笑，连主持会议的主编敖德斯尔都没忍住。会上严肃紧张的气氛一下子缓和下来，变成和风细雨了。

贾漫坐回到自己椅子上继续说："我说自己这件事主要是想说明，初当编辑的人，以为认识几个字就能做好校对，致使轻看校对不用心，常常闹出笑话，影响出版物的质量，有时甚至闯大祸。校对工作有它自己的一套规则。汪浙成有没有以为自己在北大学了四年中文出来，认得的中国字比别人还多几个，校对不在话下了？如果有，认识就错了。校对和认字是两回事，是另一门学问，需要认认真真地从头学起。要不然尽管我在报纸上经常读到自治区领导人的名字，为什么在刊物目录上却还会搞错？就是这个道理！我们做编辑工作的要重视校对。老编辑要重视，新编辑更得重视。另外，我建议编辑部在制度上要建立审读制。每期刊物出来后，责任编辑要先从头到尾审读一遍，然后再发出去，也好做点亡羊补牢的工作。"

主编老敖怕我思想不通闹情绪，会后把我叫到他房间谈心，对我进行了耐心的帮助和教育。

这次会议让我受益匪浅，终生难忘。以后我在当《江南》主编时，对新来编辑部的工作人员老提起当年自己在校对上的过错和教训，提醒大家要重视校对工作。当然这是后话。

编辑部会后不久，我们用餐的文联食堂需要人手去后山武川拉土豆。那时因为饥荒，各单位都自己抓生活，编辑部需要出两名劳力，领导派了贾漫和我。车到拉土豆的村子，天已黑了，搞后勤的人说先吃点东西饱饱肚子，不然没力气干活，就煮了一大锅土豆。我和贾漫放开肚子吃了个饱，到土豆地里黑灯瞎火地扛麻袋装车，撑得都弯不下腰来。

后山深秋的夜晚已开始上冻。回来时，我们两人坐在车后装土豆的麻袋上，不一会儿，寒风吹得我簌簌发抖，觉得身上的毛衣薄如纸片，冻得戗不住。我因初上后山，走时只多穿了件毛衣。幸亏贾漫带着大衣，从身上脱下来两人伙盖上。但因为两人都是大个子，一件大衣拉来扯去盖不严实，最后，只好钻到盖土豆的大苫布下面，并排躺下，将脑袋露在外面，身上再伙盖上大衣，才感到有点暖意。

“这下好了！”我和贾漫头挨头躺在土豆包上说，“得亏有你这件大衣，要不我可冻灰了！”

“我看你这个南蛮子还挺能吃苦的嘛！”他说。

“苦我倒不怕，”我说，“怕的是跟当面一套背后一套的人打交道。不过我们编辑部的人都挺好。这次我捅了娄子，让主编和编辑部都很被动，老敖始终没说过一句重话，这使我心里更难过，感到对不起大家。你在会上的发言，我口服心服。我这次犯错误，就错在思想上过于大意，觉得自己认识几个字，校对还会有什么问题呢？其实，认识字不等于自己校对不会出错。老舍先生的讲话，最后付印前剑羽特地叮嘱我光对红不够，要从头到尾再看一遍，我没敢偷懒，从头至尾细细地看了不止一遍，但就是发现不了问题，瞪着眼睛让《二十年同睹之现状》和其他错别字，从眼皮底下一一溜过去了。这回我才体会到，校对不是阅读。校对有校对的要求。这个教训我一辈子都忘不了，今后我要好好学习。”

“事情已经过去了，就当是缴一点学费，不要太在意了！”贾漫宽慰我说。停了一会儿，他望着夜空，像是对天上寒星又像是在对我说似的：“现在是和平建设时期，面对面地跟敌人斗争不会很多，主要是来自我们内部的矛盾，有正确的，也有不很正确甚至是不正确的，要经得起自己人的种种误解甚至委屈，这才是最难的。今后你我都要加强这方面的修养。‘亦余心之所善兮，虽九死其犹未悔。’‘伏清白以死直兮，固前圣之所厚！’”

我往贾漫身边靠了靠，激动地说：“贾漫，今后你就多多帮助我吧！”

这一夜，我们两人就这样头挨头并排躺在凉浸浸的土豆包上，望着塞外夜空中寒星如沸，一路谈文学，谈各自经历，谈人生和友情。卡车迎着呼呼寒风，盘旋在夜色沉沉的大青山崇山峻岭上，也不知是因为钻在苫布下面挡风御寒，还是由于这坦诚相见的畅谈转移了注意力，我再也不觉着冷。当车过蜈蚣坝，从大青山上下来时，远远瞭见夜色中灯火万家的呼和浩特，我突然憬悟到：只要有朋友在身边，再艰苦的环境也成了美丽的好地方！

从此，我心目中，就把贾漫当成一位善解人意的可信赖的兄长，遇到什么难事，总想先听听他的意见；心有郁闷，爱向他倾诉；他和李东芬结婚不久在文化大院的简陋新居，成了我除编辑部和内蒙古大学温小钰处之外最常去也最喜欢去的地方。

不久，文艺界贯彻“文艺八条”，让文艺从过去为政治服务的狭隘的理解中解放出来。贾漫和我像当时大多数文艺工作者一样受到鼓舞，感受到了春天的气息。就在这股思潮影响下，他出版了诗集《春风出塞》《中流击水》，我开始了小说创作，很快出现创作上一个小高峰。可惜好景不长，为配合“阶级斗争天天讲”，文艺界首当其冲被两个“批示”定为“裴多菲俱乐部”，一批硕果累累的作家、艺术家被打翻在地，就连我区区一个小人物也未能幸免，小说被打成“中间人物论”，正在北京由全国总工会话剧团上演的话剧《大兴安岭人》，也因被煞有介事地描述成是为我父亲翻案而停演，我成了“反革命修正主义文艺路线的黑苗子”。在这黑云压顶的日子里，贾漫和我的同学诗人王磊，没有嫌弃落难中的朋友，悄悄让温小钰设法传话给正在农村参加“四清”的我，“千万千万要严格要求自己，好好参加运动，好好改造！”给予我难忘的关爱和温暖。

当然，贾漫对编辑部其他同事也是如此。给我印象最深的是，刚参加工作时结识的朋友李冶，1957 年被划为右派，但贾漫却始终不忘旧日友情，一直与李冶保持联系，且多有诗词互相唱和赠答。平时在与我的交谈中，对李冶的才华和人品，每每赞不绝口。在那个政治统帅一切的时代氛围里，父子因此划清界限、夫妻因此离异的事，时有耳闻，屡见不鲜。比照贾漫，更使我觉得他真诚待人、不为风雷云雨左右的玻璃人生的难能可贵！

二十世纪八十年代我调离内蒙古回浙江工作后，贾漫一直与我保持着联系，常有书信往还。他在 2002 年 1 月 7 日来信中写道："回首往事，我们之间数十年，几乎没有不愉快的回忆，都是愉快的，充满幽默笑声的，充满肝胆相照的，充满开心玩笑的，充满无伤无损的，充满自鸣得意的。想起我一去内大，小钰向屋里正在苦思冥想的人说声'二爷来了'！写作再忙，也得出来迎接。这真是：多少蓬莱旧事，空回首，烟霭纷纷。念多情，但有当时皓月，向人依旧。"

2010 年，我因女儿患病穷愁潦倒，身陷困境，与许多亲友都断绝了音讯。但远在塞外的贾漫夫妇耳闻后，随即来信关切地询问："我们多方打听并通过某某了解泉泉情况，都不清楚。我又不敢直接问你。如你有情绪写信，请告知一二是盼。"并附《感遇赠汪浙成》五言律诗一首："难拥长春树，青青友谊存。风吹无尽叶，日映有情心。荏苒同成绿，飘摇共作庆。太空知别苦，万古静无痕。"无限的牵挂，深情的思念，从字里行间无声地满溢出来。

记得贾漫的女儿贾懿出生时，他和我同去医院接东芬母女回

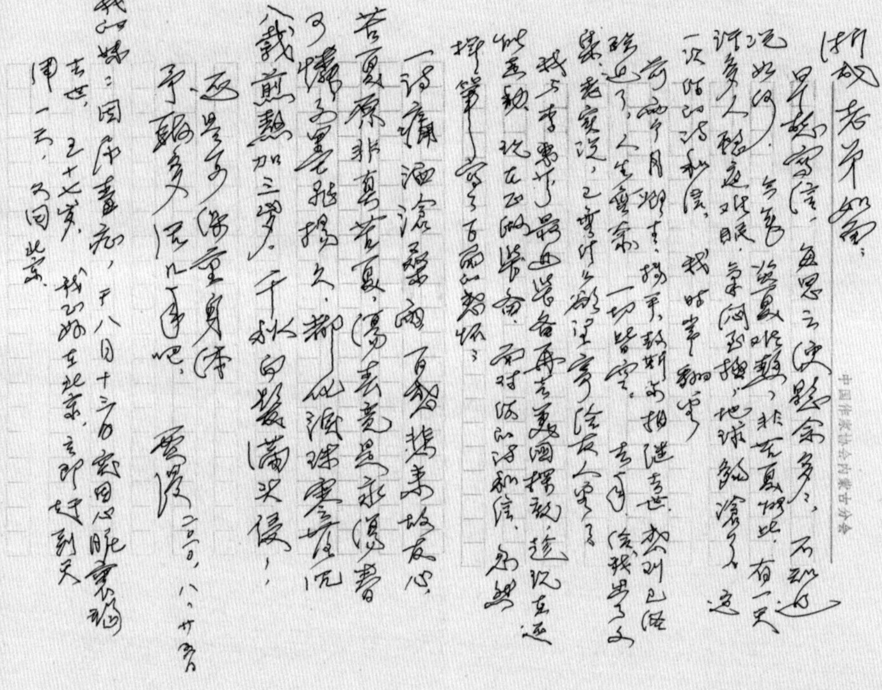

2010年8月，贾漫来信

家。当时囿于条件，虽是隆冬时节，交通工具却只有我的一辆破自行车。第一次做妈妈的东芬在产房先把自己从头到脚武装好，然后贾漫扶着她坐到自行车后座上，我则抱着刚出生的满脸皱皱巴巴的贾懿跟在车后。刚出医院大门，襁褓散了，却忘了带带子。我连忙从自己脖颈上扯下新买的羊毛围巾，让贾漫帮着扎住，遮盖好孩子头脸，防止在路上冻着。就这样，第一次当爸爸的贾漫推着破自行车，我抱着刚出生的贾懿跟在车后，两人兴兴头头地把东芬母女接回到文化大院家属宿舍。东芬一进门便笑着告诉她老母亲：

“医院的人都把贾漫和浙成当成兄弟俩了，个子都长这么大，哥俩感情又这么深，说这家老太太真有福气！”

可如今，贾漫走了，我再也见不到这位共事二十多年情同手足的兄长了，再也听不到他感情激越抑扬顿挫朗诵《离骚》的声音，再也感受不到他钻在苫布下头挨头对我畅谈人生和文学的情景，再也看不到他那诗人的逸兴遄飞的音容笑貌，再也听不到那梦魇般年月里他不顾政治高压传送给我的殷殷叮嘱，再也感受不到他不以荣辱取友、真诚待人的人格魅力！

但是，我不相信这是我们最后的一次相遇。总有一天，贾漫，我的兄长，我要去追寻你，我们会在天堂再聚首，重相逢！

永远的笑容
——怀念老友许淇

记得是2014年5月，江南早已莺飞草长，桃红柳绿。你偕夫人晓蓉来家做客。这次你们俩是来中国作协杭州灵隐创作之家休养的，我闻讯后当即电话邀请来寒舍相聚。

二十世纪九十年代，《江南》杂志社举办“南浔杯”全国散文大奖赛，你获奖应邀南下领奖，我们在湖州古镇南浔聚首，至此整整二十年没见了。

我们坐在楼下草地的桂花树下，品茗闲聊，老友重逢，欢洽之情自然不言而喻。没想你笑意盈盈，半认真半开玩笑，开门见山第一句话就是：“你的文章，我仔细读了，有一点意见。”

这几年我很少写东西，一时没反应过来。

你紧接着说：“你这么长的访谈录，提到我却只有一句：散文作家有许淇……”

原来你是在说刊载在《草原》上的阿霞写我的那篇访谈录。

那是应采访人的提问，在回顾“文革”前内蒙古自治区各民族作家阵容时，按照文学体裁点出代表作家名字。所以说到散文创作时只提了一下你的名字，并没有展开。这是因为访谈录是根据访谈人提的问题来回答，并非我想说什么就能说什么。若论散文创作成就，在当时内蒙古自治区汉族作家中是无人能超越你的，这是不争的公认事实。我个人也很喜欢你的散文，不但不止一次当面对你说过，还向许多文友推荐介绍过。作为交往半个多世纪的老友，我只轻描淡写提了你一句，你感到有些不解。其实我知道你的心思，你并不是在计较我对你创作成就评价高了低了，说得多了少了。我不是文学上的 VIP，文章也不是什么重要文章，这些你都并不在乎。你是在乎我这个老友轻描淡写一句话的背后，是不是传递出对我们半个多世纪友情的轻慢和淡薄。这在你看来才是比什么都重要。而我恰恰在这点上疏忽了，引得你刚一见面就兴师问“罪”，不问身体是否健康，也不问家人是否平安，就将心里想的话谔谔坦言出来了。

这就是许淇。这就是许淇的个性，率真，坦诚，忠厚，却带着一点上海人小小的狡黠。尽管老朋友二十年不见了，就这一句话，填平了你我二十年失联的空白。你依旧是我记忆中那个可爱的令人敬重的老天真汉！

经过解释，你自然很快释然了。我和你在河边桂花树下，沐浴着从河面吹来的软软春风，吃着茶食，品尝着刚上市的杭州特产塘栖枇杷。晓蓉在一旁帮小楼拾掇刚买来的蚕豆准备午饭。在这富有家庭气息的温馨气氛中，我俩海阔天空地聊着，回忆起在内蒙古的快乐时光和共同认识的文坛老友，相视哈哈大笑。小楼一边忙着午饭，一边不失时机地拿手机为你我的欢聚摄影留念。

午餐后，你逸兴遄飞，提出要为小楼作画，进屋挥洒笔墨，为我们留下一帧颇有林风眠遗风的苇塘野鸭图。告别时，你执意要送我女儿两千元慰问金，说前几年我遇到这么大灾难，你却不知道，不曾给予一丁点实际的帮助，心里很过意不去。倘若我还念着他这个朋友的旧情，就不许推让，痛快收下。此情此意真切感人，说得我心里像揣着盆热火，瞬间呼呼地便热遍了全身。

第二天一早，我打电话到你们下榻的创作之家，晓蓉说你昨天回去后一直很激动兴奋，夜里吃了颗安眠药才睡去。

休养结束前夕，我和小楼在酒店为你们俩饯行，你送了我们两本你自己的画册，饭后又来家看了小楼的习作。你从她画中看出了林风眠的影响，还为她画的《荷花》题了款，“西湖未老吾先老，常使墨客泪沾襟”，并讲了自己这些年作画的心得和体会，让小楼受益不少，以至自视甚高的她当即称你为“老师”。

“许老师，我在杭州只称两人为老师，”她对你说，“一个是浙江的曾宓，另一个就是现在的你了！”

你听后哈哈大笑。此时，晓蓉将我拉到一边，悄声告诉：

“老许其实身体一直不好。这次来杭州下了很大决心，他喜欢江南，也一直想来看看老朋友，所以我陪他来了。”

“他有什么病吗？”

“病多了。主要是前列腺癌晚期，而且已经扩散，不具备做手术的条件了，现在只是拿药物在控制着。”说到这里晓蓉眼圈红了，我的心也仿佛一下子有什么重物坠着似的往下沉去，喜悦的心情顿时灰飞烟灭。“老许到现在自己还不知道，我和孩子都瞒着他，你千万别说破！”

因为知道了这个意外情况，告别时，我心情不免有些异样。但你依旧神采飞扬，站在出租车旁笑着对我们说：

“浙成，今天说句心里话，你回家乡回对了。这里多好呀，毕竟是江南，北方就没这条件了。但愿有机会再来重游！”

哪里想得到，你这一回去就再没重游机会了！

你走后不久，我们看手机上你的照片，情绪饱满，神态自若，特别是笑起来时脸上像天真孩童似的还显现着两个酒窝，显得颇为妩媚，就去照相馆洗印放大几张寄给了你们。后来听说你

2014年5月，许淇在作者家中

和晓蓉都很喜欢，一直放在自己案头。只是万万没想到，其中一帧后来竟成了挂在你告别会上的遗容照，让这笑容永远定格在亲友们的心中！这当然是后话。

同年秋天，《江南》编辑部举办“走读江南”活动，邀请了全国名家来浙江采风。我们想起你想重游江南的心愿，便向主编推荐。《江南》很高兴你能前来，要小楼立即打电话代表《江南》正式邀请，以便安排住宿，确定接送日程。你在电话上问，采风要不要走路？小楼回答，倒是有车，但路也是需要走一点的。你随即说那恐怕参加不了，因为身体的原因，目前行走有困难，谢谢《江南》的邀请。也感谢老朋友的一番美意。我听后自然万分遗憾，但更担心你的病可能在悄悄发展加重。

那年过年前夕，我忧心忡忡地打电话向你拜年，你情绪倒还不错，欣喜地告诉我呼和浩特要给你出版文集，计十卷，四百万字。我觉得这对一个作家来说是件喜事，很是为你高兴，表示热烈祝贺。说完我又接着跟晓蓉寒暄了几句，悄悄地问起你的病情，晓蓉不言语了，然后压低声音说：“汪老师，我还是去别的房间跟你说吧!”说着说着就泣不成声了。

从那以后，因为忧虑你的身体，我想上包头来看望。2016年春天，我和北京的几位曾在内蒙古工作过的朋友相约，计划夏天重返我们第二故乡，上乌兰察布（集宁）、呼和浩特、包头探望老领导和老朋友。不料临行前，女儿汪泉身体不适住院，与医生协商，医生认为离开三五天问题不大，时间长了就不好说了，就怕发生意外。这样排来排去，时间排不好，无法和相约的朋友同行。这时，我妹妹正好要从北京去包头，她和你们夫妇俩也都很熟，便提出暂时先由她代表我去探望，然后容我再设法安排出包头之行的时间来。我妹妹到了包头直奔你家，那天你刚好从医院回家来暂住两天，听说后躺在床上兴奋得一遍遍问家人：是不是汪浙成来了?

我在电话上听妹妹说了这些情况，痛恨自己分身无术，便再次和北京友人计划上内蒙古看你的事。商量来商量去，一直定不下来，直到 10 月 14 日突然接到柳萌电话，告诉我你病逝的噩耗，我顿时蒙了，问："确实吗?"柳萌回答说确实的。我又问什么时候走的。柳萌说确切日子不知道，大概有两天了。一滴眼泪滴落在拿着话筒的手上，我呜咽着说：上回我们准备上包头未能成行，如今再也见不到许淇了。说着就手拿手机痛哭起来。柳萌在电话那头伤感地劝我：

"浙成，到了我们这把年纪，想见的朋友要抓紧见，要不就会留下终生遗憾!"

几天来，我就怀着这种心情，回忆和你半个多世纪来的交往。记得我们第一次见面是在 1959 年内蒙古自治区作协在包头召开的创作会议上。那时，你的散文《第一盏矿灯》发表不久，就得到了业内好评，引起人们对你的关注。我们较深入的接触是在 1962 年,《草原》编辑部派我陪同军旅诗人纪鹏到乌梁素海深入生活。包头文联派了你来协助我。渔场的小船载着我们仨向海子中心划去。你指着插立在水中的一道道芦苇帘子向纪鹏和我介绍，这叫“箔子”，是捕鱼人用来在水中摆“迷魂阵”捕鱼的，说渔民观察好水中鱼群游走的路线后，用箔子拦起来，迫使鱼群只能沿着箔子设定的路线往前游，游来绕去，最后钻入捕鱼人设置的“迷宫”里再也游不出来，这就如同把鱼养在自家的水缸里。要吃鱼时，就把船划到“迷宫”的箔子外，用捞鱼的“抄子”（一种编结成漏斗状的捞鱼小网）伸到水里去捞好了，想要几条捞几条，条条都活蹦乱跳!

纪鹏和我两人似信非信，坐在船头看着渔场师傅摇着船沿着箔子转来绕去地盘桓了一阵，到了箔子尽头——“迷魂阵”的中心，一个直径一米多用箔子围成的圆圈。你探出身去，手扒箔子指着圈里的水面说，这水下统统是鱼。这是渔民智慧的结晶。纪鹏和我将信将疑，看着划船的渔场师傅拿起放在箔子上的抄子，随即往水里一抄，只听得噼里啪啦一阵乱响，水花四溅，捞起满满一抄子黄河鲤鱼，每条足有一尺多长。你俯身指着鱼身上张开着的金黄色鱼鳍，兴奋地对我们两人说:“看到了吧，因为这金色鱼鳍，得名乌梁素海金翅鲤鱼，是清朝皇上爱吃的贡品!”我们俩高兴得手舞足蹈，可你脸上身上却已被这满网金翅鲤鱼溅得湿淋淋的一片!

“行啦许淇！”纪鹏和我不约而同都喊起来，“你快起来，看你衣服全都湿了！”

可你却毫不理会，一边帮渔场师傅把鱼从抄子里抓到咱们船上，一边还指着捕鱼的师傅告诉我们：“这里不少捕鱼的师傅来自河北白洋淀，当过雁翎队员，当年曾是英勇杀敌的抗日战士！”

回来路上，天已黄昏，经过一家车马大店，院子里停满了南来北往的大车，刚卸下套的骡马在咴咴叫着，空气里飘散着牲口浓烈的尿骚味。屋地正中央一只大铁炉在熊熊燃烧，炉火照映出大炕上横躺竖卧或盘腿坐着的一个个车老板，肮脏的白茬皮袄上落满了塞外岁月的风尘。他们有的拿着羊腿骨烟窝，在吧嗒吧嗒吞云吐雾；有的从驼毛口袋里翻找出硬得像石头一样的玉米面烙饼，站在火炉边上翻烤充饥的干粮；有的光着膀子，凑在幽暗的灯光前，专心致志地抓藏在自己衣服缝道里的虱子。这些都是塞外广阔天地里见多识广的人物，虽没读过书，却行过万里路，在热烈地交谈着各地见闻。你来了兴致，凑上前去，也盘腿坐在他们中间，笑嘻嘻地跟车老板们天南海北地聊起生活的甜酸苦辣。要不是渔场工作人员催着我们去吃鱼，你兴致勃勃地还会和车老板们一直聊下去。

从乌梁素海回来不久，我就在《人民文学》上读到了你的散文新作《车马大店》，文采斐然，一股浓郁的生活气息迎面扑来，读后很兴奋又感到特别亲切，立刻打电话“骂”你：

“嗨，你这家伙，真是厉害，出手神速！”

你在电话那头好脾气地嘿嘿笑着。

“我还有写乌梁素海的，也很快就出来。”

这次乌梁素海之行，让我又进一步走近了你，没想到你对当地生活竟这样熟悉，这主要在于你是从内心里热爱这片土地，喜欢这里的人，能很快和他们打成一片，再加上你的聪慧才智，感受力强，脑子像胶卷一样很快将看到的生活情景烙印下来熔制成文学形象。我很钦佩你驾驭艺术的这种本领。从那以后，我每次上包头出差，总要去文联找你和乐驼聊天。听乐驼讲包头新闻，其中有些精彩故事，你很快便加工出来发表在报纸上，以至我见到乐驼每每开玩笑说：

“嘿，你对许淇说这些素材，当心他悄悄地偷了去发表！”

“谁写都一样！”乐驼却显得宽宏大量，“只要写得好，读者喜欢。”

你不但是从生活到艺术的加工能手，还不乏生活情趣，对烹饪似乎也有一手。记得有一回你出差来呼和浩特，我邀请你和我们共同的朋友马白来家聚会。那次不巧温小钰带领学生下乡开门办学去了，你怕我一个人带着小孩应付不了，自告奋勇说你来掌勺，说你有几个拿得出手的私房菜还是值得品尝的，我啥都不用管，只要按你的要求准备好食材便是。果然，那天晚上，马白、我和我上幼儿园的女儿就毫不客气地坐在一旁等吃现成饭，你这个客人却在我小小的简陋厨房里忙得不亦乐乎，煎炒炸煮，锅碗瓢盆，响连四壁，一会儿就端上来一盘香喷喷的“蚂蚁爬树”，一看原来就是平时吃的肉末炒粉丝。汪泉问你：

“许叔叔，这肉末炒粉丝为什么叫‘蚂蚁爬树’呀？”

你笑笑，对汪泉说：“你看看，这一粒粒肉末像不像一只只小蚂蚁？这一根根粉丝，像不像荡漾在春风里的一根根柳丝？蚂蚁爬在柳丝上，岂不就是蚂蚁上了树？这样叫起来既形象又新颖，你们大家就觉得这个菜新奇，就爱伸筷子了！”

那天晚上，也不知是你厨艺高超还是我们肚子饿了，几个人的筷子纷纷伸向“蚂蚁爬树”，很快就吃得盘净见底了。接着端上桌来的是你的乌克兰红菜汤，实际就是菠菜西红柿洋葱牛肉汤。反正那天晚上，你每上一盘菜，我们三人就是一阵欢呼，然后你又笑嘻嘻转过身去，站到炉子边上弯腰弓背地忙乎起来，端上来拔丝土豆、滑熘里脊等。那顿晚饭，我们三人嘻嘻哈哈，吃得酒足饭饱，极其开心。事后温小钰知道了，大肆抨击了我一番，骂我也太欺侮你了。借请客之名，将你诱骗到家里来给自己出劳工！

“文革”期间，我们渐渐失去联系，直到几年后在北京召开的作家代表大会上才重新相见，你我在宾馆房间里有过一次促膝长谈。我由于本单位两派斗争激烈，稀里糊涂卷了进去，弄得自已遍体鳞伤，感慨良多。没承想你和“文革”前比却没什么变化，依旧天真洒脱，性格随和，脾气很好，说起话来总是笑眯眯的，一副笑对人生的做派。你推心置腹地对我说：

“浙成，你我当年都是抱着一腔热血来边疆内蒙古参加建设的，但毕竟都是外来者。对过去内蒙古历史上的恩恩怨怨，说一无所知，不是事实，但也不能说了解得很清楚。有鉴于此，我在‘文革’中两派都没介入，能看书时就读点书，能画画时就画上两笔。我知道自己的斤两，根本不是搞政治的料！”

此前，我一直把你当作自己年幼的兄弟看待，听了这一席肺腑之言，真让我对你刮目相看了。

后来我就调回家乡南下了。你我肩上都压有一定担子，工作较忙，联系越来越少。这一别整整十年，直到《江南》“南浔杯”全国散文大奖赛你来湖州南浔领奖才又重见。可惜颁奖会上我头绪纷繁，来的作家朋友又多，没机会细谈，希望你会后在杭州多留两天。但你说上海还有些事情要处理，江南是老家，总还是有机会回来看看的，就匆匆登车北上了。等到你我都退休后，你的兴趣似乎转移到了丹青，在技法上求新求变，且取得骄人成就，引得越来越多的人看好和喜爱你的作品，你也因此在各地举办过几次个人画展，得到了业界良好评价和反响。我在江南由衷地为你高兴，向你表示祝贺！

但谁能想到，就在你各方面均顺利发展时，病魔却悄悄盯上了你，而且来势凶猛。那一年，你从杭州灵隐创作之家回包头后，我们心里一直牵挂着你，小楼经常翻阅你送我们的两本画册，对你的作品越看越倾倒，很想请你再为她画一幅，但一想到你正在艰难地与病魔抗争，便不好意思再开口了。后来她心里实在憋不住，在电话里跟晓蓉倾吐了自己矛盾的心思。晓蓉说，她正想着有人来推老许一下。他最近不像先前，已经很长一段时间没拿笔画画了，好像什么都放弃了，对自己失去信心。你们请他画画，他肯定会画。他只有手握画笔画画时，才会忘记病痛。你们就来电话促进他一下吧！

小楼于是叫我拨通你的电话，她拿过话筒，向你说了要画的请求。你想都没想立马欣然应允，问她要画什么。小楼考虑到你的身体，说只想讨幅小品。你喘了口气，想了想说，上次在我家看到小楼喜欢花卉，那就画幅牡丹。小楼欣喜地说，那就谢谢许老师了。

清明前后，我们收到你快递寄来的画作。展卷读画，是一帧具有八大、青藤神韵的白牡丹，画的下端还有一百零五字的长篇题款，最后几句为：

“……念江南正草长莺飞，武林西子湖畔游人如织，不禁怅然。虎跑品明前龙井已不可期矣！”

落款是“八旬衰翁许淇于塞下”。

睹物思人。看着看着，我们两人都觉得鼻子酸酸的，心里感

许淇赠送给作者夫人楼奕林的国画，为许淇的国画绝笔

到深深的内疚和歉意，仿佛看到你用颤抖的手，艰难地拿着画笔，站在画桌前吃力地为我们一笔一笔慢慢地作画。

第二天，我按着你的要求，将这帧牡丹图拿去裱好，装上镜框，挂在家里墙上，然后拍成照片发你，同时寄去的还有些许明前龙井，只是虎跑水无法邮寄，满足不了你的要求，只好请你包涵，拿市场上买来的农夫山泉代替了。

后来听晓蓉在电话上说，这帧画作完成之后不久，你就封笔住院了。这是 2016 年 6 月间的事，中间回家来短暂地住过几次，一直到10月9日你心脏停止跳动那个令人心痛的日子。

望着挂在墙上你生前最后的珍贵惠赠，心潮汹涌，想说的话那么多。人生在世，有谁面对繁花似锦的人世会愿意离去，做到像古代先哲一样鼓盆而歌？但我们都是生命之树上的一片绿叶，总有一天要飘落下来回到大地母亲怀抱。这几年，内蒙古多少领导好友纷纷仙逝，老敖，长弓，贾漫，邓青，张善，老郝，朝克……眼泪来不及擦干又流下来，昔日内蒙古文坛这页凝聚着我们青春往事的历史快要翻过去了，如今你也加入了这支队伍。总有一天，我也要追随你们，到那时但愿我们大家在天堂聚首相见，让思想像草原上的风一样奔放，自由自在，畅谈纵论我们喜爱的文艺，写自己想写的作品，画自己想画的画！

温教授的书桌

温教授，是我们女儿汪泉揶揄她母亲时的昵称。每当温老师被邀去做讲座回来，正在埋头做作业的汪泉会抬起头来朝我做个鬼脸，不酸不甜地问：“温教授，今晚报告会上响起了多少次雷鸣般的掌声？”她妈穿件新衣上街回来，女儿又会问：“温教授，突破预期的回头率了吧？”学校整治脏乱差环境期间，我们家最脏乱差的地方，不是厨房也不是洗手间，而是小钰那张平时被视为有几分神圣的书桌，桌上一年四季犬牙交错地摊摞着稿子和书刊。底层是正在写的小说稿，稿子上面是新到的打开的期刊，刊物上面是正在准备中的授课讲稿，讲稿上面是刚开了个头的评论文章，评论文章上面是某个英语作家小说的译稿。有时忙着找桌上东西，不得不将手像犁铧似的插入这块书刊和稿子堆积起来的厚土层里兜底翻起，方能发现压在书稿底下要找的东西。当然，顺手还会带出半块吃剩的黑巧克力，或者一小包开了封的已经变潮发霉的内蒙古河套葵花子，或者一块比糖果纸还花哨的揉得皱巴巴的小手绢。精神文明和物质文明就这样在这方神圣桌面上杂乱地互相依存着。

“你们两个用不着讥诮!”小钰理直气壮地声称，“这说明我不像有的人对环境要求很是挑剔，任何恶劣的条件下我都能进入工作状态!”

说到另一个脏乱差的地方，小钰就不再振振有词了，感到自己有些愧歉，那就是她那只大立柜。这还是改革开放的风给我们带来的属于我们自己的第一件家具，是经过犹豫、观望、再三的斟酌考虑，才决定用单位分给我们每位职工作为引火劈柴的燃料木头，请南方上来的木匠师傅来家里花了近十天时间打成的。在这之前，只有一只上大学时从南方老家带出来的锁襻不全的旧皮箱，过冬用的御寒物品，统统塞在门口小铺买来的卷烟箱、洗衣粉箱和装电灯泡的纸箱里。每当换季时，小钰翻找衣物，那要比在她书桌上找东西繁复得多了。因为记不清塞在哪只纸箱，需要将落满灰尘的纸箱从床下一只只拖出来，打开倒扣在床上。她就在满屋灰尘迷漫的房间里，弯腰俯身在床上翻找，找得背疼腰酸，脾气火爆，实在头痛。添置了大立柜后，破烂纸箱已弃置不用，从床下清除出去，以为这下寻找换季衣物可以轻松些了，不会再像先前那样恼人。谁晓得没过多久，又是山河未改面貌依旧。大立柜从底层到柜顶，塞满了小钰和女儿新置的衣物，而且每件都抖落开来，随手散乱地堆叠在里面。外表簇新闪闪发亮的大立柜，内里却乱得活像是打翻的字纸篓。有一回，小钰和女儿有急事出门，到了楼门口感觉到有些凉，站在楼下朝三楼的窗口喊：奶奶替汪泉扔件外套下来。不料等了半天，答应拿衣服的奶奶却毫无动静，再怎么喊叫奶奶也不作声，两人慌忙跑上楼来开门一看，发现奶奶倒在一堆衣服的小山下。原来我母亲刚才一开柜门，里面衣服像山体塌方似的倒下来，把她一下子压倒在地毯上。幸好这场惊险中老人没伤着筋骨，可当时着实让大家吓了一跳。

二十世纪八十年代工作中的温小钰

一般讲，我们国家的家庭结构是以男子为中心的，决定家庭风貌的应该是男主人，但实际却并非如此。我们家这种无序和混乱，更多

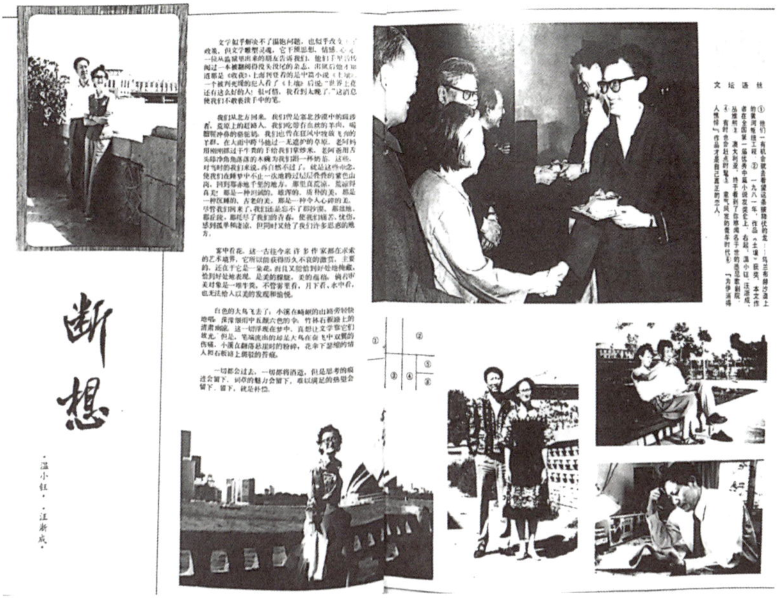

1986年，温小钰与作者在《浙江画报》上发表的随笔

的是反映了小钰的性格。她为人热情，个性开朗活跃，热衷生活里种种新奇事物。在大学读书时，她喜欢的东西太多了：朗诵、演剧、唱歌、打排球、游泳、爬山、跳舞、时装、巧克力、奶油蛋糕，还喜欢交际。走向社会后，她的这种个性表现为对什么都感兴趣，都想知道，想去观察、去了解、去体验，不管后来发生多大的变化，对生活始终保持一种孩童般的强烈好奇和浓厚兴趣。

她的短篇小说《宝贝》，就是在她那张又脏又乱的书桌上完成的。作品的最初立意，来自我要好的同班同学老殷的女儿。

老殷的女儿是一个自己能管理自己、可以让父母放心的眉清目秀的女孩子，各方面都相当优秀，不但学习成绩好，连在体育不被重视的年月里，每天一千五百米的长跑锻炼都咬着牙一丝不苟地认真完成。我在操场晨练时偶尔看到她最后冲刺时吃力地摆动两条好看的长腿，脑袋甩得两根辫子发梢都粘连在一起也全然不顾的那副咬紧牙关全力拼搏的样子，心里忍不住会涌上一阵对她的好感，觉得这是个可以寄予希望的有出息的孩子！

她父母见我经常夸奖她，说要是不嫌弃的话，就把她当作干女儿好了，从此她就叫我和温小钰干爸干妈。后来我们有了汪泉，也叫老殷两口子干爸干妈，两个孩子相差四五岁，亲得如同姐妹。

二十世纪八十年代初期，老殷的爱人因是农村户口，无法找到正式工作，在呼和浩特只能一直打零工，搞环卫，淘厕所，干些又脏又累的活计。她受人歧视，心情不好，在背地里常常独自伤心垂泪，又不敢对她丈夫说。其实她丈夫不是不知道，而是说了也没用。老殷只是个普通教员，没权没路，她不愿给自己丈夫徒添烦恼。有一次在淘公共厕所，不巧让放学回家的女儿碰到了，女儿抱着妈妈站在大街边痛哭不止。她告诉女儿一定要用功读书，考上名牌大学将来有份好工作，妈妈就觉得自己没白辛苦了。我们作为要好同学对此也不是不了解，也是苦于没有门路帮不上忙。一次，温小钰他们高校合作编写教材，遇到北大同学聊起来，说到我这位同学的爱人的情况，大家听后都很同情。其中一位在南方大学中文系担任系主任的北大校友表示他们中文系正好需要人，如果老殷调去他们大学教书，还能将家属及子女一并调入，解决其户口问题。我在电话里听小钰讲了后，欣喜万分，代表老殷谢谢这位主任并留下电话，说好具体事宜以后由老殷直接和他联系。事情进展出乎意料地顺利，老殷全家高兴，很快办妥了一切手续。不巧这年他女儿正上初中毕业班，如果转学去南方新学校，南方的教学水平普遍比内蒙古等边疆地区高，孩子的学习因为环境变换肯定会受到影响。老殷有点犹豫起来。我说，这个你们有什么可犹豫的？如果孩子没有意见就住在干爸干妈家里，和汪泉做伴，等毕业学习告一段落再回南方爸爸妈妈身边选择一所好一点的高中，对以后高考择校也有好处。

就这样，干女儿殷樱和我们一起生活了半年。殷樱原来的家离我们的宿舍不远，她上学的师大附中校门又恰好对着我们内蒙古大学大门，只隔一条马路，穿过附中院子，后门就是汪泉念书的附小，两个孩子上下学来回很安全。每天早晨殷樱或独自或和我一起去内蒙古大学操场完成一千五百米她父亲给规定的体质训练跑，从不马虎空缺。给她内蒙古大学的饭票，早中饭她自己在教工食堂用餐，晚上及周日和我们全家人一起在家吃，晚上就睡在我母亲住的小房间里。那段时间我母亲回了宁波老家，干女儿正好在里面做作业复习功课，小姑娘一个人把小房间拾掇得干干净净。她本来就能自己管理自己，动手能力很强，她妈妈临走时又对她有所嘱咐，所以她自己的手绢袜子短裤，都由她自己洗净晾出，不用我们过多操心，有时还以小姐姐身份帮我们管教管教汪泉，看到汪泉在学习上遇到难题也顺便给她一些指点。两人相处得越发亲热开心，从没见她俩赌气吵架红过脸。

但是有一次，汪泉不高兴了，跟她赌上气了。

那是大考临近，汪泉和班上三个小朋友来家里一起复习语文，正在做生词听写练习。汪泉手里拿着语文课本，高声大嗓地念着一句成语“抓耳挠腮”，停顿了数秒，复述第二遍，然后又念了第三遍。三个小朋友趴在桌上仰起小脸聚精会神地听着，然后低下头去在簿子上沙沙沙地写起来。其中一个小朋友却在凳子上扭来扭去，抓耳挠腮，憋得满脸通红举起手来要求汪泉再念一遍。

“这还用我念吗？”汪泉嘻嘻哈哈笑着，一边冲她抓耳挠腮。

“不许打暗号！”另外两个小朋友在一旁大声抗议。几个孩子吵作一团正在闹时，殷樱开门进来了。

一起复习功课的同学见殷樱回来，没再多说什么，也全都收拾起书包回家去了。等到小房间里只剩下殷樱和汪泉两人时，殷樱把房门一关，挺知心地对汪泉说：

“泉泉，你以后和同学再不能这样复习了！”

“怎么啦？”汪泉很不以为然地叫起来，“我们下午复习得好好的呀！”

“还好好的？”殷樱的声音也高起来，“要这样复习下去，有你掉眼泪的一天！”

“樱子姐，你可别吓我！”

“我干吗要吓你呀！”殷樱看她没心没肺一脸傻乎乎的样子，知道她还丝毫未意识到事情的严重后果，只好耐心地跟她解释起来，“泉泉妹妹，你大概没有想过，你跟爸爸妈妈说下午和同学一起复习语文，但实际上你没有复习，你一下午都在轻松愉快地当着老师，给别人出题目考他们，嘻嘻哈哈看他们笑话，等考卷发下来那一天，你就该哭了！为什么？因为被你笑话过的那些同学，他们的考试成绩全比你好！”

“这不可能！”

“恰恰相反，太有可能了！这道理你怎么会想不到呢？你和他们名义上虽都在复习，但其实你没有，你是出题目的老师，在考他们，你没有像他们一样在真正地复习、听写，知道哪些成语自己掌握得比较牢固，哪些词汇容易出错，需要特别留意，做到考起来心里有数。你说是和同学在一起复习，其实没有，还以为考起来自己不会比他们差。泉泉妹妹，想想吧，这后果是多么可怕！”

刚开始还气壮如牛的汪泉，听完殷樱姐的话后，像是个泄了气的皮球，一声不响了。

第二天和殷樱一起晨练回来的路上，她说自己昨晚没有睡好。我问她是不是想爸爸妈妈了。殷樱摇摇头说不是，才讲了这件事情，担心自己说得重了泉泉不高兴，不过她是好心，为泉泉好。问我她这样做是不是不对。我意识到这还不是三言两语能说清楚的，当时只是说她当然是好心，不但为泉泉好，也是为干爸干妈考虑。因为昨晚我有个活动，回来时泉泉已经睡了，也没听她妈妈说什么，我表示今天再问问她们具体情况。

这天早饭后，两个孩子都上学走了，我对小钰讲起殷樱说的汪泉昨天和同学复习语文的事来。

我说："我一直觉得殷樱这孩子各方面都挺好，希望咱们汪泉能好好向她学习。没想到小小年纪内心对同学之间的关系却是这样考虑的！你昨天晚上听汪泉说起这事没有？"

"没听她说呀！"小钰停止了咀嚼，似乎有点忧虑地说，"难道汪泉接受了殷樱的看法？"

我说："自从殷樱来我们这里，两个孩子在一起，我就常常在心里拿她跟汪泉比较，总觉得她要比我们汪泉强得多。就拿每天早晨起床这件小事来说，你穿着睡衣冻得哆哆嗦嗦，把汪泉的毛衣、毛裤、羽绒服一件件放在棉被上，说了一大堆好话，才把她从被窝里像拔萝卜似的拔了出来，将衣服一件件套在她东倒西歪的身上。可人家殷樱这时已在操场上跑得气喘嘘嘘，鬓发眼睫毛上全都挂着白花花的冰霜。是她不知道寒冷吗？当然不是，是两人对待寒冷的态度不一样。不用说，殷樱对待寒冷的态度是你我认可喜欢的。至于学习上的自觉性，汪泉更没法和她比了。她还是个班干部。我总觉得她是个好苗子。但今天听了她对汪泉讲的那些对自己同学和考试复习的看法，没想到原来她内心深处竟受利己主义影响。她爸爸妈妈很可能还不太了解自己女儿关于同学之间关系的这套真实心思。”

“这种经过精心包装的利己主义，不容易被人识破！”

“因为它和我们通常说的追求物质享受、好逸恶劳、一味地想吃好穿好有所不同，是不是可以说，这是一种经过精心包装的更高级别的利己主义？而我们的学校正在培养这种人却还未意识到……”

“汪成，你这一说，勾起了我许多联想。”小钰有点躁动起来，“这可以说是一种新发现的利己主义，通过典型化写出来，说不定又是个魏大雄式的不多见的人物。我现在都有点创作冲动……”

“可目前材料还单薄了一点。再说眼下这两天刊物正在发稿，没工夫做这件事。”

没想几天后，小钰趴在她那张曾被女儿和我讥诮过的脏乱差的书桌上，写出了小说初稿。我忙里偷闲看了两遍，感觉相当顺畅，也有一定新意和思想深度，但未能将我们的初心——自以为是新发现的利己主义——表现到位，还不是我们心中想象的那个东西。不过也可以先发出去听听意见。最后我对小钰说："要不先请我们同学张时鲁看看？他是小说编辑，听听他的意见。"

没想时鲁看过初稿后，认为写得不错，正好这期《草原》小说稿头条比较弱，就将它顶上去。小钰也同意，小说定名《宝贝》。就这样定下来了。但时鲁在送审稿上添上了我的名字，我向时鲁解说了情况，将我的名字划掉了。

《宝贝》刊出后，得到了读者的认可和好评，入选《小说选刊》1981 年第 12 期。更没想到的是，三十五年后，作家出版社出版《冰心日记》，冰心研究会会长王炳根在《中华读书报》上解读《冰心日记》的文章中说道，这位文学前辈读到《小说选刊》1981 年 12 期选入的温小钰的《宝贝》，不知作者何许人，对作品大加赞赏，日记里接连三次提到这篇小说"写得很动人"

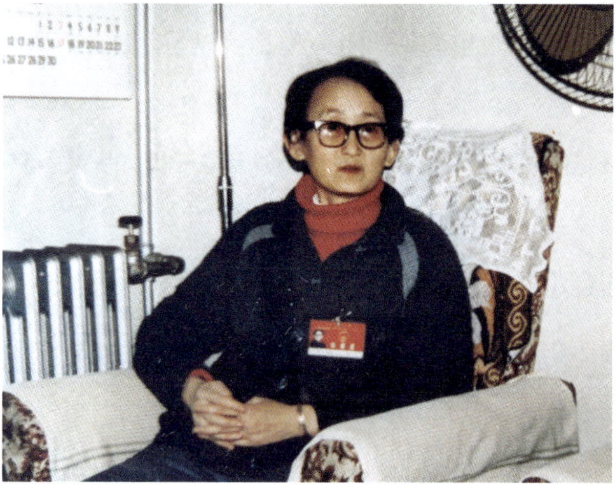

1988 年，温小钰当选为第七届全国人大代表。在北京参加全国两会时驻地留影

（1981 年 12 月 5 日）。“我重看《宝贝》，觉得写得很好（1981 年 12 月 13 日）。隔日上午，又看《宝贝》，加红杠。”（转引自 2017 年 6 月 2 日《报刊文摘》）

她在这张书桌上完成的最后一件事，是长篇小说《都市风流》申报、冲击第三届茅盾文学奖。小说作者孙力、余小惠是天津一对夫妇作家。两人均是新闻工作者，这是国内较早反映城市改革的作品。小说以我国北方某大城市五光十色的当代生活为背景，围绕一场气势恢弘的道路改造工程，热情洋溢地展现了我国人民在新的历史形势下，同心同德，锐意改革进取和忘我劳动的精神风貌，给人一种深厚的历史感和强烈的冲击力。

温小钰读了后，凭着作家的敏感，热情地肯定了两位作者反映改革的积极性，高度评价作品所蕴含的厚重生活和思想深度，尽管作者在驾驭艺术技巧上有些粗糙，但不失为反映城市改革的新收获。一次闲聊时，她讲起《都市风流》的情况，我建议可以考虑试试长篇小说评奖。她说自己倒也有这个打算。

此后不久，她便积极行动起来。她听说小说作者孙力下肢有病，行动不便，但凭着顽强意志坚持写作，很是敬佩，让责任编辑到天津代她看望两位作者，向他们吹吹风，透露出版社申报茅盾文学奖的意向，顺便搜集了解当地业界对小说的反映；同时她还写信寄书给《文艺报》的老同学，希望对《都市风流》给予关注；还要我在《文艺报》上写篇评论《都市风流》的文章，营造舆论。但终究声势不大，对冲茅盾文学奖未抱太大希望。不料评委们慧眼识珠，最后竟投票通过了。这是继百花文艺出版社周克芹的长篇小说《许茂和他的女儿们》、北京出版社李準的长篇小说《黄河东流去》之后，第三个地方出版社出版的长篇小说获此殊荣，也算是她在浙江文艺出版社不长的时间里献给家乡的一份厚礼！此后她因病魔折磨无法正常上班，也没能再回到自己那张曾被我和女儿讥诮过的脏乱差的书桌。

只是灯下不再有你

——怀念温小钰之一

秋蛩鸣堂时节，你走了。

你走得如此平静，平静得悄无声息。没有呻吟，没有哀号，没有挣扎。那天清晨，当我发现时，你那颗前额宽阔、让人一眼便能记住的智者头颅，异乎寻常地低垂在胸前，犹如一个极度困乏的行路人，在一片凄清的秋声中安详睡去。

是的，你睡着了，你过于劳累，要好好歇上一阵。

记得我们相爱以来，你大概只在未名湖畔有过短暂的轻松和浪漫。此后便是敕勒川，阴山下，风雪边城茫茫人生路，无止无休地操心劳作。作为丈夫，我在你面前，永远是有愧的。

其实，当初你完全有条件选择另一条道路，另一种活法。你聪颖热情，在众多同学的记忆中，你的名字，同歌声笑声、出色的演剧、富有激情的朗诵和运动场上充满活力的跑跳联系在一起。你是那种富有艺术气质的女性。还在学生时代，你就以一个比一个惹人注目的戏剧饮誉燕园内外。大学毕业时，曾考虑让你留在北京有关部门工作，但你婉谢了，主动要求出塞。这一年，北大中文系分配到内蒙古的毕业生中，除你之外，还有一名所谓的右派，以至接收部门在相当长的时间里一直用一种特别警觉的目光留意着你。

当然，那时无论你还是我，对这些都一窍不通。像绝大多数五六十年代大学生一样，在把握人生十字路口当紧几步时，尚未学会如今现实生活里司空见惯的那种理智得近乎冷酷的计算和比较。那时，做人原则最重要的是忠诚。我特地从内蒙古赶来北大，言明现实真相，饥饿席卷边疆，劝你慎重行事，但你凭着一腔热血和心中那片无私的圣洁的爱，毅然北上！

我至今忘不了你当时的神情。我们在未名湖边一圈圈溜达着，你因为这一神圣抉择，感到自己无尚荣光，甚至有点伟大，激动得眼睛在月光下一亮一亮，脸上大放红光，颀长而单薄的身体情不自禁地微微颤抖着。

同窗好友闻讯后，纷纷跑来送行。“小钰学昭君要出塞了，小钰要去内蒙古了！”消息辗转相传，震动了整个年级，成为当时燕园一桩小小的壮举！

然而很快你便受到生活的嘲弄。

一个严寒的冬日，来到内蒙古大学工作没多久，打开不久的行李又重新卷起。你随着大队人马奔赴辽河农村的广阔天地去大有作为了。

不论当时还是日后，每次忆及此事你始终都无悔。可我却觉得这不公平，也许是出于对你的怜爱，也许是自己愧疚。你为我来到北疆，现在又要去基层独自面对可怕的饥馑。我真担心你这个来自南国的女学生，承受不了这从物质到精神的巨大落差。

不久，读到了你来自西辽河畔的信。我悬着的心像块石头终于落了地。你在信中无限欣喜地描述了自己第一次下内蒙古农村的种种有趣发现和见闻，以及说得一口流利汉语的蒙古族老额吉待你有如亲人般的淳厚民风。末尾的几句幽默附言，至今我仍能背诵：寄去粮票二斤，你要设法让自己肚子感到有种愉快的重量！

我凝视着信，又看看手里两张红色的一斤头全国通用粮票，几乎不相信自己眼睛：全国都在挨饿，但远在千里冰封的西辽河畔，却居然还有一块能让人饱肚的乐土，这简直是神话了！

渐渐地，我便放宽心了。

此后，每有信来，必定夹寄二斤粮票。那时，我这个虎背熊腰的铁饼运动员，已经饿得全身水肿，气息奄奄，走路得扶着墙壁，连神志都处于失去记忆的空白状态。靠着你这点及时的接济，才免于一死。

谁知正当我庆幸自己从死亡阴影中闯荡过来时，获知喜讯，你从辽河农村回来了。灯下相见，发现你面目全非。分手时，你还是个容光焕发刚跨出校门不久的姑娘，健康丰腴，脸上红扑扑的；现在却一身浮肿，脸色灰暗，百病丛生，形容枯槁。细一打听，才知你在农村每天口粮标准还不及我们。靠着好心的老饲养员省下一点马料，来填塞你的饥肠。

原来你的粮票就是这样省下来的！

重逢的巨大欢乐，顷刻间化作扼腕痛心的仰天长叹和无地自容的羞愧！

凡是那个年代过来的人，对“民以食为天”都有过惊心动魄的记忆。那时候，伙食工作成了全社会的热点。人们热门话题是“精神会餐”。售饭窗口内外经常为窝头大小、粥稀多寡而嘟嘟哝哝，甚而至于怒目相向。来食堂打饭的孩子，忍不住饥饿的折磨，半路里偷偷地将自己父母的那两只馒头啃啮上几口。微不足道的几两粮食，成了检验感情深浅和真伪的试金石！

然而你却给了我几十斤！那粮票的分量，直到今天，虽然你离开了我，但它却永远地留在我心上。我想起它就会想到当年你为我做出的那些牺牲。你抛却京都的繁华，抛却自己的青春、自己的健康，用自己年轻的生命陪伴我度过那个艰难岁月！

女儿不知道你对我的这层恩惠，在你患病那几年里，见我一心扑在你身上，忙进奔出，把什么都放下了，不无嫉妒地“抗议”：“爸爸心中只有妈妈，我在家里反正是第二位的！”你大姊向她解释说：你要理解父母，他们共同拥有过苦难！

现在回想起来，这艰苦日子带给你身体上的亏损，当时倘能及时补充和精心调养，恢复如初该是不成问题的。然而由于主客观原因，我未能做到。紧接着，一场意外事故，给你的生命蒙上灾难性的阴影。

记得那是新婚不久的一个星期日，我从编辑部回内蒙古大学新家来“艰苦奋斗”。你买了点牛肉。我们合力“孵化”小说。你感到家里有点冷，要我将煤饼炉搬进屋来。炉上煨着牛肉。炉火正旺。你我围炉议论，构筑作品框架，神骛八极，海阔天空，完全忘记了窗外的冰雪世界。

我们这种合作方式这时已初步收到了成效。那阵子，创作界在“文艺八条”影响下，正小心翼翼地从“写中心，演中心，唱中心，画中心”的狭谷里慢慢挣脱出来。我们在那股潮流感召下，把自己从学校到社会这人生第一课的酸甜苦辣，熔铸在艺术里，创作出以《小站》为代表的第一批小说，受到一点小小的鼓励，从而定下了自己创作的主攻方向。那时，我们都是业余创作，你我都有各自的工作。你是教师，一向严格要求自己，不愿因为写作影响教学。这就陡然给自己附加许多苦和累。工余课后，别人憩息，对我们来说，却是高强度劳动的开始。而每个周末时段，就成了我们极为珍惜的出作品的黄金时刻！

我们在炉边一直聊得很投入，你突然想起得给牛肉放点大葱，起身到门外去取。刚一开门，迎面一阵冷风，你叫了声："哎呀，汪成，不好，我头怎么这样晕呵？"我闻声慌忙从房间里出来，见你像风里的小树摇晃了几下，倒在我怀里。我意识到是煤气中毒，连忙将你抱回房间，顺便将四五十斤重的炉子和炉上一锅牛肉，一脚踹出门外，然后打开门窗。

一分钟后，你苏醒过来，见我一脸惊吓地坐在床边，房间门窗洞开，旁边围着一些赶来帮忙的邻居。你像个闯祸的小女孩，苍白的脸上浮出一缕不好意思的微笑，轻轻地说了声："好了。"像是告白大家，又像在安慰自己。对面一位医学院毕业的女大夫邻居，嘱我给你喝点醋："没事儿，休息一会儿就会好的。"

晚饭后，你声称自己已无任何异常，沏上杯茶，像往常一样坐到灯下，开始自己另一个工作日了。

二十年后，我陪你到上海华山医院求医，神经科一位专家开门见山问我们有无煤气中毒史。你讲了事情始末。医生据此断言，病源就在这里，就是那次煤气中毒，对你中枢神经造成严重损害，导致了这世界医学至今仍束手无策的可怕绝症——帕金森综合征！

当然，医生不会这样直截了当。你我又是医盲，第一次听说这陌生的读起来佶屈聱牙的疾病，对它的性质一无所知。若干年后，当认识到它可怕的严重性时，我真是愧悔交集，遗恨终生，觉得天公对你过于薄情。煤气中毒，北方冬季每年都有耳闻，而且又是我们两人同时身历其境，怎么单单给你留下这样的后遗症？人的一生真是充满种种不可捉摸的偶然因素。这俯仰之间的一分钟，就残酷地注定了你的后半辈子。人的生命原来系于千钧一发，竟是这样的脆弱；另一方面，作为丈夫，我深深感到自己失职。那次事件后，我本该让你把节奏放慢下来。可我懵里懵懂，仍是让你这个身上带着致命隐患的人像健康人似的，下牧区，去沙漠，风里来，雪中去，呕心沥血，超负荷运行。

创作需要才能。但有“北大才女”美誉的你，从不以自己的聪明才智为满足，你每写一篇作品，都要事先力所能及地去亲身体验过感受过。

记得那是七十年代末，经历“十年动乱”的每个中国人，都有太多的话要讲。我们也一样。而作为感情载体的短篇小说，这时容量似乎已不大适应，于是我们开始尝试中篇创作。

当第一个中篇《土壤》寄给《收获》后，小林回信说有些地方需要改改。可当时你我杂事缠身，稿子在手里压了近一年，最后还是你匀出时间来。你像之前一样，动手修改前，要先去故事发生的背景所在——乌兰布和沙漠补充一点生活。

被蒙古人称为“红色公牛”的乌兰布和，坐落在黄河与贺兰山之间，距呼和浩特一千多里。沙漠腹地与外界唯一的联系，至今仍是两千年前王昭君北出长安来呼和浩特时走过的那条古道。然而这条通向民族和睦的著名古道，乃是我迄今为止走过的最为艰苦的旅途。每天从黄河古渡口发往沙漠腹地的只有一趟班车。乘客中难得有个把妇女，绝大多数是膀大腰圆、扛着鼓鼓囊囊驼毛袋子的农场职工，还有穿着邋里邋遢军服、马靴里藏着三棱刮刀的兵团战士和满嘴酒气、脸色阴沉的当地牧民。车子颠簸得像黄河惊涛骇浪里的羊皮筏子。好在拥挤，身子与身子像沙丁鱼似的紧紧互相揳着，怎么颠簸都不至于倒下。车外黄尘万丈，车内尘土飞扬。车窗却始终得紧闭着，否则的话，滚滚黄沙倒灌进来，能把全车人给呛死！

我第一次进沙漠，从车上下来，哇哇直吐。要不是对文学鬼迷心窍，打死也不会上这儿来的。

现在，却要你去经历这苦难了。

我打量着你单薄的身躯，消瘦的脸在灯光下泛着熬夜过多的倦色，我感到又担忧又心疼！

我痛苦地送你上了西去的列车。回到内蒙古大学家里，看到桌上这堆等待修改的稿子，真想一把火烧了！

我度日如年地等待着。十天后，你风尘仆仆回来了。沉静了几天的家，立刻有了往日的热闹和喧哗。两个不相连的房间里，轮流回荡起你朗朗的笑声。甚至连那条肮脏阴暗、煤气弥漫、堆满杂物和炉子的公用走廊，因为你的出现突然间也亮堂了许多。

你说你遇上了好心人。沙漠班车的乘客们，见上来个城里女人，惊奇地瞪大眼睛。两位农场职工听说你要去他们单位采访，想当然地把你当成了报社记者。而记者的足迹打从农场建立以来就不曾踏上过这块多风和干旱的土地。这两位淳朴的沙漠居民把你像珍贵文物似的保护起来，让你坐到他们装货的驼毛袋上。怕站着的人压着你，用自己身躯为你架起个拱形庇护所。你就这样又舒适又安全地到了目的地。闲谈间，又听你讲到他们领导的弄虚作假，更有了共同语言，下车后，非邀你到他们家不可，还杀了只老母鸡来犒劳。总而言之，我纯粹是杞人忧天，你一点罪也没受。

我似信非信听完你对这趟沙漠之旅的描述，却发现你刚洗过的脸上，依然留着一抹洗不去的倦容和苍白，心想，说什么也不能让你再去单刀赴会了。

谁知《土壤》获奖后你却越发干得猛了。为了心爱的文学，你不知付出了多少艰辛！你在风化得遍地沟壑的穷沙窝里当过农民，像当地那些“二老板”似的每天早起捧一捧水含在嘴里漱几下，然后吐在手里往脸上一抹，就完成了一个女人全天的漱洗；你在包头工厂里与工人师傅一起为赶制万立制氧机，把双眼熬得像兔子眼睛那么红；为了文学，你这个在饥饿年月都恶心羊肉的南方人，在白音锡勒草原和牧民一起住在散发着羊膻味的蒙古包里，手拿羊铲放过牧，蹲在羊厩挤过奶，在草库伦里种过苏丹草；还在腾格里大沙漠上，骑着骆驼和乌兰牧骑一起在贺兰山谷为牧民和地质队员送歌献舞；还在八百里广袤的河套灌区跟挑大渠的小媳妇们试比高低，把手伸到刚拌上大粪的肥料筐里，满把满把往地里撒粪……不少你的同学和朋友听了这些经历后，惊奇之余都感佩不已，觉得在相熟的知识女性中，很少有人像你这样身体力行，用自己一步一个脚印的扎扎实实行动，在劳动大众和少数民族中间建立起如此诚挚的友谊和紧密的联系。

诚然，你在创作上坚持传统，但从不拒斥新鲜经验，七十年代末新潮艺术在文坛初露端倪，便引起你的兴趣和关注。你把它作为一种文化现象，认真分析研究，并将某些表现手法吸收到自己的创作中，得到一些青年朋友的赞赏和肯定。那个时候，在你新分得的那间客厅兼写作室里，经常有蓄长发、穿喇叭裤的文学青年坐在唯一的一张长沙发上，说着一些怪里怪气的句子："潮湿的灵魂"，"肥胖的钟声"。动辄对你宣称："规律是残酷的，我们终将代替你们！"但你却像朋友似的跟他们探讨问题，有时甚至争得面红耳赤，但过后照旧友好。由此引发出你要为大学生们开设一门新课——当代西方文艺思潮——的设想。这得耗去大量的时间精力，查资料，读作品，写讲稿。有时为了准确理解原作，还得花力气查阅原文。八十年代初，一位在天津从事文艺工作的老同学出差来内蒙古，听说你在体育馆楼上向自治区文艺界介绍西方现代主义，扔下公务慌忙赶到会上，在门外一直等到你休息时出来，将你拉至一旁告诫说："哎呀，都什么时候啦，还讲这些！这回我们是真正体会到你们内蒙古的落后了。"

你诙谐地笑笑："没准这正是落后的好处呢！"

连续两次获全国中篇小说奖后，你社会活动日渐频繁，越发不敢松懈教学。你始终兢兢业业备课，认认真真讲课。

你对我说，你自豪于自己是个教师，你愿意一辈子和青年人在一起。你热爱学生，关心学生。记得你班上两位同学的作品观点有些偏激，有关领导了解后，指示要先摸清作者情况，然后在报刊上公开批判。你得知后连夜找到这位领导，实事求是地介绍了自己这两个学生的情况，陈述利弊，使得这件轰动校内外的事件得到妥善处理。

你这种仗义执言、敢为天下先的胆魄和做派，不要说大家，连我都有点震惊，觉得这是对你为人的一个发现。这种爱憎分明、不拖泥带水的正义感，就是在如今的须眉中也不多见，而且后来事实证明，你愈来愈执着，竟闪射出耀眼的光辉。

不过当时，你赢得了学生的尊敬和信赖。他们什么话都跟你讲，推心置腹，热爱你这个老师。即使后来你离开内蒙古，还一直惦记着你。得知你病重的消息，不论在北京、上海还是杭州，不时有人专程赶来探望。看到当年的莘莘学子，如今有的已是功成名就的著名学者，有的孩子都上了大学，跪在病榻前，一头扑在你怀里失声痛哭，在场的人都默默地流下眼泪。在现今讲究实惠、一切向钱看的商品社会里，竟还有这样情真意切的师生情谊，真让人羡慕！

当然这是后话。

当时你一边教学，一边抓紧分分秒秒埋头写作，写小说，写评论，还搞翻译。日理数机，忙中有序。你有良好的工作习惯，只要一拿起笔便能进入创作。写字桌上，小说，评论，讲稿，翻译，稿子下摞着稿子。几个头绪并驾齐驱。没有周末，没有节假日。快节奏，高效率。昼夜不辍。

就在你为自己精力旺盛而沾沾自喜时，原先一直得不到合理休整和调理的肌体，终于出现了断裂。

现在回想起来，你这帕金森病最初发现缘于一次古怪的跌跤。

1984 年，我们应《长城》编辑部邀请，带着女儿去北戴河参加消夏笔会。那天，在山海关市与当地作家座谈后去燕塞湖坐船。去码头的路上，《长城》的一位女编辑脚滑了一下，走在后面的你上去扶她。路面坡度并不陡，记得只有一处树根稍稍隆起。我在后面瞪大眼睛注视着，心想你一定已经注意到了这段树根，并且毫无问题会跨越过去。谁知鬼使神差，不偏不倚，你竟一脚绊在这树根上，跪倒在地。

此后，这类磕磕绊绊频频出现。平展的柏油路上，只要有一块碎砖，或者一处突起，你的脚必定会莫名其妙地踢在上面，跟着就是一个趔趄。

渐渐地，你觉着左腿有了胀痛感，过十字路口感到从未有过的紧张和恐慌。去医院诊治，有说是静脉管炎的，有说是植物神经紊乱的。反正是些无关宏旨的小疵，你我都没放在心上，继续着先前的节奏。

这样过了两年，各种各样药没少吃，人却渐渐黄瘦下去。腿上胀痛与日俱增。走路前冲，步态不稳。1986年春，趁着南调机会报到上班以前，我陪你去华山医院诊治，被确诊为帕金森病。

医生当时给你开了一袋五分钱一颗的小药片。说三天后必有疗效。果真，不到三天，你行走便恢复如初。你我狂喜不已，高兴得在房间里跳起舞来。你边跳边欢声喜气大叫："汪成，病根找到了。我又能健步如飞了！"

是呵，你渴望健步如飞，日夜都在渴望。患病两年多来，尽管你平静地对待所发生的这一切，然而你内心深处，从这声欢呼中，透露出的又是多么的焦虑和心急！步态失控，给像你这样生性好动活泼的人带来的不便和烦恼，只有自己最清楚。尤其是眼下，从内蒙古调回家乡，新的工作急需健步如飞，新的世界新的人物也在等待健步如飞。我深知健步如飞对你生活、工作和创作的重要性！

谁知好景不长，快回杭州时，腿疼又开始了。这回从小腿移到大腿，而且痛势有增无减，医生又为你做了检查，怀疑你除帕金森病外，还有别的疾病，诊断书上在帕金森病后面，重重地加了二字：综合。建议回去再观察一段时间。

这对你打击不小！

当时你肯定有许多话要说，可我那时见你恢复很快，就先回杭州来了。新家需要收拾，家具等还是临走时从货站拉回来的，乱七八糟地堆放在屋里。再说，我老大回家水土不服，胃病复发。你从上海回来，见我带病拾掇房间，便没多说什么，第二天便去出版社报到上班了。

这段时间对你来说是过于吃力了。

从教师到编辑，面对的是一个全新的工作，更何况当时社内经济形势严峻，你自然越发不敢懈怠，你以开放型的思维和作家的艺术眼光，很快同年轻编辑有了共识，不失时机地推出“新大陆书系”和“系列小说丛书”，特别是反映改革开放的长篇小说《都市风流》获茅盾文学奖，为出版社赢得了声誉。

然而这段时间，对我们这三口之家来说，却是史无前例的困难。由于工作转换，你从体力到精神，高度紧张，陷入内外交困；而我病情加剧，自顾不暇，无法替你分忧。唯一的女儿，由于杭州所有中学都不开设俄语课，只好又退回去一个人寄留在内蒙古坚持学业。每个周末，不管阴晴雪雨，我用自行车驮你到武林广场电信局打长途，那时老百姓家没装电话，只有单位才有，好不容易接通，等对方将我们女儿找来，通一次话差不多需耗去一个晚上时间。回到家里，劳累加病痛折磨得两人都没力气开口说话，而耳畔还回荡着刚才女儿那从几千里外传来的带着哭腔的情绪激动的声音。当时的那种情景，那种况味，在一个有病的母亲心中会激起怎样的感情波澜是不难想象的。尤其是每日清晨，我目送你迈着不稳的步态，磕磕绊绊地摸出弯弯曲曲的狭长弄堂，去艮山门挤公交车，会不由得感到一阵鼻酸。直到这天你下班回家，心里一块石头才算落了地。简单的饭桌上，你会拣些单位里的趣闻和乐事来说，感觉到家里有了一点难得的轻松和温馨。你我就这样相濡以沫，苦撑过在这陌生故乡的最初一段日子。

有一天，你下班回家一进门，眼泪便像断了线的珠子扑簌簌滚落下来，吓我一跳。问出什么事了，你委屈地指指自己的膝盖。我这才注意到，裙子上有片渍迹，膝盖碰破了，鲜血正从刮破的丝袜里渗洇出来。

我连忙打了盆水。你一边洗漱一边呜呜地哭。我没见你这样伤心过。你对战胜疾病向来充满信心，我觉得有些蹊跷。若干年后，回想你得病经过，我才悟到，你这样伤心落泪，实际是自己信心开始发生动摇。你这时大概已朦朦胧胧意识到自己永远不能再健步如飞了。

那天夜里躺在床上，我像往常一样替你搓腰揉腿。你望着黑暗，一声接一声喟叹，久久不能入睡，然而翌晨起来，你像什么事也没发生过似的，又磕磕绊绊去挤公共汽车了。

你们单位领导对你十分照顾，了解到情况后，每天派车接送你上下班。领导越关怀，你越想为出版社多做点事，总觉得欠着人家的情。这样抱病坚持了两年，直到1988年，又一次偶然事故，使你永远离开了工作岗位。

这年5月，《文艺报》和浙江省作家协会联合举办中外当代小说走向研讨会。除理论家、翻译家外，还邀请了几位作家，其中有友人宗璞、家炎等。拟议中最后两天日程是参观新安江千岛湖，经费由出版社负担。你出于与作家们的友谊和作为出版社负责人的双重考虑，决定陪同前往。为此急于改善走路状况，治疗腿疾。你记起了浙医大朋友介绍的那位神经科方面高级专家。我们找到了他。专家极为热情，百忙中为你逐项做了检查，否定了华山医院的诊断，认为你是神经根炎，对药物也做了调整。

谁知这新药给你带来了灾难性的后果。

那天，我正在闭幕式上忙碌，突然接到电话催我回家。到家一看，你已瘫在床上。母亲告诉我，刚才你服药后人像空面粉口袋似的倒下去，吓得大家慌成一团。我赶紧将这变化告诉那位专家，将药停了下来。

这次治疗，非但没有改善原先走路的那点磕磕绊绊，连站立都成了问题，自然无法陪友人出游了。宗璞、家炎闻讯后从会上赶来看你，等他们离开，你懊丧万分地再次住进了医院。

从此，万恶的病魔夺去了你工作的权利。

可当时我们谁也不知道这严重后果。我们仍然满怀着康复的希冀。事实上确有某些令人鼓舞的迹象。经过医生多方悉心医治，你又能站立起来，开始能走一点点路。乐天派个性的你把这些都看作是希望的星火。你总是这样，特别能记住生活中的欢乐和光明，甚至自己对自己搞点报喜不报忧。这使你在此后漫长的罹病期间，不像一般人整日价愁眉苦脸。你绝少消沉，良好的自我感觉一直保持到生命最后。

你宽慰我说："这样挺好。摆脱开工作，我能心安理得地写点东西了。"

可不是吗，你把住院当作躲清静，旅行袋里装着稿纸，住到哪儿写到哪儿。记得在上海仁济医院，你住的是二十四人一间的大病房，外面半间还辟为男病室，房间中央放张桌子，供全病房二十四位病者共同使用。每天下午，探病的人群像潮水般涌进来，病房里挤得跟小菜场一样。你就占据着这唯一的桌子一小角，每天从早饭后便趴在那儿吭哧吭哧地写作。

上海，北京，杭州，一圈住下来，你竟发表了《小知识分子在塞外》等十余篇纪实性散文。这是你计划中《人·岁月·生活》长篇系列散文的一部分，将自己在内蒙古二十余年见闻和人生体验倾注其中。你还翻译出版了丹麦当代著名女作家索洛普的近作，还准备翻译澳大利亚女作家送你的*GETTING WELL AGAIN*，奉献给像你一样在跟顽症作斗争的人们。

正当你积极地实施这些计划时，病魔的进攻也在日渐加紧。先是两腿情况恶化，再度失去行走能力；接着震颤加剧，书写越来越困难。全身运动神经出现全面的功能性障碍，头抬不起来，眼珠转动困难，舌头在口腔里无法随心所欲地动弹，口齿不清，呼吸困难，甚至连你平生最为得意的事——跟人交流聊天，都受到严重威胁。

你扑在我怀里失声痛哭：“啊，汪成，这可叫我怎么活呀！”

我不得不向四处伸出求援的手，向相熟的朋友，向省内国内，还向国外，向一些富有同情心的陌生人。

听说中国科学院两位研究人员，用“经络针灸疗法”为陈景润先生治疗帕金森病取得显著效果，经多方奔走，在友人大力帮助下，破例得到两位专家应允，再次进京治疗，但要求住房室温不得低于22℃，否则会影响疗效。时值11月初，茫茫京华，暖气初试，也不知何处有这符合要求的房间。正在发愁时，友人告知新华社招待所供暖良好。靠着同学帮忙，在新华社领导过问下，住进招待所，有关部门还为你提供了种种方便和照顾。与此同时，我又到陈景润先生家了解他跟帕金森病做斗争的经验。后来又通过他家人了解到北京某中医研究院有自己独到的治疗帕金森病的方法。于是又辗转相托，满怀希望地转到这所医院。谁知住院前简单检查后，医生把我单独留下来谈话。当时我看这架势便有点慌神，战战兢兢坐在凳子上，听医生冷冰冰地声称：

“在这里住院，没这个必要。回去吧，就拿死马当活马待吧！”

真是晴天霹雳，我都蒙了。但我至今清楚记得自己当时的感觉，只想着一件事，对准那张臭嘴，给它一拳，把它撕成稀烂！

然而气愤归气愤，你和表姊还等在门外听消息。我努力让自己镇定下来，也不知哪来的说谎本事，一转身，医生的话竟成了这样：“医生讲了，住院没问题。问题是替陈景润治病的那位专家去了英国。他们几位对帕金森综合征都没什么研究。住在这里意义不大！”

从你的神情看，你当时相信了我的欺骗，或者说，是你让我相信你相信了我的欺骗。回到新华社招待所，把医生的话告诉表姊后，我再也控制不住，觉得自己要垮了！

曾经是那么活跃、朝气蓬勃的一个生命，如今病成这样，而我却无能为力。这就如同亲人溺水，眼睁睁地看着她在水里扑腾挣扎，慢慢沉下去，自己却不能有所作为。人活到这个份上，真想一头撞死！

这天是1990年元旦后第二天，新华社招待所里来自各省市的记者忙出跑进，热气腾腾，在报道着全国人民豪情满怀迎接九十年代第一春，可这个春天投射在我心上的却是严冬。身边的亲人被医生宣判为“死刑”，另一位亲人独生女儿因工作无着远在千里外的杭州家里独自伤心垂泪，难道我们这三口之家就这样注定要倾斜解体吗？

人说生病痛苦，其实，这痛苦是痛在病人身上却苦在家人的心里！

表姊安慰了我一番。商议结果，配了点药，回杭州再做计议。

然而到家第二天，你一位下级的家属来家找你，哭诉丈夫蒙受不白之冤，锒铛入狱。你病得歪歪斜斜，听后却激动异常，心中又沸腾着仗义执言的正义感，立即要过纸笔写材料，向有关部门反映情况。这时你发颤的手已握笔困难，但你不顾药物副作用，毅然加大剂量，叫我和女儿用枕头将你固定在藤椅上。望着你颤颤巍巍、紧闭嘴唇吃力疾书的样子，我觉得仿佛有什么东西在嗞嗞啦啦地撕着自己的心。你已病入膏肓，自己生命所剩无多，可为了挽救同事的政治生命，却毫不顾惜自己，一次次地写材料，终于在领导的关怀和过问下，为那个被错误对待的下级恢复了名誉。

而你自己却在一步一步走向深渊。北京回来后，我一直在考虑，要千方百计从死神手中为你夺得尽可能多的生命时间。二次北上失败，说明洋教授对这种病已无计可施，于是转寄希望于土专家。在老家奉化、宁海乡间辗转了半年多，仍然毫无进展。正在走投无路时，巴金老师来杭州休养。新时期以来，他老人家在文学创作上曾给过我们许多宝贵的指导和帮助，这回得知你患病的消息，特地打发小林夫妇来家探望，传授他跟顽症做斗争的经验。当时，他住在灵隐中国作协创作之家，听小林夫妇回去讲你行走困难，老人家要将他自己正使用的助步器送你。事后我们听说，激动万分。更为感人的是，巴老回沪后，竟将你的情况向自己的保健医生华东医院邵教授做了介绍。邵教授非常热情，对病人充满爱心。她希望我们立即赴沪，但这时你外出行动已十分不便，只好由我带着你所有病历到上海咨询。不久，邵教授受巴老之托带着两名助手来杭州家里为你做了检查，调整了药物，建议改用匈牙利生产的一种新药。为此我又赶赴上海，访遍各大药房，都无此进口新药。后来又听说美国有仿制。凑巧我要随中国作家代表团赴墨西哥开会，心想没准美国邻居有这药，当代表团团长和翻译得知我肩负的这一特殊使命时，都深表同情。尤其是翻译小陈，不顾高原反应，牺牲休息时间，陪我跑遍偌大的墨西哥城的各大药房，还通过自己在墨西哥的多年关系，就帕金森病咨询了墨西哥最好的神经科权威。团长是个胖子，累得气喘吁吁，跟在我们后头。每到一家药店购药，就为我摄下一张相片，开玩笑说："回去让小钰看看，老汪为买这药就差上天揽月了。倘若他能上天，情人们大概享受不到这温馨的月光了！"

后来在哈瓦那总算买到了一瓶古巴生产的治疗帕金森病的药。那还是在我国驻古巴大使和文化参赞热情帮助以及古巴友人多方设法下才搞到的。我宝贝得犹如白娘子冒着九死一生的危险盗得的仙草，生怕有什么闪失，把它揣在贴身的口袋里，还用别针别住袋口，怀着一线出现奇迹的希望回到了国内。

一段时间服用下来，还真有点灵验。你说你双腿剧痛有所缓解，还感到有点力气，偶尔还能站立一小会儿。我们的高兴自不必说，邵教授和那些帮助搞药的好心人，也都觉得辛苦没有白费。

有一回，我们聊天谈到这段时间以来你的治疗。我觉得，你我都是普通的人，既无钱更无权，然而为你的病，竟调动起了那么多人，连自己都有点不敢相信，这绝非个人有什么能量，而是因为这世界依然充满着爱！只是这份人情过于厚重，成为我们的一笔永远偿还不清的心债了！

当时，眼泪扑簌簌地从你脸上滚落下来。你心潮澎湃，激动地拉着我的手说：今生今世，你已够苦的了。来生来世，还是让我变牛变马来偿还他们吧！

正当你的病情一点一滴地发生可喜变化时，一桩横祸从天而降，一笔勾销了古巴药的那点疗效。

那天早晨，你刚起床，我帮你穿好衣服，从床上挪放到藤椅上坐定，突然电话响了。过去一听，是医院打来的，通知我女儿正在急诊室，叫赶快去人。我脑袋“嗡”的一声，天旋地转，一片空白。只剩下一个知觉：女儿出车祸了！

电话机在对面房间，以为你没听见。谁知这几年随着身体其他机能的退化，你的听觉益发灵敏，两只支棱着的耳朵，把各种细微响动毫无遗漏地全部拦截进耳鼓，什么都瞒不了你。当我回到卧室，发现你已泪流满面，泣不成声，显然已捕捉到了电话内容。

“你快走吧，”你讷讷地说，“别管我，快走！”

我赶紧抓起块尿不湿，加垫在你椅上，然后把酸奶、饼干、面包放在你手够得着的桌上，将门一锁，飞也似冲下楼梯。直到下午两点多钟回来，酸奶面包原封未动。伸手一摸垫子，燥爽如初。赶忙把你抱到马桶上，发觉你的双腿已失去知觉，不中用了。我差点一口鲜血吐出来，仿佛精神崩溃的人一下子跌在地上。

此后，你的病情急转直下。在藤椅上坐着坐着，会不可遏制地朝一边倾斜过去，于是只好换成躺椅。每过两小时将你翻动一次。古巴药由于其国内原因，大使馆同志来信说已难以为继。

尽管病情日益恶化，可你仍然笔耕不辍。你事先打好腹稿在躺椅上极其费劲地逐字逐句口授着，由家里人笔录下来，然后交你过目，再口授修改。这种方式一直持续到去世前一天。再一个便是学习，印象最深的是学习英语，除每天翻译一点作品外，你抓住一切机会进行口语练习。你在家中接待过美国学者，丹麦、波兰和保加利亚作家代表团。后来口齿不清，言语困难，你仍然坚持听力练习，两台半导体收音机，像忠实伙伴厮守在你身旁。

在你生命最后一段时光，你常常疼得满头大汗，在躺椅上来回扭动，可晚上睡觉，却总是鼾声如涛，入睡很快。开始我并不知道这是你玩弄的小把戏。有一次深夜，我来卧室找件东西，一拉着灯，见你在床上竟大睁着眼，感到有点诧异，就问你怎么睡不着。你摇摇头，说是刚醒来。我伸手摸摸你前额，一片汗湿。再细一打量，你的眼神、你的神情和你整张脸孔，都表明你一直醒着。你在骗我！

你笑了。不得不承认自己是佯装！

这段时间，你已病得失去自理能力，可还力所能及地关心着我们。早上我和女儿出门上班，你嘴唇哆嗦着，使很大的劲，才讷讷地说出几个含糊不清的字：别忘记带雨披，今天气象预报中雨，或者是毛衣穿了没有，今天来寒流。尽着一个妻子和母亲最后一点力所能及的责任，而自己却时时处处注意尽可能少给家里人添麻烦。有一回，我买到一些很好的进口香蕉，我知道水果中你最爱吃香蕉，可你只吃了一根便停下不吃了。我有点不解，问你是不是不好吃，你说很好吃。我说为什么不吃了，你嘴巴四周一片香蕉渍迹，张着两只脏兮兮的长得很好看的手，黑白分明的大眼睛，孩子般无助地望着我。“我怕自己吃得一塌糊涂，害你又得来收拾一番!”

我忽地感到一阵鼻酸。甭说收拾，我愿意为你献出自己的一切，这辈子，你给了我如许温馨，如许的关怀和爱。你从六十年代北上出塞，忍饥挨饿地救我，过早地损害了自己的青春和健康，眼下都病成这样，仍在无微不至地体贴我宽慰我。你这颗善解人意的心比黄金珍贵。人生在世，梦寐以求的不就是拥有个像你这样的人生伴侣吗?

自打你我相爱那天起，我一直认为你我能白头偕老。我从不曾怀疑过这点。然而时运不济，天夺人命。彼苍者天，我奈若何?

直到今日，我仍然回想不起你生命最后一个白日的某些异常征兆来。那天清晨，你像往常一样叫过女儿，将正在修改的诗稿，铺开在面前地毯上继续进行加工。那些日子，你自我感觉似乎比以往任何时候都好。女儿单位放暑假，我也请假在家照看你。只要我们在你跟前转悠，一家三口在一起，你心里就感到踏实放心。我问你今天想吃什么菜。你说冬瓜。节气过了立秋，市场上冬瓜已不多见。我跑了几个地方终于买到一大块，又买了你爱吃的香菇、大排、开洋和熏鸡，美美地熬了一锅排骨香菇冬瓜汤。我一边喂你一边问味道怎样。你满意地咂巴咂巴嘴：“好基（吃）！”我说那就多吃点。你说还要注意减肥呢！你吃了满满一碗饭，留下一点菜，说明天再基（吃）。

然而谁想得到，你不再有明天了。这冬瓜香菇汤竟成了你最后的晚餐！

回想你的一生，几个紧要关头，都是由意外的突发事件决定了你生命的流向。而这些事件的出现，看上去似乎带着很大的偶然因素，又似乎是冥冥之中早已安排定的，不是的话，怎么都会这么巧呢？这使我想起1960年你从北大来内蒙古时我们的初次见面。那是个初秋的午后，天上彤云密布，以为又要冰雹大作，结果出乎意外，却是场纷纷扬扬的大雪。我们站在空旷的操场上，望着大片大片雪花漫天飞舞地倾泻下来，一落在热烘烘的大地胸怀，便消失得无影无踪。我们都从未见过这初秋飞雪的奇观。你狂喜不已，穿着件紧身短袖的红色运动衣、毛蓝布背带裤，张开双臂，快乐得像孩子似的跑来奔去，大呼小叫：“诗人没有欺骗我们。胡天八月即飞雪，这回我看到了！汪成，内蒙古真好，我要拥抱这世界！”

可我却觳觫不已，感到一阵莫名的恐惧。现在看来，这准是不祥的预兆，当时我不敢去想。如今我这样逼近地跟你的生命告别，已经什么都不在乎了。

送你出门前那天夜里，我在你遗像前燃上炷清香，守候在骨灰盒旁，心里跟你久久作别。灯光像秋水，在房间漫溢开来。你那张书桌上，依旧是你去世前的样子，乱糟糟的，摊放着几本打开的同时在阅读的杂志：最上面是你心爱的《收获》，翻开的那页是中篇小说《命兮运兮》，下面是《佛教文化》上的《评〈禅外说禅〉》，旁边是《八小时以外》的《让生命了无遗憾》。还有一本16开本大的日历，1993年8月13日。这是你生活在世上的最后一个白日。女儿已经睡去。房间里静得只有时钟的嘀嗒声。多么熟稔的创造空间！这是属于你我的静夜。安详的灯下，本该你我相伴，在各自桌上伏案笔耕。你会不时地发出大声叹息，抓耳挠腮的响动，偶尔还会蹦出一两句只有想同一件事的人才听得懂的没头没脑的话语。奋笔疾书的沙沙声，听来如潇潇春雨在滋润大地。三十年了，这一切已成为我生命的一部分。然而如今，房内灯下却没有了你，没有了这一切，唯有一只小小的永远沉默的汉白玉方盒！

小钰啊，我们有许多事情要做，要共同来完成，你走得过于性急。你毕竟还是英年，只有五十五岁！

1994年元旦灯下

没有你的日子里

——怀念温小钰之二

没有你的日子里，我血管里仍然奔涌着你。

西窗独坐，听到窗下传来新栗的叫卖声，会立即起身探出头去。你爱吃栗子。每年新栗初上，家里都要为你买些放着。正要发喊，忽地记起如今食栗人已不在了。

夜里电视广告上正在推销灰趾甲病患者的福音，不禁瞪大眼，凝神屏息留意起来。然而看着看着，忽一转念，如今什么病都跟你无缘了。

从前你我合用一瓶墨水，用不多久便见了底。如今瓶里墨水老也不见下去。因为你用不着了。

入室想所历，望庐思其人。无处不在又无时不在，那一片魂牵梦萦的思念！

而最令人心颤的是每次路经湖畔，瞥见那一湖水光潋滟、闪烁变幻的碧水和在一旁深情凝视的沉默青山，会转出许多生生死死的念头，汹涌起一阵人生的沧桑感。

记得“文革”期间，你我躲派仗来杭城探亲。这是你这个温家小女儿第一次领女婿来见自己的父母。谁知我越想给你挣点儿面子，越弄巧成拙。见面就来了句傻话：要不要买两张西湖月票，省得天天排队买票。你双亲听后眼泪都笑出来了。事后你在湖边对我说，两位高堂对东床的评价是：文人武相。一个地地道道民间故事里三女婿的形象！乐得我在草地上直翻跟头。

那时，你多年轻，才二十多岁。对什么都极其自信。白头偕老，更不在话下。我们恣情山水，不分阴晴晨昏。凭着两只脚，登高临远，走遍西湖山山水水。白日泛舟湖上，夜来山寺月中寻桂子，逸兴遄飞。每到一景，你口占一阕，显得极富古典的浪漫情愫。而我四只上衣口袋里，却鼓鼓囊囊，塞满你的各种各样的零食。你一边游，一边神采飞扬、海阔天空，一边不时地伸手到我兜里掏摸吃食。半月畅游，我当了你半月活动食品供应车！

离杭前夕，你我又一次来到苏堤。西湖景点里，你最爱苏堤。我们坐在湖边长椅上，看湖山楼台在飞动的天幕下渐渐融入夜的怀抱。湖水与岸草在脚边喁喁絮语，烟波凄迷处，亮着一片灯火，晶莹璀璨，宛若蓬莱仙境。你一反常态，静静坐着。直到星汉阑珊，夜凉如浸，站起来跟心中的家乡恋恋不舍告别时，忽然轻轻吟哦起了：江南忆，最忆是杭州，山寺月中寻桂子，郡亭枕上看潮头。何日更重游？

然而谁想得到，我们却不再有携手重游！这首次游湖，也是你我相伴着最后一次畅游湖山。

二十年后，我们怀着少小离家老大回的心情，从内蒙古调回家乡。按说重游成了便捷之事，然而却始终未能如愿。先是你忙于公务，而后是陪你东奔西跑，求医问药。总以为机会有的是，如一本好书，一旦自己拥有了，因为放在书柜里随时能读，反而安排不出时间来读。直到前年，为了调剂你的生活，增加户外活动，我买了辆人力三轮车来，拉你上湖边兜风。那天下午，全家乱得像小时去乡场看社戏。车子停在苏堤口上风雨亭畔，这里视野开阔。你倚坐在车上，欣喜的目光里有几分伤感、几分沧桑，静静地凝望着暮色中的湖山，隔湖相望那一片亲切的绚丽灯火。真是满目繁华旧时情。

“还记得那一年吧？”

我喉头一阵发紧，连忙点点头：“全都记得。一切的一切。”

静默了一会儿，你深情地诉说，声音幽幽的：“西湖真美，我多想病好后再痛痛快快玩上一阵！”

我安慰你说：“你会的，一定会的！”

这次出游在湖边只逗留了一刻钟。回来路上，你一个劲催我快蹬。我知道药力正在消失。大汗淋漓地踏到家里，你已经浑身疼得说不出话来。

此后自然再不敢有去湖边的想望了。

心想，何日更重游，这夙愿大概成了我们两人世界里一桩无法弥补的憾事！

谁知，天公有情，竟最后赐予了我们，只是过于残酷了。那天，去南山公墓安放你的骨灰，灵车经过湖滨，车外依旧水光潋滟，暖树老秋，湖山旖旎。多么眼熟的景观，我蓦地意识到：莫非这是天意，让我们最后携手同游一回，以了却你二十多年前的心头夙愿。我叫司机将车开得慢些，把怀里汉白玉方盒高高举起，凑到窗边默默地在心里呼唤着：啊，小钰，这回你一定要好好看，多看上几眼。这是真正的最后一次机会了。我觉着自己眼窝里有种异样的感觉，拼命忍住，生怕一大滴眼泪滚落下来打湿你的面颊。

亦师亦友玛拉沁夫

1958 年，是我国历史上给全国人民留下深刻印象的年份，曾一度称为“大跃进”岁月，全国各地都在“跑步进入共产主义”。那一年，我正好大学毕业，响应国家号召来到“急需要建设人才”的祖国北疆内蒙古工作。这一待就是二十八年，直到 1986 年调回家乡浙江，在塞外草原留下了自己最美好的青春岁月，走遍了内蒙古大地，从东边大兴安岭林区，到西边尽头的额济纳居延海，结识了不少农牧民和蒙汉干部朋友，其中有的人在我成长道路上曾给过我毕生难忘的帮助和关怀。倘若没有他们，就没有我的今天。在这一长串亲切的名字中，有云照光、玛拉沁夫、敖德斯尔、张长弓、贾漫和许淇等。

玛拉沁夫系蒙语，意即“牧人之子”，蒙古族著名作家。他是我交往时间最长的一位作家，同时又是带领我工作时间最长的一位领导。1960 年，我从内蒙古工学院（今内蒙古科技大学）调内蒙古文联《草原》编辑部供职，玛拉沁夫当时是自治区作协副主席，可以说我一迈入文艺界便与他相识直到现在。1962 年，《草原》原主编敖德斯尔去内蒙古大学文研班深造，玛拉沁夫接任主编，成了我的直接领导直到“文革”。之后，他是我们单位最早解放的领导干部，不久便被结合进内蒙古文化局领导班子，任副局长，分管我所在的文艺处，直到 1980 年他调离内蒙古到北京中国作协《民族文学》任主编。随后我也离开内蒙古回家乡浙江省作协工作。不久他担任中国作协党组副书记兼书记处常务书记，主持作协的日常工作，又成了我所在的作协系统的上级领导，多次来杭州指导浙江省作协工作，直到他离休。

玛拉沁夫的名字，我在中学念书时就知道了，读过他的小说《草原上的人们》。这个作品当时刊登在 1952 年第 1 期《人民文学》上，得到各民族读者的认可和喜爱，被誉为反映新的生活、新的人物的优秀作品，不久即改编成电影搬上银幕。随着影片的放映，由他作词、达斡尔族作曲家通福作曲的影片插曲《敖包相

1991 年，作者随中国作家代表团赴南美洲访问，与代表团团长、中国作协党组副书记玛拉沁夫在古巴首都哈瓦那合影

会》，风靡全国，受到各族人民的喜爱，至今仍传唱不衰。当时在我心目中，他是一位令人仰慕的年轻才俊。

第一次见到他，是在1959年春天。当时我还在内蒙古工学院教书，才发过几篇很幼稚的作品。承蒙内蒙古作协厚爱邀请参加内蒙古创作座谈会，平生第一次和作家们坐在一起探讨创作问题，有点诚惶诚恐。

记得那天我给学生们上完课后从呼和浩特急匆匆赶去包头东河宾馆报到，开幕式已经结束，与会的人午饭后在宾馆活动室打乒乓球。我办完手续进去时，见两位作家正厮杀得难分难解。东河宾馆原是专门接待援建包头的苏联专家的，设施新而齐全，簇新的墨绿色球台四周，围满观战的人。只见那白色小球仿佛织布机上的飞梭，在球台上来回穿梭，快得像道白光，一场白热化的交战。那年纪轻点的球手球艺明显略胜一筹，攻势凶狠，杀得对手来回奔波极其狼狈，还嘻嘻哈哈不时地拿话来揶揄奚落对方，乐得手舞足蹈，像个忘了一切的大男孩！

然而对方虽遭狂轰滥炸，却斗志顽强，不肯轻易认输，呼哧呼哧地来回奔跑接球。每次几乎都大幅弯腰，球拍低得擦着地面将球吃力地救起。

围观的人情绪亢奋，七嘴八舌，却都倒向年轻球手一边，纷纷给他出主意：

“嗨，老玛，可不能再一个劲地扣杀下去了！”

"你得变化一下打法!"

叫老玛的年轻球手见大家都在挺他，汗涔涔的脸上浮现出一丝隐隐的诡秘笑容，突然大叫一声，极其夸张地高高举起球拍。对方凭着经验以为又是一记更为凶猛的扣杀，急速地朝后退去。然而叫老玛的年轻球手似乎足智多谋，极其狡猾，半途突然改变主意，手上球拍轻轻朝下一压，小球"噗"的一声恰好落在球网上，瞬间滞留。对方赶忙捯换脚步跑上前来抢救，但已来不及了。小球在网上弹跳了一下，顺着球网滚落在台面上。

"二十二比二十！老玛领先一局。"围观的人中有人高声宣布，然后问两位球手："你们要不要交换场地呀?"

"拉倒吧！咱们玩玩，又不是正式比赛。"站在一边拿毛巾擦汗的老玛气喘吁吁说。他身上那件式样时尚的丝质白衬衫，背上虽被汗水洇湿一片，却并不沾在肌肤上，依然挺括。听旁边有人在小声议论："这的确良料子就是好!"声音里透着钦羡："又好看又结实，别看它薄，比府绸结实多了。一件褂子穿一辈子都不烂!"

"可你我穿得起吗？也就是玛拉沁夫这样的作家能了!"

……

原来眼前这位叫"老玛"的锋芒毕露的乒乓球手，就是我久闻大名的蒙古族著名青年作家玛拉沁夫！老玛和他喜爱的运动（乒乓球）以及那时的时尚（的确良）一起，就这样烙印在了我的心上。

包头创作座谈会结束后不久，我便调入内蒙古文联《草原》编辑部，负责文艺评论，算是正式迈入了文艺界大门。原来负责评论的编辑邓青老大哥，和玛拉沁夫、乌兰巴干、孟和博彦等作家一起去了由自治区党委宣传部委托内蒙古大学新开设的文艺创作研究班深造。

文联办公楼在新华广场北边当时的文化大院（现已拆除）内，在内蒙古文化局后面的一幢二层青砖小楼，与文化局隔着一个篮球场。楼上中央是自治区作协主席纳·赛音朝克图的办公室，最西头是副主席玛拉沁夫的办公室兼寝室，还有副主席乌兰巴干和文联所属的蒙古文《花的原野》文学月刊社和《内蒙古画报》编辑部。楼下东边是作协秘书长孟和博彦、副主席敖德斯尔的办公室，《草原》编辑部和资料室。一楼西头是《内蒙古画报》主编乌力吉图的办公室，内蒙古电影公司和它们的片库。我和编辑部另一单身编辑小贾，住在楼上玛拉沁夫办公室对面。每天清早我在操场锻炼身体，有时和玛拉沁夫，还有内蒙古杂技团两位小伙子一起玩玩篮球，然后和小贾两人将编辑部和文联楼下走廊清扫干净，生活既安静又很有规律。每天下班后，待到晚上人去楼空，将办公桌上白天正在处理的来稿往旁边放一放，从抽屉里拿出自己正在写的习作来奋战，感到这样的环境和工作条件自己十分喜欢。

哪想到这只是表面的平静。

不久，老编辑们在私下闲谈中透露，不久前玛拉沁夫竟被作为修正主义文艺思想代表人物在内部受到批判。说他受苏联作家肖洛霍夫的影响，在作品中宣扬资产阶级人性，抹杀正义战争与非正义战争的本质区别，渲染战争残酷性，鼓吹和平主义，等等。

当时温小钰刚来内蒙古工作，听说后也吃了一惊，感到十分意外。这无疑是给我这个刚进门的文艺青年敲了一记警钟。文艺领域并非歌舞升平，风平浪静，自己往后工作千万不能马虎！

然而，那些当事人，不论玛拉沁夫还是别的作家，工作生活一如既往，仿佛什么事都没发生过，作家们依旧在一起说说笑笑，很轻松很开心的样子。每天上午工作间隙，只要不去内蒙古大学文研班上课，照例会从各自办公室来编辑部闲聊，讲讲在文研班听课学习的一些花絮和感受。大家说得最起劲的是，作家在写作时如果完全遵照教授讲的现代汉语语法规范，对作品语言艺术风格和地方特色的追求，可能会受到掣肘和影响，如何正确处理，感到把握起来有点难度；呼吁文联领导也像别的单位一样，组织人员去锡林郭勒盟打黄羊，改善职工的生活，因为那时饥饿已席卷内蒙古，大家全都吃不饱饭，荤腥已经久违了。

不久，形势有所缓解，中央提出“调整、巩固、充实、提高”八字方针，代替了先前的“三面红旗”。七千人大会后，开始调整阶级斗争和经济建设、党群干群、国民经济各方面的关系。文艺界六十年代初期也先后召开了三次会议调整文艺政策。特别是 1963 年 1 月，周总理和陈毅副总理在广州召开的全国科学技术会议以及全国话剧、歌剧、儿童剧创作座谈会上做了关于知识分子问题的讲话，重新肯定我国知识分子的绝大多数已经是劳动人民的知识分子，而不是资产阶级的知识分子，强调在社会主义建设中要发挥他们的作用，要承认过去对待他们有过错误。

中央领导给全国知识分子“脱帽加冕”的讲话精神在党内传达贯彻后，单位里那些党员作家几乎人人兴奋激动，尤其是老玛，他向来个性外露，那段时间喜笑颜开，说话做事干劲十足，甚至连走道都脚尖一踮一踮，仿佛前头有什么喜事在等着他似的。一到休息时间，见其他作家还迟迟没下楼来，便着急地在编辑部一脚门里一脚门外朝走廊里高声大嗓地吆喝起来：“嗨，都快下来，咱们再（心情）舒畅舒畅!”那架势未免有点狂放。

作家们于是陆续来到编辑部，半开玩笑半正经，开始心情舒畅起来，讲起前段时期对文艺界知识分子的极“左”影响，尽管话说得比较隐讳，闪烁其词，一鳞半爪，但在他们你一句我一言七嘴八舌议论时，尽管我们这些非党员群众桌上仍摊着稿子在继续处理，可心思却早已不在稿子上了，人人竖起耳朵捕捉着这些党员作家透露出来的广州会议精神，尽管老玛们说话都说一半留一半，但听得多了，基本上都能听懂，也受了感染，心情振奋舒畅，觉得和老玛们完全心心相通。

与此前后，文艺界开始传达学习“文艺八条”。对“为政治服务”做了较为宽泛的表述，不再狭隘地理解为是“写中心（工作），演中心，唱中心”，气氛稍为宽松，创作也逐渐活跃起来。在这种氛围的感召下，老玛创作出了以短篇小说《花的草原》为标志的包括电影文学剧本在内的一批优秀作品，获得好评。特别是人民文学出版社在结集出版他以《花的草原》命名的短篇小说集时，老一辈文学家茅盾在认真阅读后为该书作序，给予了高度评价，认为他已形成了自己一贯坚持的风格，说“玛拉沁夫富有生活的积累，同时他又富于诗人的气质，这就成就了他的作品的风格——自在而清丽”。淡去了前一阶段挨批的事。

当然这一时期，内蒙古文艺界不止老玛一个作家，还有像敖德斯尔、超克图纳仁、张长弓、杨啸、贾漫、安谧、冯苓植、许淇等，内蒙古军区的军旅作家云照光、照日格巴图等，均先后有引起全国文艺界注意的优秀作品问世，使内蒙古文坛一度呈现少有的活跃和繁荣。

不久，内蒙古大学第一期文研班结业，老玛回文联任《草原》主编，敖德斯尔去了第二期文研班深造。

作为刊物主编，玛拉沁夫的行事风格与敖德斯尔有很大不同。我日后曾对这两位领导开玩笑说，你们一个像儒家，一个像法家。老玛十五岁参加革命，才华横溢，个性争强好胜，对刊物也像对待他自己的作品一样，要求尽善尽美，是个完美主义者。

他抓刊物这种精益求精的认真追求，给了我很大影响。让我在日后负责《江南》期间，很是受用。

当时全国各地开始逐步从困难的阴影中走出来。《草原》的用纸也有了改善，再不是老敖时期的刊物用纸，黄而粗糙。老玛要求《草原》在内容质量上也要相应提高，特别要抓好每期刊物的头条。为此，编辑部对自治区的重点蒙汉作家的创作潜力，包括从生活积累到各人的创作水平，逐个进行分析排队，要求我们编辑做好与重点作家的感情联络工作，避免质量好的稿子流到区外，所谓不让肥水外流。

老玛还规范了编辑部各项工作制度。规定每期刊物出版前和出版后，召开编前会和编后会，编前确定这期刊物的稿件内容，编后对出版质量进行评价。他要求编辑重视抓稿件，认真负责地处理来稿，对要采用的稿件认真地写好稿签，提出编辑自己对稿件的看法，包括优点和不足。在这一点上，他作为主编率先垂范，仔细地审阅我们提交上去的每篇稿子，并提出具体修改意见，在审稿单上常常比编辑还要写得详尽。我不止一次读到他附在我稿签后面用毛笔写在中式信纸上的批稿意见，称呼我为“浙成兄”，然后一二三四，如此这般，必要时还亲自动笔修改。看到主编对稿件这种严肃认真的态度，我们编辑对组稿、阅稿、改稿自然也不敢马虎，更加上心了。

老玛在编辑部还常常讲到自己的成长过程。他刚踏上文学创作道路，在中央文学讲习所学习期间得到老一辈作家丁玲等人的悉心指导。他也要求我们编辑要重视对青年作者的培养和扶持，不论蒙古族汉族，均要满腔热情地对待。记得伊克昭盟作者贺政民的长篇小说《玉泉喷绿》出版，他读后十分兴奋，我组织了一篇推荐文章，老玛审阅后觉得力度不够，说这是我区近年来小说创作反映农村现实生活的可喜收获，作品生活气息浓郁，人物性格鲜明饱满，文字清新，很是难得，应该大力推荐，并希望有更多的青年作者像贺政民一样积极反映我区农村牧区的现实斗争生活，塑造富有时代精神的新人形象。我根据老玛的意见，很快在《草原》上推出一期笔谈《玉泉喷绿》的文章，对作者作品进行了较为全面的热情肯定和大力推荐。

在我的印象中，老玛作为一个少数民族作家，非常注重学习，学习本民族的优秀传统，学习汉族作家的优秀作品，也学习优秀的外国作家作品，艺术视野宽广，思想不保守，密切地关注着全国文坛动态和创作走向，关注中央和各省市的刊物，以至于我们自治区作家在全国各地发表作品，编辑部里常常是他最先发现。记得在全国影响很大的上海《萌芽》杂志于1963年复刊，连着三期头条分别是我、照日格巴图和王栋的小说，后来老玛看到李子云在《文汇报》上对复刊以来的《萌芽》的评价，十分兴奋，来编辑部喜笑颜开地告诉大家："哈，咱们内蒙古把人家上海《萌芽》给包揽了！"

老玛对我们的编辑工作要求很严很细，同时又强调编辑自身的学习和提高。他在会上公开宣布编辑可以搞业余创作。只要做好本职工作，管好自己的一亩三分地，搞业余创作不但不会影响正业，还有利于提高编辑自身水平，对刊物有好处。为此，他规定我们编辑每年有一个月创作假，包括深入生活。我于 1962 年冬天去大兴安岭林区深入生活，创作了独幕话剧《大兴安岭人》，发表在《剧本》月刊上，农村读物出版社出版单行本，又被全国总工会话剧团搬上舞台在北京公演，得到好评。第二年中国剧协举办独幕剧评奖，《大兴安岭人》被推荐入围，评奖委员会办公室给我所在的文联领导寄来公函，了解作者政审情况。老玛把我叫到他的办公室，欣喜地告诉了我，还半开玩笑地说："汪浙成，这下你可得请客啦，这可是大喜事呀!"看得出，他作为领导是由衷地为我高兴。就在当天晚上，我请了老玛、敖德斯尔、张长弓、贾漫等编辑部全体同事，还有温小钰，大家热热闹闹地在呼和浩特著名饭店"麦香村"会餐，提前祝贺我的剧本获奖。哪想到不久因为中央领导的两个批示，严厉地批评了文联及其下属各协会，文艺界开始关门整风，评奖等活动不了了之。

实事求是地说，老玛主事那些年，是《草原》杂志最正规、质量最好的时期，也是整个内蒙古文学创作最活跃最繁荣的一段时光，这与当时全国比较宽松的文艺政策以及老玛较好地掌握并贯彻执行有关。在工作中，他态度很严肃，不苟言笑；在日常生

二十世纪七十年代末，作者与玛拉沁夫在内蒙古文化厅学习时的合影

活中，他个性比较开朗随意，喜爱运动。

在原《体育报》副刊主编、报告文学作家鲁光的印象中，我国作家中迷恋体育事业的有周立波、康濯、郭小川和玛拉沁夫。第一部反映我国体育事业的短篇小说集《礼物》所收十个作品中，玛拉沁夫就有三个。《花的草原》写长跑运动员，《女篮6号》写女子篮球运动，《在墨绿色的球台旁》写我国乒乓球运动。1965年，我国乒乓健儿出征第二十八届世乒赛前夕，鲁光将这几位作家邀请到北京工人体育馆，观摩了一次乒乓球队出征前的内部训练，并与教练员、队员举行了深入的座谈。老玛事后曾深有体会地对人说过："体育运动使我有一个健壮的体魄，因而我提起笔攀自己本行文学的高坡时，从未因身体不支精力不足而受影响。"

"文革"后期在中滩劳改农场时，他经常和内蒙古杂技团组成联队，与兵团战士进行篮球对抗赛。

偶尔他还喜欢跟人开个玩笑什么的。我印象最深的是他跟自治区作协主席纳·赛音朝克图开玩笑。纳·赛音朝克图是自治区三十年代著名诗人，锡林郭勒盟正蓝旗人，性格敦厚，内蒙古刚解放时从蒙古人民共和国回国，满怀激情地创作了不少歌颂共产党和新生活的诗，但他的夫人却是文化不高的牧区妇女，老纳从未将她带出来见世面，和大家一起参加活动。一次，老玛在编辑部当着我们的面，拨通了楼上纳·赛音朝克图的电话，绊着舌头学京腔，装出一副公事公办的口气。先在电话上核实清楚纳·赛音朝克图的身份，然后谎称自己是中国作协外联部的，通知他几月几日至几月几日带中国作家代表团出访非洲某个国家。电话那头的纳·赛音朝克图听后极为激动，连忙说了一长段感谢中国作协的话。老玛见对方已深信不疑，便放肆起来，拿腔拿调地胡诌：这次出访任务重大，领导经过慎重考虑才决定由你带团，希望你把团长的工作做好，这是项重大政治任务，也是组织上对你的信任！然后假装关心地问："纳·赛音朝克图同志啊，你有什么困难没有呀？"纳·赛音朝克图在电话那头立马哇里哇啦地表起决心来：什么困难也没有，请领导放心，保证完成任务！编辑部里我们在场的几个人，全都笑得人仰马翻倒在椅子上。老玛赶紧拿目光制止住大家的失态，然后对纳·赛音朝克图抛出撒手锏，口吻严肃地说："为了便于工作，这次出访要求团长携带夫人，这个大概不会有什么困难吧？"正在情绪激动地向领导表态"什么困难也没有"的纳·赛音朝克图，这时突然卡壳变成哑巴说不出话来，支吾了半天才嗫嚅着说：

"这，这，这……"

不难想见，电话那头老实巴交的作协主席肯定已憋得满脸通红。

老玛装作有点不耐烦了，厉声问道：

"是不是有什么困难呀？"

只听电话那头说：“是，是有点，不过我会努力做好她的工作！”

老玛重重地“哦”了一声，至此也顺势收场了：“那我向领导汇报一下，有什么情况我再及时联系你，就这样吧！”急忙挂断电话，捂着肚子靠在墙上笑得岔过气去。

这个玩笑后来在编辑部里成了经典。

进一步了解老玛的为人还是在“文革”中。和历次政治运动一样，他照例又首先受到冲击，“文革”一开始就被揪斗游街。当时我因参加“四清”运动尚未回单位，工作队全体队员集中在自治区政府旁边的呼和浩特第一宾馆进行总结。那天午餐后从餐厅出来，看到院子里停着一辆宣传车，拉着被揪的人在游街，四周黑压压围着一大批人，是住在宾馆里的客人在看热闹。我随着人群也挤上前去观看，只见车上一个戴高帽、胸前挂着大牌子的人，低垂着脑袋站着，脸面轮廓望去仿佛在哪里见过，却一时想不起来。等走近一看，不由得吃了一惊，原来是我们的主编玛拉沁夫！

两年多没见他了，一时间竟没认出来。他胸前牌子大半块挡在解放车的驾驶棚后面，脑袋低得头上的高帽子尖顶已戳在驾驶棚上，胳臂被站在身后戴红袖章的红卫兵反扭着，脸上被塞外夏天正午如火的烈日烤得流淌着油汗，一副正在受难的痛苦神情，慌得我看上一眼就忙移开目光，觉得自己像是犯了什么过错看了不该看的东西，低着脑袋急急地挤出人群逃回楼里。

等工作队总结结束回到文联，单位已面目全非。昔日整洁安静的小楼，如今楼内楼外贴满大字报，走廊上脏得满地尘土纸屑，人进人出，多是看大字报的陌生面孔。到楼下我们编辑部大房间，推门一看，坐着满屋子被揪的领导，纳·赛音朝克图、玛拉沁夫、敖德斯尔、孟和博彦、画家关和璋等，还有几个陌生面孔，后来才知道是珠兰和贾作光，都是一身灰不溜秋的旧衣衫，在静静地学毛著写交代揭发材料。我连忙退出来把门一关。在走廊上探头探脑东张西望时，贾漫从像堵墙似的大字报后面一扇门里钻出来上厕所，意外地见到了我。两人站在院子里说了一阵，我这才知道文联目前组织已瘫痪，“文革”领导小组已名存实亡。红卫兵小将已进驻文联，楼上设有联络站。作家中只剩下乌兰巴干、扎拉嘎胡、超克图纳仁、张长弓等几位尚未被揪。

这段时间，乌兰巴干异乎寻常地活跃，红卫兵频繁地来他楼上办公室串联。不久，他办公室门外就赫然挂出“揪叛联络站”的牌子。

内蒙古历史上虽存在过“内蒙古人民革命党”，简称“内人党”，但根据有关文件早已自行解散。有的成员通过自身努力，按照共产党党章的规定被吸收成为共产党员，表现优秀的甚至成为部门的领导。但乌兰巴干不顾这些历史事实，采取断章取义、移花接木的恶劣手法，耸人听闻地提出内蒙古存在着一个从事反党叛国阴谋活动的“新内蒙古人民革命党反革命集团”，他所谓的“揪叛”就是揪反党叛国的“内蒙古人民革命党”党徒！

乌兰巴干原名宝音达赖，曾是伪满兴安陆军军官学校学生，1946 年参加人民解放军，任通辽军分区参谋。入伍不久曾被国民党军队俘虏而变节。后在内蒙古党校学习期间经组织审查发现其变节行为，但考虑到他当时入伍不久，且未隐瞒，没按叛徒定性，只取消其候补党员资格，转业到地方工作。乌兰巴干对此一直心怀不满。如今四处煽风点火，像创作小说编故事似的说内蒙古有“新内人党”在从事反党叛国阴谋活动，并一次次向自治区革委会主任办公室呈送材料，做报告蛊惑不明真相的群众，将自己打扮成对敌斗争的英雄，企图干扰运动！

经开会商量，大家气愤地表示绝不能让乌兰巴干的阴谋得逞，我们既然了解这“内人党”的历史演变情况，就应该向自治区革委会主任办公室报送材料反映情况，向广大群众揭露乌兰巴干的历史真面目，戳穿他的阴谋。但是材料由谁来写呢？了解情况的人，已被揪出的显然不宜写，尚未被揪的目前自身难保怕引火烧身又不敢写。大家面面相觑，整个文联没有一个人敢接手。会上一时陷入沉默。

这时我举手站起来自告奋勇说：“我来承担吧！我和乌兰巴干没有个人成见。（我心里已经想过，我在“文革”前写过评论《草原烽火》的文章，乌兰巴干对我还比较认可。我写材料没有私心，完全出于公心，明知这样会给自己招来对立面，也只好如此了。）可是我对情况不了解，材料需要大家提供！”

会上的人都表示提供材料没问题。很快，我将他们提供的材料删选、串连成一篇揭发乌兰巴干的文字，以内蒙古文联群众组织“翻江倒海战斗纵队”的名义上报自治区革委会主任办公室，同时抄写成大字报张贴在文化大院墙外，希望大家擦亮眼睛，识破乌兰巴干的阴谋伎俩，一时在呼和浩特引起巨大反响。

乌兰巴干看到后又气又恼，以为材料藏在我家，就鼓动财贸学校一群红卫兵来内蒙古大学，闯到我家砸材料。当时只有我妻子一人在家，她妊娠四个月，与红卫兵说理争执，气愤恐惧，心理受到严重的不良刺激，事后竟致流产。

更没想到，自治区革委会主任竟以乌兰巴干编造演绎的“内人党”材料为决策依据，在1968年1月召开的内蒙古革委会第二次全体委员会上，提出“打一场挖乌兰夫黑线、肃乌兰夫流毒的人民战争”。接着，自治区革委会主任办公室陈秘书一行带着明显的倾向性来文联“了解情况”，严厉地批评我们“思想右倾”，训斥我们炮打乌兰巴干是干扰挖“内人党”大方向，做了亲者痛仇者快的错事。还警告我们：文联本身问题十分严重，斗争复杂，至今盖子尚未揭开，不要捂盖子。

陈秘书的态度让我们一头雾水。等他走后，我回想在《草原》编辑部和玛拉沁夫、敖德斯尔、超克图纳仁等少数民族作家的接触，并未发现他们有什么破坏民族团结、宣扬民族分裂的反党叛国言论。平时蒙汉民族关系融洽，也不曾发现他们的日常言谈或作品中存在着宣扬民族分裂破坏民族团结的倾向。相反，他们态度鲜明、满怀热情歌颂党，歌颂伟大祖国和党的民族政策。记得有一次自治区革委会文化组负责人和住在我们楼上那个戴眼镜的“东纵”红卫兵联络员找我了解文联的斗争情况，说据很多人反映，“玛拉沁夫是乌兰夫的红人”。我说如果你们相信那些人的话，那我再说自己的意见等于是白说，何必再来浪费你们的宝贵时间？坐在椅子上的文化组负责人扑哧一笑，撇了撇嘴不以为然地说：“我们没有倾向，什么意见都听，不同意见也说来听听嘛！”我说：“反正我和玛拉沁夫没有什么特殊关系，也不怕别人深究。”我于是向他们陈述了自己的意见：玛拉沁夫是不是乌兰夫的红人？我认为不是。以他的出身背景，十五岁就参加八路军，可以说根正苗红。作为一个少数民族作家，他是最早进入全国各族读者视野的一位活跃的作家，也是内蒙古文学绕不开的一位作家。倘在别的省份和地区，早已是全国人大代表或政协委员了。但他非但没有这些荣誉，每次政治运动一来，不知为什么总是先把他推出来作为反面教员批上一阵。据我所知，六十年代初内蒙古文艺界批修正主义，挨批的代表人物是他；1964 年文艺整风，他又是重点；这次“文化大革命”，他还是最先被揪来。哪有这样每次挨整的“红人”?!

1968年3月27日，内蒙古自治区革委会主任在内蒙古文艺界大会上发表讲话，公开点名内蒙古歌舞团、内蒙古文联是反党叛国的“内人党”重要黑基地（参见1967年3月28日《内蒙古日报》），并派出军宣队、工宣队进驻文联，向我们普通群众和被揪人员分别宣布纪律，气氛霎时紧张起来。一天，有个被揪人员向工宣队报告，说玛拉沁夫搞串联活动。工宣队师傅闻讯飞奔楼下被揪人员的大房间，“砰”的一声破门而入。正在翻看毛选的玛拉沁夫见势不妙，立即将夹在书里的一张小纸条撕碎丢进嘴里，想嚼烂吞咽下去。工宣队师傅眼疾手快，一个箭步，朝他扑去，两只铁钳似的大手死死卡着他的喉咙。老玛一面挣扎，呼噜噜喘气，一面痛苦地翻着双眼拼命吞咽，算是将喉咙里的东西吞下肚里。我从外面走廊经过，看到工宣队师傅铁青着脸在怒斥玛拉沁夫。此后，为严防被揪的人相互串联，将他们统统转移到附近内蒙古医学院院内，一人一间单独关押。

而在我们文联内部，尚未被揪的普通群众，统共也就只剩下二十多个人，军宣队、工宣队将大家集中起来办学习班，大反右倾，批判我们捂盖子不挖“内人党”，将大家的思想统一到挖“内人党”打一场人民战争这一目标上来，然后将我们分为白天、上半夜和下半夜三个班，在工宣队队长领导下，日夜轮流开始所谓揭盖子，深挖猛攻“内人党”，对揪出来的被怀疑对象开始大搞逼供信，致使他们身心受到极大摧残和伤害。事后每想到此，自己都感到脸红，觉得很对不起这些受伤害的领导和同志。记得一次逼供玛拉沁夫“内人党”问题，工宣队队长事先给我们参加的群众鼓劲交底，说是已经掌握了“实弹”，玛拉沁夫的“内人党”问题铁板钉钉跑不了。大家要站稳立场，这也是对大家前阶段学习班上思想觉悟真提高还是假提高的检验。就这样连续不断地审讯玛拉沁夫两天两夜，不让他合眼打瞌睡，直到他承认自己是“内人党”的什么部长。我听了心里咯噔一下，这么说来确实存在“内人党”？可此前我一直不相信，顶着牛，莫非自己这回真的是思想右倾立场站错了?!

老玛在大家的逼问下，还叽里咕噜嗫嚅多次，才交代了“内人党”的一些具体活动等。这天夜里，工宣队队长很高兴，宣布今夜的批斗会到此结束，肯定了玛拉沁夫的态度，同时指出他还有保留，希望他彻底丢掉幻想，回去继续交代，叫我把玛拉沁夫押送回关押他们的内蒙古医学院“牛棚”。

走出文化大院大门，东方曙色初露，灯火通明的新华广场上空寂无人。老玛这时长叹了口气，声音幽幽地对我说：

“汪浙成，我刚才的交代全是胡编。我这么个苦孩子，怎么可能去干那反党叛国的事？只不过把我在党内做过的那些事加了个‘内人党’的帽子……”

我慌忙厉声喝断了他：“你胡说什么?! 回去老老实实交代自己的问题!”

我嘴上虽这么在训斥着他，但老玛这一出门就“翻供”的态度，使我对“内人党”问题的认识立刻又有了反复，这一下子内心里反倒有数了。

回到单位，工宣队队长问我：“玛拉沁夫回去说了些什么?”

“他困得连说话的力气都没有，”我说，“一进门便倒在床上睡过去了。”

挖“内人党”事件，是“文革”期间发生在内蒙古地区的一场特大冤假错案。受牵连的干部牧民群众人数为历次运动之最，内蒙古许多家庭遭受了精神和物质上难以弥补的损失。1968 年 4 月，党的九大召开前夕，内蒙古自治区领导受到了批评，继而下发“五·二二”指示，挖“内人党”才紧急刹车。但真正平反则在八年后党中央纠正冤假错案期间。1987 年，呼和浩特市中级人民法院判处“内人党”事件始作俑者乌兰巴干十五年有期徒刑。

孙绍振，诗人气质的理论骁将

孙绍振的名字，在作家群内（军旅作家除外）也许还不是那么耳熟、有名。但再往具体点说，二十世纪八十年代“朦胧诗”，业内人中恐怕就无人不知了。如果再具体点，说到“三崛起”——《在新的崛起面前》《新的美学原则在崛起》《崛起的诗群》——就不能不提到这位理论骁将了。就是他，在二十世纪八十年代初，与谢冕、徐敬亚一起，著文为朦胧诗的崛起不遗余力地大声呐喊，赞扬这些“崛起的青年对我们传统的美学观念常常表现出一种不驯服的姿态”，“他们和我们五十年代的颂歌、牧歌传统和六十年代的战歌传统有所不同，不是直接去赞美生活，而是追求生活溶解在心灵中的秘密”。

有位老诗人在南宁召开的诗会上以“人民”和“老百姓”的名义指责这些诗看不懂时，绍振感情冲动，几乎是拍案而起，当场就回敬过去：“看不懂不是你的光荣，是你的耻辱；你看不懂，你儿子会看，儿子看不懂，孙子会看懂。”仿佛孙悟空大闹天宫，在会上掀起了一场轩然大波，成为我国当代文学史上的一桩“重要事件”。

我是数月后在昆明全国当代文学研究会上，跟与会的几位北大老同学闲聊起来才听说的。我那时远在塞外，忙于自己的小说创作，对谢冕、绍振这两位老同学正在为之抗争的“朦胧诗”一事不甚关心，隔靴搔痒地说了句：“这下，孙猴可真的成为大闹天宫的齐天大圣了！”

孙绍振（左一）与作者在杭州合影

这话自然是老同学之间开玩笑。大学读书期间，一些和绍振接近的人，都叫他“孙猴”，或者连姓都省去，就直呼他“猴子”！

我当时嘴上这

么说，心里在想，按他的气质，才华横溢，又富有想象，只是思维的严密性稍嫌不足，该是个诗人或者作家的料，怎么搞起理论来了？担心他这是路倒走对门却迈错了！

孰料几年后，当朦胧诗被越来越多的人所接受，绍振随着这股蔚为大观的新诗发展态势，理论研究上搞得越来越风生水起，路子也越走越宽广，成就也越来越大，有人在公开发表的文章中称他为“理论骁将”，展现出他气势若虹的学术人生。

首先是几年后他的第一部文艺学理论著作《文学创作论》问世，春风文艺出版社出版，不久即寄一册与我们分享。后来经过修订由海峡文艺出版社再版，在文学界产生很大影响，不但深受文学青年欢迎，还得到了众多著名作家的交口盛赞。我国第一个诺贝尔文学奖获得者莫言，在解放军艺术学院成立三十周年纪念大会上曾公开赞扬：

“刚才我们老主任列举了这么多名字，听到这些名字的时候，他们讲课的情形形象生动地在我脑海里浮现出来。我觉得我可以列出很多个名字，他们的讲课直接对我的创作产生了影响。比如说孙绍振，来自福建师范大学，我记不清他给我们讲了四课还是五课，其中有一课里面讲到五官通感的问题。他讲诗歌，比如说我们写诗，湖上飘来一缕清风，清风里有缕缕花香，仿佛高楼上飘来的歌声。清香是闻到的，歌声是听到的，但是他把荷花的清香比喻成高楼飘来的歌声。还有一个人曼妙的歌声余音绕梁三日不绝。绕梁是能够看见的一个现象，也就是把视觉和听觉打通了。讲一个人的歌声甜美，甜实际是味觉，美是视觉，他用味觉词来形容声音。他给我们讲诗歌创作中的通感现象，这样一种非常高级的修辞手法，我在写作《透明的红萝卜》这一篇小说的时候用上了，这个小说里的主人公小黑孩，他就具有这样一种超常的能力，他可以看到声音在远处飘荡，他可以听到别人听不到的声音，甚至可以听到气味，这样一种超出了常规、打破了常规的写法是受到了孙先生这一课的启发。”

莫言不止一次地在会上，面对视频，面对记者采访，说他的创作得益于孙绍振的《文学创作论》，甚至还当面对绍振说：“感谢栽培!”莫言这样言辞恳切地一而再、再而三地赞扬一位国内的文艺理论家，实在是不多见!

解放军艺术学院原院长朱向前对绍振《文学创作论》说得就更详尽了。据他回忆：

“当时还是副教授的孙先生终于光荣地登上了解放军艺术学院文学系的讲坛，获得了和丁玲、刘白羽、吴组缃、王蒙、李泽厚、刘再复等诸多大家同台竞技的机会。他以一部六十万字的《文学创作论》为教材，连讲一周，且深受欢迎，创造了在文学系连续开讲的最高纪录，至今无人打破。其中原因之一，是有一部皇皇六十万字的巨著做本钱；原因之二，是他的本钱真管用。也就是说，他的理论是于创作切实有用的。事后，莫言同学不止一次地在不同场合谈到孙先生的理论对他创作的启发和影响；宋学武同学还直接以孙先生的术语‘心口误差’为题，创作了一篇短篇小说，发表于《上海文学》。可见孙氏理论在作家中的入脑入心。这是孙氏理论的胜利，也是文学理论家孙绍振的光荣。”

这一年学期结束，军艺文学系学员中，有作家李存葆、钱钢、王海鸰、阎连科、麦家、石钟山、柳建伟等名家，当时对授课进行民意测评，孙绍振得分最高，成为军艺唯一的连续五年受聘讲课获得在学作家们欢迎的老师！

能获得如此多作家的认可和盛赞，当然不会是没有原因的。这原因不是别的，就是由于他这本作为教材的《文学创作论》中提出的许多关于创作规律的观点，并不是从别人现成的文艺理论

1996 年 12 月，中国作协第六次全国代表大会期间，作者受邀至母校北大座谈
左起为高洪波、孙绍振、作者、刘登翰（耘之）

著作中演绎照搬过来，从理论到理论，而是来自文本，来自具体作品，来自创作实际！

记得绍振在北大上学时就喜欢写诗，长诗短诗都写，这些自然大多是些习作。工作后又跨界写过小说和散文，特别是散文，写得还真不一般，记人，叙事，抒情，文字精彩，生动感人。这就使他对文本有独到精妙的解读和感悟，比从未从事过创作的纯粹理论家要细致入微。《文学创作论》中许多关于创作规律的新颖观点，是他潜心钻研和分析研究了大量文本、众多作家鲜活的创作经验，以及现实中涌现的各种文学新现象和发展新趋势后归纳总结出来的。它们来自创作，贴近创作，作家们听了后，对各自的创作自然会带来某些宝贵的启示和切实的帮助。

可以毫不夸张地说，他的《文学创作论》填补了我国文学理论批评的空白。

进入二十一世纪以来，绍振似乎对自己坚守文学文本为中心，有了更多的自信，也更加有意识地注意发挥自己在感悟和理解文本上的这种优势和长处，不辞艰辛，集中精力，对近五百篇文学文本逐个做了个案审美分析，出版了十本著作，深受欢迎，成为文本分析的权威读本，更是中学语文教师讲解经典课文的案头必备书，影响广泛而巨大。其中像《名作细读》，至今竟重印了二十五次之多！

在从事这项个案审美分析的过程中，他研读了大量有关的我国古典诗论和文论，发现我国传统文论与西方文论有所不同，前者以文本为中心，后者则以读者为中心，这让他萌生出一些新的思索和构想，在西方文论所未涉的空白中，在他们宣告无能为力、徒叹奈何的审美阅读方面做出自己系统的建构，其总结性的成果就是2015年北大出版社出版问世的《文学文本解读学》。

这部著作通过对文学内在矛盾的分析，揭示出构成这个作品区别于其他作品的唯一性的审美特征，从而使人领略到蕴含其中的艺术魅力，为我们描述了那个充满想象力的文学世界以及进入这个世界的解读方式。

迄今为止，绍振从事理论研究已有半个世纪，成果卓著，先后共出版了二十多部著作，涉及多个领域，有文艺学和马克思主义文论，写作学，诗学（包括新诗和古典诗学），美学，以及中学和大学语文教学等。为庆贺他取得的巨大成果，当年的几位同班同学和知近同行曾聚首黄山，为绍振开了个美丽的会。我看了谢冕在会上的祝词后，忽然想到，绍振如果当初真的从事文学创作，成就未必能超过现在的理论研究。由此悟到，人的一生，最初的美好设想，未必是正确的选择。有时生活中看上去的偶遇，恰好就是我们命运的星辰在闪光！

除此之外，绍振始终坚守教学第一线，从他课堂上，走出了一批获奖的优秀作家和有成就有影响的评论家、学者、全国教育系统优秀教师。他本人还曾被推荐为全国教书育人楷模候选人。

前年他虽已超过规定年龄，但仍被破格选任资深，成为我国高校绝无仅有的文科资深超龄第一人。

但我知道，他内心里最在乎的，恐怕还是《文学创作论》和《文学文本解读学》这两本著作。它们为他一生坚守文学文本中心，建构中国学派的文本解读学，奠定了坚实的起步基石。

绍振在平时日常生活中总是嘻嘻哈哈的，像个长不大的大男孩。其实他也曾有过处境艰难和苦闷。从北大下放到福建泉州这段时间，他受到了来自社会和个人生活上的双重打击，内心的深重痛苦不难想见，但我不论在当时还是事后，几乎从没听他抱怨过，个中况味他无言地独自吞咽在了肚子里，没让这些事来干扰他的学术人生，说明他性格中也有足够的坚韧和顽强。其实，我们只要稍一细想，五六十年代的中国知识分子，大都经历过政治运动的风风雨雨，倘没有足够的坚韧顽强，早已倒下了！有些写他的文章，可能是重点和主题定位不同的缘故，在凸显他天真开朗的时候，总是忽略了他性格中的另一面。不然的话，他也不可能成为理论骁将。

“一道奇美的风景”

——孙绍振趣闻

2023年元旦，我给老同学猴子——孙绍振发微信，祝他全家新年快乐。很快来了回复：“今年猴子不快乐，还没有转阴。胃口不好，精神欠佳，血氧也不够标准。”农历除夕那天他发来好消息：“医生说，他主治区里我是恢复得最好的。目前在家躺平康复。有生以来，第一次一天到晚不读书，不看报，不看电视，看天花板，享受无聊！”他难得有空闲，我就在微信上和他有一搭没一搭地聊起来。笔聊不过瘾，猴子又发过来一大堆文章，有他自己写的，也有人家写他的。其中有谢冕的《在一个美丽的地方开一个美丽的会》，那是为庆祝绍振八十大寿而举办的学术思想研讨会的贺词。谢冕像久经风雨、见多识广的老大哥在夸奖自己的小老弟：

“孙先生的生命是一道奇美的风景!”谢冕的用词很精准，不是“美丽”，而是“奇美”，让人浮想联翩。

1952年，全国第一次统一高考，招生数量有限，大学生录取名单登载在《人民日报》上。两年后，大学招生人数多了些，录取名单由各大区党报分别登载，华东区的登载在《解放日报》上。那时大学生很稀罕，校徽含金量很高，挂在胸前是很神气的。孙绍振拿到北京大学录取通知书时，禁不住大喊一声：“阿拉是大学生哉!”弄得他妈妈大吃一惊。妈妈知道他有点骄狂，但是有本钱，脑袋灵光。孙绍振觉得不用功而得到好成绩才算“大王”。他曾经和几个成绩好的同学“别苗头”，不但比谁成绩好，而且比谁“不用功”。考生物学（那时叫作“达尔文主义基础”）前一天是星期天，三四个向往称“王”的同学相约比赛，上午到昆山亭林公园痛快游玩，留下半天复习。考卷发下来，他得了99分。老师特别批评道：“孙绍振，你字写得龙飞凤舞，扣你1分。”

这应该是猴子“奇美的风景”的前奏。

拿到北大录取通知书后的大喊一声，则是这道风景豪迈的画外音。

他就这样带着奇美的豪情，进入北大燕园，但没几天就豪迈不起来了。他发现，1955级有本钱、比他豪迈得多的同学比比皆是。张炯曾是闽东游击队的政委，孙静是热河省广播电台的副总编辑，谢冕已经是诗人了，张毓茂是拒绝保送到苏联留学而选择了北大中文系……猴子没有感到丧气，没有感到压抑，相反，感到和这样高水平的同学在一起，水涨船高，剩下的本钱就只能是中学时代不屑的“用功”了。

北大教授学识渊博，令孙绍振心气大涨。高名凯先生上第一堂课，光是外语的例子就涵盖了俄语、英语、法语，还有什么斯瓦希里语、古高地德语，等等，闻所未闻。听不懂，谁敢讲出来啊，谁让你来北大的！他从小学四年级开始，英语学了九年，大学必修的是俄语。他默默地继续学英语，还选修了法语，随身带一本莫斯科外文出版社的俄英法词典。

他心雄万夫，不但新中国这一代要追上，还要超越老一辈。全系那么多泰斗级的教授，让他震撼的有杨晦、吴组缃、朱德熙，以及当时还是讲师的吴小如，但这并不能满足他旺盛的求知欲。他写信给系领导：请朱光潜来讲美学。信自然是石沉大海。

政治课本里有一章是讲唯物辩证法的，太简单。他认定，中文系缺少一门真正的哲学课。他不指望系里会立马找到合适的人选，还是自己去打听吧。那时李希凡是大红人，他就写信给李希凡，请教如何学哲学。不知何故，杳无回音，他就不再等待，自己去啃经典。先读恩格斯的《路德维希·费尔巴哈和德国古典哲学的终结》，那真是难啃啊，光是普列汉诺夫的序言，就比正文还要长。硬着头皮读完了，读正文，很快又读不懂了。那是个冬天，靠着暖气管，读了好多遍。他在自己看准的事情上，有一股和他漫不经心的外表不相称的韧性，就是用这样的韧性，他最终读懂了。他很开心，对自己说："孙绍振，你这鬼猴子，现在可以偷偷对自己说：'阿拉懂得马克思主义哉！'"

孙绍振的"奇美"还在于他的"猴性"。谢冕说："他总要找机会彰显自己的言行与众不同。每天下课回来，他总会在走廊里高声朗诵马雅可夫斯基，也会用尖细的、公鸡一般的嗓子唱俄国歌。这时，同学们都露出笑容：猴子回来了。孙猴，这是同学们对他的昵称，不仅因为他姓孙，而且因为他不安分，总想大闹天宫。"须知，那是一个强调集体主义的年代，所以，他是不同凡俗的另类。他喜欢漫不经心地画画，不管是在课本上还是在笔记本上，常常即兴"插图"，还说是从普希金手稿上学来的。被批评了，他轻松愉快地表示：坚决改正。脸不红，心不跳。

谢冕说他"自我感觉永远良好"，就是因为，他觉得有了自己的世界观和方法论。心地光明澄澈，活得明白，这是大事，其他一切都是鸡毛蒜皮，因而对批评他的同学心无芥蒂。他大大咧咧，散散漫漫，随随便便给人家取绰号，什么“大笨蛋”啊，“二寡妇”啊，字面如此恶毒，但是，居然为全班通用，此呼彼应，其声亲切，如兄如弟。即使如今他已年过八旬，我仍觉得叫他“猴子”，比叫他“孙教授”“孙老师”要亲切得多。

那时我高孙绍振一年级，对他最深的印象是聪明、善辩、爱说话。他可以不吃饭，但不可以不说话。他说的比想的快，还没有想清楚就脱口而出的个性，使他当年最亲近的人都担心他永远是个长不大的缺心眼的男孩子，而不是个能依靠一辈子的稳重的男子汉。

尽管老挨批评，但他感受到的是来自班集体的温暖。他和一个好友刘俊田，就是那个被他叫作“大笨蛋”的，常常为一些大大小小的问题争论，话赶话，有时不免有些说过头。他和党支部书记费振刚也有过激烈的辩论。孙绍振仗着自己口齿伶俐，滔滔不绝，常把费振刚气得张口结舌，上气不接下气，脸色发白。后来反右时，这个大闹天宫的猴子处境艰危，日夜悬心，但刘俊田只字不提那些过头话。费振刚则为他定性：孙绍振是思想上一时想不通，不满，属于人民内部问题。在孙绍振的回忆文章中，“好人，大好人”还有团支书阎国忠。他们同宿舍，平日里孙绍振和“大笨蛋”争论时，阎国忠都在场，但是，他一直不言声，仿佛不曾有过其事。

一次，南斯拉夫大学生歌舞团来演出，班上只有几张票，费振刚把自己的一张票给了他。后来编写当代文学史，谢冕把他提拔为诗歌组的组长，1959 年他追随谢冕应《诗刊》之约撰写《新诗发展史》，在《诗刊》上连载。毕业时，他还留校当了研究生。

他的自尊、自信，以及他的“猴性”，又这样慢慢地活了过来。他又开始口无遮拦，又神采飞扬、滋润起来。一大早起来又在走廊里引吭高歌，弄得那些爱睡懒觉的同学恨得牙痒痒的，在他的房门上贴小字报：“每晨必闻歌声，其声如鸡。”不过这回，他更潇洒了，旁若无人，双手插在裤袋里，学着马雅可夫斯基，跨着“两公尺的大步”。

一些欣赏他的人，虽然觉得他不过是小聪明，不一定有什么大才气，但也禁不住不时为他担心：如此不知忌讳，不通人情世故，天真烂漫，在 1955 级班上被宽容惯了，到社会上难免会碰钉子。费振刚、谢冕、张炯是不是把他宠坏了？

大学毕业二十年后，谁也没有想到，孙绍振写出了惊世骇俗的《新的美学原则在崛起》，在受到“围攻”之前，张炯给他“通风报信”，还是称他为“孙猴”，可惜为时已晚，他便以拜伦的诗句回答：“爱我的，我报之以叹息。”

在为庆祝他八十大寿而举办的学术思想研讨会上，身患重症的费振刚托夫人带来了祝词，只有一句话："孙绍振是一个很可爱的人。"

多少年后，从北大中文系1955级二班"温室"走出来的他，不但"猴性"不改，而且把1955级的温馨传统发扬光大，对处境困难的学生极其爱护，尤其是对他看得上眼的有才华的苗子，多少也有点"猴性"的学生，如陈晓明、谢有顺，爱护起来可以不顾一切，在许多人士看来，甚至有点狂热。

我想，这是谢冕所说的孙氏风景的"奇美"中最深刻的"奇美"。

梁晓声的那声吼

晓声的作品仿佛每个字都带有温度，伴随着书中一股扑面而来的不平之气，读着读着，就不由得生出热烘烘的感觉、几许耐人寻味的思索，就如同他的为人，对待朋友做的总比说的多。

初识晓声是在一次笔会上。

二十世纪八十年代初，天津《新港》编辑部在北戴河举办笔会，与会的中青年作家，记得外地有河北的陈冲、山西的成一、北京的梁晓声以及内蒙古的温小钰和我，天津本地作家有林希、吴若增等。那时作家们很看重笔会。“文革”以来，文艺界受“左”倾思潮的桎梏太深太久，作家们心里积郁着太多的思虑需要彼此交流沟通，各种笔会便应运而生，为大家在湖光山色中提供一处环境舒适的交流平台，同时也解决了当地刊物组稿问题，一举多得，一时形成“笔会热”。

夏天的北戴河是避暑胜地，白天在海风习习的清凉环境中，作家们海阔天空纵论天下事，午后就沉浸在蔚蓝洁净的海水里嬉戏畅游，累了上岸来在沙滩上一躺，闭上双眼抛却脑海里一切烦忧。几天下来，大家都说千里迢迢来这里，倘若不与大海亲近，那就等于没到过北戴河！

一天，我们来海滨浴场晚了一步，晓声等几位先来的青年作家已站在没脚深的浅水里，嘻嘻哈哈地在说笑着什么。忽然他弯下腰去，掬起一捧海水来敷在自己稍嫌瘦小的胸脯上，双手轻轻地拍着，然后做出一脸陶醉状，仿佛已充分领略过与大海搏击的无穷乐趣：

“啊，大海！……”

“太精彩了！”我拊掌大叫起来，“想不到晓声还会表演才艺，可以作为小品上央视春晚了！”

“好是好，就是泳裤怎么还是干的？”

几个年轻人也一齐高声起哄。

“这就是著名作家深入生活呀！”

“太一针见血了！”

晓声连忙声明：“我这只是在警示自己……”话没说完，一阵浪头袭来，几个人全都嘻嘻哈哈跌坐在水里，站起来后索性就一起扑进大海，奋力朝前游去。

过了两天，又有一事让我加深了对晓声的印象。

我们住的这片西山宾馆，“文革”前的旅游旺季，住的都是来自全国各条战线的能享受疗养待遇的英模人物和政界要员。改革开放后，西山宾馆对外开放，面向市场，我们才得以住进来。印象中，晓声的房间似乎对着楼梯口，我们每次上下楼都看到他坐在靠窗的书桌后面伏案写作，是我们几个人中最用功最勤奋的，好像没见他抬起头来过，就低着脑袋在成本的稿纸上沙沙写着，速度相当快。不写作的时候，大家就会很自然地凑在阳台上闲聊。

一天，写作间隙，大家在阳台上闲聊，晓声出了个命题：“丈夫宠老婆是不是因为怕老婆？”说完笑眯眯地望着我。

举座默然，显然是要考我了。我在这些人中年龄最大，又带着老婆在身边，似乎最有这方面的体验和大家一起分享。

我看了一眼小钰。“那就只好说说了，”我清清喉咙，“不过为什么非要说宠老婆呢？说爱老婆不更确切吗？爱和宠性质一样，是一回事，爱她才会宠她。宠是爱的一种特殊表现形式，也可以说是爱的现代主义的夸张和变形。”

“浙成大哥，你就说具体的嘛！”晓声提醒我说。

“我最见不得有的男人怕人说自己怕老婆，处处摆出一副大老爷们的架势，婚前婚后判若两人。”

“那你呢？”

“别看我人高马大，在家里，身段一直放得很低很低。两件事压着我，身段没法高起来。”

“能公开吗？”

“是不是县团级以上才能听？”

“就差见报了。”我说，“一件是她的毕业分配。她在北大是个活跃分子，知名度很高，我早她两年先分配去了内蒙古，一起到内蒙古的同学都暗暗替我担心，认为这女友可能就飞了。我嘴上说得很轻松，心里的担心只有自个儿知道，可又想不出办法，一个孤苦伶仃的穷毕业生只好听天由命了。她毕业前夕，饥饿席卷内蒙古，饿得我全身浮肿，连走路都没力气，得扶着墙壁。我尽管盼着她来，但又担心她来了跟我一起挨饿受不了，便连着去了三封信劝阻，音信杳无。我开始失眠了，经过冷静的反复考虑，认为自己各方面都不如她，分手似乎在所难免。没想到，一个星期日，我从食堂打饭回来正在宿舍里狼吞虎咽，她仿佛从天而降，敲门进来，一把抱住了我。我觉得自己仿佛是在梦中！

“等到梦醒回到现实。她看到桌上放着的盛粥的白色搪瓷痰盂，一脸诧异，问我怎么拿痰盂盛粥，也太恶心了！经我解说才知道内蒙古当时连大点的饭碗都买不到，碗小了上食堂打饭盛不下，不到规定的分量食堂也不补给我。在那口粮锱铢必较的挨饿年月，谁也不肯吃亏一点点，盛饭的器皿难看好看有什么要紧?!温小钰再看看痰盂里从食堂打回来的我正在喝的粥，灰不溜秋，从没见过，问我这是什么，怎么不像大米！我告诉她内蒙古根本就吃不上大米，这叫稗子面，稗子是稻田里的一种杂草。她低下头去察看，又发现粥里还掺着一粒粒剁碎的白细粒粒，问这是什么。我说是甜菜渣子，就是甜菜在糖厂经过榨糖后的废料，没任何营养，食堂拉来洗净剁碎，掺在粥里增加分量，让大家多吃点填满肚子，但吃多了又拉不出大便。听我说到这里，温小钰扑簌簌流下泪来。后来听系里一位搞人事工作的熟人说，那年北大中文系其实并没有支边任务，中国剧协《剧本》月刊当时曾有要温小钰的意向，也征求过本人意见，小钰说自己的志愿是去内蒙古，就这样放弃了留北京工作的机会。"

大家静静地听着，过了一会儿才有人问温小钰："你后来对自己的选择后悔过没有?"

"饿得难受时也曾想过北京。"小钰说。

"还有要问的没有?"晓声问大家，"要没有了，浙成大哥接着说第二件!"

"第二件是，她第二年在内蒙古东部农村参加整风整社时，信中竟给我夹寄来二斤粮票！在那挨饿的日子里，这粮票就好比是病人的救命药。我拿到手后都有点不相信自己的眼睛。眼下人人都在饥饿线上苦苦挣扎，她这点定量的供应口粮怎么会有多余？但她在信中说，在农村喂饱肚子总要比城里容易些。哪想到，等整风整社工作结束回家来，她饿得浮肿比我还要厉害。原来她在农村照样挨饿。老饲养员有一次见她在饲养院劳动饿得昏过去，从马料里偷偷抓了把玉米塞给她，教她用铁簸箕放在火炉上炒熟了吃，就这样每月省下二斤粮票来支援我这个受尽饥饿折磨的大肚汉男友，使我逃过饿死这一劫！这两件事，让我觉得自己对她一辈子都偿还不清，在有生之年里尽量多为她服务点，让她歇息。如果说这就是怕老婆，我愿意一辈子做个怕老婆的男人!”

没想到因为我的这番话，从三年困难时期，扯出对毛泽东功过的评价。作家们又都是些爱激动的人，大家话赶话，说话声音越来越大，其中两位甚至有点肆无忌惮起来。正在这时，楼下忽然传来雄壮豪迈的《咱们工人有力量》的合唱声：

> 咱们工人有力量，
> 嘿，咱们工人有力量！……

还是晓声头脑清醒，也许是出于他正统工人出身的敏感，立刻意识到点什么，表情严肃地站起来对大家做了个停止的手势。

正在高声大嗓说话的几位立马闭上了嘴。一时间，大家面面相觑，感到有点尴尬，不知该怎么好。

原来我们楼下住着一批来北戴河休养的劳动模范。他们大概出于对毛主席他老人家淳朴的阶级感情，显然不满意我们楼上有些人的看法。

一位青年作家激动地说："不管它，我们也唱吧！"说着扯开嗓门带头唱起来：

"大海呀大海……"

"嗨嗨，不，不要这样！"晓声连忙劝阻，着急得连说话也有点结巴，"对时代提出的各种反思，不必急于求得一致，事实上也不可能一致，应该让人们有充分的时间去讨论和认识，是不是？"

温小钰表示支持："我觉得晓声说得有道理。这里还有个人对人的尊重问题，如果由于不注意，引起误会，就会有不好的影响。"

晓声说："我想，我们以后有机会可以向人家解释一下，大家毕竟都是邻居嘛！"

过了几天，这批劳模休养结束回各自单位，还特地上楼来和我们告别，欢迎作家们上他们铁路局去深入生活，态度很是诚恳热情。我不敢肯定，是不是由于晓声去向劳模们做了解释，但通过这些具体事例，我看出晓声作为一个获奖的青年作家，在自己不断取得成绩的同时，更加注意自己的言行，自省自警，尊重他人，特别是对待和自己看法不同的人，这是一种十分难能可贵的美德。

后来和晓声相处久了，感觉到我们之间对人、对生活、对文学说起来很是投缘，有着很多共同点或者说是相近的认识。晓声不止一次坦诚地感慨，世界这样大，生活这样丰富多彩，我们又能知道其中的多少呢？可惜我们这些自认为是在启蒙别人的人，自我感觉常常莫名其妙地良好，却不大容易想到这个问题。他曾听一位他敬佩的作家说过，她真想走遍全国，像一条蚯蚓钻进泥土一样深入到各种各样的生活中去！这件事我一直忘不了，越想越有道理。

我说，现在有的人觉得生活对于我们似乎不重要了。我和温小钰两个人，因为是学生出身的所谓“三门干部”，在这个问题上有自知之明，经常想到自身的先天不足，也是一有机会就想下去充电，做一条喜欢钻泥土的蚯蚓！

笔会没几天就结束了，我们就这样在彼此心里留下良好印象，无言地成了可信赖的朋友。遇到困难自己无力解决时，不知为什么，总会很自然地想起对方来。

北戴河笔会结束，我和小钰利用出来开会的机会去沈阳人民风机厂采访一位姓安的工人师傅。我们先到辽宁省作家协会，请他们帮助介绍个住处，然后坐公交车上铁西区去找人民风机厂。

没想到这么大个沈阳市铁西区，那时几乎还是一片农田，比我们内蒙古包头强不了多少，交通不便，下了公交车就靠两条腿在田间小路上东找西问，好不容易找到风机厂，可在大门传达室一打听，管门师傅说没有我们要采访的安师傅，打电话询问人事科，也回答说没有这个人。我们俩一时傻在了大门口。正在这时，一个干部模样的人骑着自行车进厂来，问是怎么回事。听了我们的诉说，他说铁西有两个风机厂，这里是人民风机厂，是新厂，还有个老厂叫市风机厂，叫我们去那边问问。到了老厂门口传达室一问，说安师傅这个人倒是有，但今天没来上班，家里有事请假。办公室干部待人冷若冰霜，经再三请求才告诉安师傅家的具体走法。这天见到安师傅已是黄昏。不过我们在他家里却意外地遇到了解放军文艺出版社负责人老吴。我和他曾在北京的一位志愿军被俘人员家里有过一面之交，两人交谈甚洽。这次沈阳意外重逢，觉得彼此有缘，话也特多。安师傅见我们和老吴相熟也很高兴，彼此一下子就拉近了。

老吴说："我们已经谈完了。老安了解情况不少。你们谈吧！"说着站起来背上军用挎包就准备告辞出门。

安师傅抬腕看了下表说："正好，最后一班车也快要到了。我们这里交通实在太不方便，要是赶不上就回不了城啦，是得快走！"

小钰有点急了，问："那我们怎么办呢？"

商议结果，安师傅爱人不在家，我抓紧时间采访，和安师傅来个彻夜长谈，小钰跟老吴一起进城回旅社，明天一早再过来。

不料第二天一大早，我和安师傅还在床上抵足而眠，小钰就来敲门了。原来昨天我们刚乘车来风机厂，辽宁省作协便接到内蒙古自治区作协转来的我老家的急电，称父病危速回。那时电话不普及，辽宁省作协无法和我们取得联系，急坏了，听说小钰回到旅社，连夜将电报送到她住处，一等天亮，小钰便十万火急地出城送电报来了。

我一看电报，两只手抖个不停，说是病危，实际人可能已不在了，怕对我打击过大，措词上留有余地。我一边心里这样想着一边手忙脚乱地套上衣服，就急匆匆告别了安师傅，和小钰两人小跑着气喘吁吁地赶到公交站，乘车进城回到旅社。小钰马上给辽宁省作协和北京梁晓声打电话，昨天接到电报她已分别请辽宁作协和晓声帮忙买车票，两张去北京，一张从北京到上海，一张从北京到呼和浩特的卧铺票。辽宁省作协在电话上答复，到北京的票已买上，叫我们立即上火车站碰头。但到上海的票，晓声在电话上说太困难了，问我有没有父亲病危电报。我说有，晓声说那可能还有点解决的希望，到了北京再努力。不过回呼和浩特的卧铺票已解决，他在北京站出口处等我们，不见不散。就这样我们马不停蹄地离开沈阳赶回北京。等在车站出口处的晓声，一见我们出来立马冲上来十万火急地说：“快跑，去上海的车已经开始检票啦!”说着拉起我朝售票大厅跑去，我回头对小钰喊了声：“上售票厅找我们!”我拎着旅行袋，和晓声两人以百米冲刺的速度头也不回地朝售票厅狂奔。

售票厅里黑压压的人，挤得水泄不通，买票的队伍已排到门口。“请让让，让我过去!”任凭我喊破嗓门，排队的人根本不予理睬，依然前胸贴后背像堵墙似的岿然不动挡在前面。

晓声看这情形，对我说了声：“浙成大哥让我来吧!”就将我一把推在身后，自己侧起瘦小的肩膀头子像楔子一般朝着前面人墙楔进去，硬是楔开条缝，再猛一发力，人就进到墙的那边了，就在这人墙将闭未闭的刹那间，我急忙紧跨一步，跟在晓声身后如法炮制，也终于挤过了人墙。事后想来，我个子比晓声高，力气比他大，可到这该出力的关键时刻，却缺少晓声那股子敢于豁出自己所有的气概，只好让别人为我开路，奋不顾身地冲杀在前面，实在有些羞愧!

也不知穿越了多少道人墙，挨了多少声骂，晓声在前面已累得直喘气，大汗淋漓，越是接近售票窗口，穿越的难度就越大。我感到自己有些气短胸闷，心想今天要没晓声帮我在前头冲杀，莫要说买票，我连想要穿过这道道人墙都不可能!

谢天谢地，眼看着晓声在前面终于抓着售票窗口的边沿，正要强行突破探过身去挤到售票窗口买票时，排在前头的旅客抬起粗壮的胳臂，一膀子顶开了他的手，火气十足地训起我们来：

“到后面排队去！”

我忙趋前赔笑道：“对、对不起，我们有急难，去上海的车就要开了！”

“你急，我比你更急！”前头的人毫不通融。

“不许插队！”后面几个伸长脖颈在翘首以待的排队旅客，一齐很不友好地吼起来。“到后面排队去！”“少跟他啰唆！”“大家都排好了，一个挨住一个！”

一看这毫不通融的架势，想到车快开了，我急得都快要哭出来，连忙将电报在排队的人面前，挨个地展现过去，一边大声哀求：

“求大家帮个忙，去上海的车快开了，让我过去买张票吧，我父亲快要死了，这是电报……”

“我们也都有急事才来这里排队。”

“我昨天半夜就来排队了！”

“我父亲快死了，求求大家啦……”我急得几乎要向前头的人跪下来。

“中国人这么多，死人的事经常在发生，算个什么？”

没想到，一听这话，旁边的晓声突然一声断喝，像威力无比的定时炸弹在身边爆炸，嗓门之大、之响、之猛、之威，震天撼地：

“大家谁都有父母，谁都难免遇上马高镫短的时候。他就坐这趟去上海的车，又不抢大家的票，不就多耽误大家两分钟的时间，怎么连这点同情心都没有了？你们的良心都到哪儿去啦?!”

事后我回想起来，怎么也想象不出，晓声他不高的个子，怎么能迸发出这气势如虹的超人吼声？如果一定要对他这声吼做一比附，恐怕只有《三国演义》里张翼德当年那喝断桥梁水倒流的断喝声能有一比。不管怎么说，他这一嗓子吼过，奇迹出现了，大家全都没声响了，排在最前面的买票旅客忽然挪开身子，让出售票窗口前这个不知忍受了多少小时才轮上的小半个身子的身位

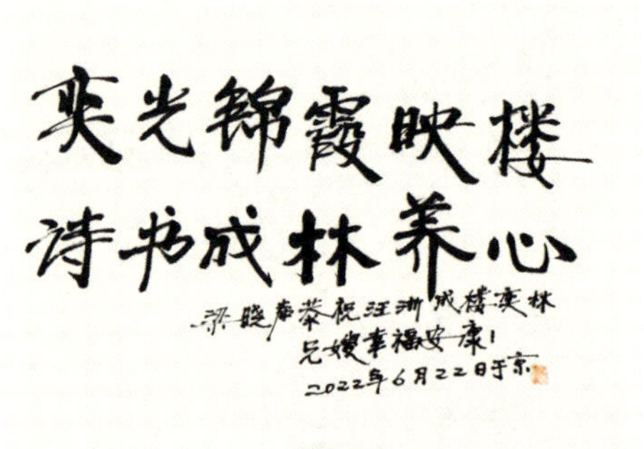

2022年6月，梁晓声为作者夫妇题词

2023年11月，梁晓声（中）与作者夫妇在浙江书展合影

来，一边嘴里还嘟嘟哝哝地念叨着：

“行了行了，你也别骂孙子似的骂大家了！你们想买就快买吧，我是昨天吃过晚饭就来排的队，大家都不容易！”

晓声看排队的人一时都没作声，朝我使了个眼色，我连忙将手中电报和钱从售票的小窗口一把塞了进去：

“要一张到上海的票！”

老天开眼，还剩下最后一张，而且还是卧铺，真是意外的苦尽甜来。我拿好票，谢过售票员，转过身来朝着排队的来自五湖四海的陌生旅客，深深鞠了一躬，没等感激的话说出口，只感到鼻子一酸，抬起头来已是泪流满面了……

这时售票厅的广播响了：“乘前往上海的12次特快的旅客，请抓紧时间检票上车，列车马上就要停止检票了！”

晓声在一旁催促：“浙成大哥，快去检票上车，就要停止检票啦！”我拎起旅行包，飞一般冲出售票大厅，一边跑一边回头对跟在身后的晓声喊：“温小钰还没过来，麻烦你照应她一下！”就百米冲刺似的朝检票大厅飞奔过去。

直到现在，我每次乘火车进站时，都会想起这段经历，忘不了晓声那声压倒一切的断喝，心里会涌上一阵说不出口的羞愧和感激……